U0947999

让生命鲜活起来

易 云／著

和你分享一种：
正面、积极、阳光、简单的生活。

快乐秘籍

过什么样的生活，经历什么样的人生。
人生不是命运所赐，而是自己选择所得。

中国财富出版社

图书在版编目（CIP）数据

让生命鲜活起来 / 易云著 .— 北京：中国财富出版社，2019.4
ISBN 978-7-5047-6889-6

Ⅰ.①让… Ⅱ.①易… Ⅲ.①散文集—中国—当代 Ⅳ.① I267

中国版本图书馆 CIP 数据核字（2019）第 065732 号

策划编辑 张彩霞　　责任编辑 齐惠民 张营营
责任印制 梁 凡 郭紫楠　　责任校对 刘瑞彩　　责任发行 张红燕

出版发行 中国财富出版社
社　　址 北京市丰台区南四环西路 188 号 5 区 20 楼　　邮政编码 100070
电　　话 010-52227588 转 2048/2028（发行部） 010-52227588 转 321（总编室）
　　　　 010-52227588 转 100（读者服务部） 010-52227588 转 305（质检室）
网　　址 http: // www. cfpress. com. cn
经　　销 新华书店
印　　刷 天津画中画印刷有限公司
书　　号 ISBN 978-7-5047-6889-6/ I·0290
开　　本 710mm × 1000mm 1 / 16　　版　　次 2019 年 5 月第 1 版
印　　张 17.5　　印　　次 2019 年 5 月第 1 次印刷
字　　数 244 千字　　定　　价 52.00 元

此书献给我所爱的家人、朋友

序 言

最近几年，我写了很多小块的杂文，少许散文，大都是有感而发。除宣泄个人情感外，更多的是想给大家一些帮助或者借鉴。我写的东西力求正面、积极、阳光、简单，您看过之后，会有所触动、感悟，甚至想要改变。我希望每个人都有幸福快乐的人生，这也是我写作的出发点和追求。

从小我到大我，从关注自己到在意他人，其实是一个漫长的成长过程，走不出自我的人其实并不快乐。包容、理解、简单，甚至释怀是快乐幸福的基石，快乐幸福来自乐见其成，来自需求简单，来自换位思考，来自适可而止、不去强求。

人生很短，一定要不白活一回。痛苦挣扎是一生，快乐轻松也是一生；彷徨苦闷是一生，奋进愉悦也是一生；庸庸碌碌是一生，轰轰烈烈也是一生。过什么样的生活，经历什么样的人生，并不是命运所赐，而是自己选择所得。很多人可能没有意识到自己已经做出了人生选择，我们每天在看的，在想的，在做的，就是我们当下的生活，也是我们的人生。关注自己该关注的，想自己该想的，做自己该做的，才是关键所在。

绝大多数成功人士，并没有我们认为的那么“高大上”（“高端大气上档次”的缩略语），才华横溢，风流倜傥。他们大都是普通人，其貌不扬，智商平平，但他们方向感特别强，他们的坚韧和执着超越了很多人。成功有其必然性，即取决于自身的心态、方向感、行动力、韧劲、能力、水平及修养。

聪明人反应灵敏，但易见异思迁，浅尝辄止，注重眼前利益，从而忽视长远的追求。但一些看似不甚聪明却持久努力的人，由于方向感强，一生的成就反而会更大。人一生的成就和智商关系不大，这就像一部车，跑了多远、去了哪里，和车的好坏没有多大关系，却跟司机关系很大。我们每个人就是自己人生的司机。

本书记录了我人生路上的所思所想，记录了我在路上的困难、挫折、打击、迷茫，有些是可以绕过去的，有些是可以避免的。我只希望您拥有快乐、幸福、满足的人生。我们一起努力吧！

易　云

2018 年 4 月 2 日

目 录

过　年

拜年的话，应该明天说，但此时已过午夜，真的，大年三十来了，想提前说几句。

每年的过年，都想好好准备准备，好让过年的感觉在心里发酵，像陈年的酒，浓浓的、香香的。人生是遗憾的艺术，过年也是如此。大多数人是在看见人家买春联、挂灯笼，听着渐密的鞭炮声，才感觉年真的来了。再怎么准备，也感觉还有很多没做的，大都会很无奈地说一句：今年什么也不弄了，明年再说吧！

虽然有很多不完美，甚至打击、挫折、坎坷，但年是绕不过去的。日子多好也要过年，日子难熬也要过年。日子好，继续努力，日子不顺，过年后就是一顺百顺。我们学会了宽慰自己，善待自己。

给自己希望，就是给亲人希望，这个社会也就有了希望，一代代人都坚守着这个信念。过年了，吃顿饺子，把一切不如意包在里面，让它成为过去，来年会是一个新的开始！

俗话说，好过的年，歹过的春。对于日子难熬的人来说，过年了，该花的钱太多，购物、走亲戚、送礼，哪一样不需要钱呢？口袋里的钱，几天的时间便没了踪影。其实，我认为，亲戚一定要走，但有些礼是可以不送的，标准就是，这个礼你送出去舒服吗，是你心甘情愿的吗？如果回答不是，就坚决不送。如果这些人来年会给你带来麻烦，那么这样的人还是远离的好。另外，有些人要的不是礼，可能是面子、感情，满足这些，光靠礼不行，要靠平时的积累。

好了，在今年还有你没想到的人吗？这些人曾经帮助了你，更重要的是有些人爱着你，一直都在挂念着你。千万别忘了这些人，因为关心和爱是需要耕耘的。懂得付出的人，才会有更多的回报。但付出的人更要知道：付出并不一定有回报，关键是你付出了，你心里舒坦，回报是人家的事，别指望太多，会更心安、更舒服。

好日子是自己过的，不是给别人看的。利用假期好好和亲人团聚，给自己的心灵和身体放个假，轻轻松松地过个年。过了年，就不一样了，生活、事业、人生一定会有惊喜出现，只要我们坚信并追求，我们的人生可以像礼花般灿烂耀眼，甚至夺目。我们期待并用行动拥抱我们未来的人生！

春节前，我连续主持了两场联欢会，自我感觉不错，没有什么特别的遗憾。我认为，其实一个人在努力奋争的人生中，总会进入一个驾轻就熟、运用自如的阶段，这是积累的结果，并不是某个人怎么怎么厉害，千万别相信那些所谓的神话。

自信是在努力中，在克服困难中，在面对失败中，在重新找回自我中建立的。自信的人，可以很客观地评价自己，容许自己失败，但从来不放弃自己的目标。他们有梦想，有自己清晰的阶段目标，他们一直在专注地朝着目标前行。失败了，没什么，再站起来，重新开始。

我这个人有个毛病，从来没有把元旦当作新年。所有的总结、计划都是在春节前完成的，我总是认为，过了春节才是新的开始！

如果你也这么认为，也是这样做的，也没有什么不好，是不？过年过年，过的就是春节啊！过了春节，才感觉新的一年终于开始了！

鞭炮声此起彼伏，年味越来越浓。今年的一点遗憾是一点儿鞭炮没买。我总相信，放鞭炮能崩崩邪气，鞭炮一响，所有不好的东西都崩跑了，来年就顺了。记得小时候，很多人家尽管日子过得紧巴巴的，但吃饺子前要放的那挂鞭是绝对不会省的，过年过的就是希望。在噼里啪啦的鞭炮声中，滚烫的锅里翻滚着饺子，是多少人每年都见到的场景，但每一年都不马虎。头天晚上早早地包好，放到盖帘上，剪几个红“囍”字，放在饺子上边。初一煮饺子的人必须是家里辈分最高的人。饺子上桌，没有在家的人，也要为他们摆上碗筷，倒好腊八醋，一个都不能少。其实，就是因为小的时候经常看到这个情景，才知道，过年必须回家，回到父母身旁。

长大了，成家立业了，我也有了自己的孩子，我知道并理解了父母对子女的那份爱和牵挂。但一转眼，父亲早已离开这个世界，母亲也 80 多岁高龄，过年忙里忙外的母亲，现在只是静静地坐在那里，不同的是我们开始忙里忙外。我们一边感叹时光飞快，一边不停地忙碌，为什么？不是为自己，是为家，为孩子。就这样一代代地传承，就这样我们每个人都在过自己的日子。

过年真好，终于有时间想很多过去的事，想家人的付出，想父母的牵挂，合计着怎么报答爱我们的人。我们每个人从小到大，都离不开父母和家人的爱。尽管家境不同，尽管表达方式不一样，但爱的暖流一直流向下一代。有人说，爱不能等，其实感恩也不能等。懂得回报的人，才是幸福的人，因为他会丈量幸福，能感知幸福！

新的一年，我把它叫感恩年，我决定给老母亲翻盖老房子，因为她不愿意生活在城市里，她从来没有把我这里当作她的家，她始终认为农村那个平房才是她的家。母亲 13 岁嫁给我父亲，在那个地方生活了 70 年，所有的记忆都是和那里相关的，我真的改变不了。原来我还执意要母亲住我那儿，但我发现，不行，她高兴不起来，我知道顺为孝，还是依了老人家吧。

新的一年，不管我们多么忙碌，趁着父母健在，一定要抽出时间多陪陪他们。我最不喜欢的是活着的时候不怎么关心，死了之后却哭得死去活来的儿女。

新的一年，计划为父母至少做一件你认为最重要的事吧，为你的孩子树立榜样，也让自己心安理得地生活。

愿天下所有的父母，健康长寿！因为他们的健康长寿，会让我们相信我们也有长寿基因，所以长寿的人，子女也都长寿。为了自己的健康长寿，首先要让父母健康长寿，好不好？

给天下所有的父母拜年！好好活着，快乐地活着，儿女们才有奔头儿！一起努力，100岁！

书写人生

我的论文，在通过前不能在网络空间发表，因为发表了，论文查重可能会出现问题，抱歉，通过以后会及时和大家分享的！

回想起论文的写作过程，真的是一波三折。第一次，我把论文的写作看得太容易了，因为自己平时积累不少，也总是看书，总以为自己加几天班，写起来没问题。就这样仓促上阵，其实对论文的选题、结构、格式等一系列事项还没完全弄明白，就到了交的时候。把论文交上去，我的导师（对外经济贸易大学国际商学院原院长，博士生导师）不留情面地给我指出很多问题。眼看参加第一次答辩的时间已到，真的要泡汤了，在导师的劝说下，我决定放弃第一次答辩。

第二次答辩在下半年，还有半年的时间，时间充裕，我可以不那么紧张了，又开始放松了，做这个做那个，就是不写论文，以为时间还早呢。可是一转眼，只有一个多月的时间了，我着急了，才开始写。我的题目初步定为《企业家是如何炼成的》，到学校和导师当面探讨，导师说这个题目太大，不容易写，给我的选题提出几点建议。我的思路好像清晰了许多，回到家，开始准备，从网上购买了几十本相关的书籍资料，开始给自己的论文搭架子，终于有点眉目了。但我把论文交给导师的时间太晚了，老师回复："易总，我现在有五篇论文排队等待修改，你的论文还有很多问题，希望你放弃这次答辩。"郁闷啊！

第三次，也就是最后一次机会，怎么办？不答辩，就等于放弃学位，不行，一定要保证一次通过。我提前准备，多和导师沟通，前后几次到对外经济贸易大学和导师见面。2013 年的 1 月，我第一次把论文提前发给老师。老师回复：“易总，论文结构清晰，几点建议，希望面谈。我下周三去澳洲，希望下周一或周二详谈。”我马上回复：“周一去。”周一的早上，我从家出发，刚拐进和平里路，看见一辆法国毕加索车跟在我后面。因为夜里刚下完小雪，路有点滑，在过一个路口时，绿灯变黄灯，我踩了刹车，后面“咣”的一声，追尾了。我的车的后保险杠给撞出一个洞，郁闷啊！报警吧，好在对方有保险，我其他什么要求都没有，只是修车。问了 4S 店，费用一万多元，对方也认可。说好下一步怎么办，车也能开，我就赶紧走了，因为和导师约好了，还得去啊！

见了导师，导师说，论文结构没问题了，但选题太大，缺少案例支持，最好改变一下（我这次写创业方面的）。我快要崩溃了，如果另起炉灶，答辩真的要泡汤了。但导师提醒我，可以不放弃原来写的，增加案例，针对性强一些。我们开始吃饭，边吃边聊，聊起中国的企业家，我说我比较佩服马云、张瑞敏。导师说：“对，论文题目可以加个副标题——以马云为例。”

回来后，我开始从网上疯狂地搜索和马云相关的书籍，订了几十本书，但正赶上春节，连续查询却没有已发货的消息，取消！从家里翻出仅有的两本有关马云的书籍——《马云语录》和《马云传》，还是几年前买的呢，没有仔细看过。我把自己关在家里，一天多全部看完，还做了笔记。不看不知道，原来马云的创业史就像一部扣人心弦的小说，马云这个不聪明、不幸运、不潇洒的男人，却取得了这样的辉煌和成功，真的值得我们普通人学习和借鉴。

春节我放弃了串门、旅游，把自己关在家里，写论文。从客厅到饭厅，从饭厅到书房，都留下我耕耘的足迹和烟蒂。春联没贴，鞭炮没买（我的领导除夕夜开车给我送了一箱，感谢！），一件事就是写论文，终于写完了，发给导师。导师还在澳洲，回来后给我提了几点意见，我陆续加上，论文 7 章内容至此全部完成。把论文在网上查重，第一次 220 元，查一遍，“商业模式”一章，重复率有点高，连续 20 字相同，算一处剽窃。我继续修改，再查，还是 220 元，这次没问题，按照论文的格式要求，整理好，发给导师。

感觉轻松许多，但连续的奋战使我开始觉得胸闷，无力，胸口有点隐隐地疼，昨天开始每天用氧气瓶吸两次氧，这才稍微好点。我感觉就像脱了层皮，真不容易。好在有了这次写论文的经历，下次再写，会容易许多，脑子也会清晰许多。虽然有很多东西没有表达出来，但一篇论文，只要你想表达的说明白了就可以了。论文写到最后，其实自己写什么都不重要了，关键是要有自己的观点和看法，而且尽量做到独特。这次的论文自己感觉算及格，盼望论文通过！

多想徜徉在山水间

整个春节假期，都在忙自己的论文，现在还在忙。连续的感冒，连续的不舒服，叫我开始对论文又爱又恨，爱的是自己喜欢，恨的是我为什么喜欢。就像自己的孩子，在身边时间久了，就看出太多的缺点，对孩子的态度也开始不耐烦了，如果离开一段时间，又思念得不得了。有人自嘲地把这叫“贱”。这也是贱得心甘情愿，贱得幸福快乐。

每个人都向往无拘无束的生活，就像著名导演李安说的，每个人心中都有一只孟加拉虎（理想）。我也一样，因为喜欢经济，就不断地买书、看书，想在这方面有所成就。

我爱看美国的电影，是因为我发现电影里的男人、女人和我们一样，有着美好的情感，很多电影把人的那种伟大细腻的情感，演绎得荡气回肠，叫人久久回味。现在我看美国电影，开始关注细节，先进的科技，制作精细的道具，叫人叹为观止。再看我们的电影和电视剧，基本锁定为四个题材，打日本鬼子的、打国民党的、宫廷的、情感的，而对未来关注得太少。究其原因，不是我们的导演不聪明，也不是没文化，而是观念的差距。我国很多导演还在以这个时代，甚至过去的眼光看世界，而美国的导演却已经用未来的眼光和观念来演绎世界了。

追求和探索，是累并快乐的过程。汽车匀速行驶是最经济、最省油的，但人生如果总是匀速行驶，我不知道别人如何，我会觉得枯燥、没意思。其实人生需要不断地出现惊喜，惊喜无论大小都是

对自己的奖励。人生需要服务区，做短暂的修整；人生也需要偶尔从大道转向小路，进入从未去过的乡村。我可能会因路边的美景而驻足，因路边闲坐的老人而感叹人生，因路边追逐玩耍的小孩而回忆起我的童年。有时候人会因为一个小情景而浮想联翩，人需要不同的环境，需要不同的经历，才能成熟长大。

我一直有个愿望，想跳开现在这个像时钟指针一样的生活。我一直相信自己可以到一个陌生的环境里生活，靠自己的努力、打拼而重新挣得一片天下，但我从来没有尝试过。人到了一定的年龄，奋斗所得的一切，都会成为自己身上的负重，得到的越多，负重越重，改变也就越困难。别太在乎自己，别把得到的看得太重，我一直这样告诫自己，但说起来容易，做起来难，有时候晚上想的，早上起来早已忘掉了，又会匆忙地扎进周而复始的生活。

论文写得很累，昨天夜里，把论文发给导师，我又开始做梦了。我开始向往那四季如夏的三亚，想起我和同学们在三亚移动课堂时的情景。吃完晚饭，我和同学们在点点星空下，伴着海浪声，躺在海边的椅子上，闭上眼睛什么也不想，时间为之静止。这场景，每当累的时候就会在我脑海中映现，并让我陶醉其中。

我想好了，论文真的完成的那一天，我要好好奖励自己。我要去我想去的地方，好好地待上一个星期，要不不就白活了吗？去享受人生，享受时间静止的那一刻。

论文写作期间，老婆对我身体的担惊受怕，很多朋友挂念我，真的感谢！周而复始的生活又开始了，你我都需要改变，2013 年比 2012 年更值得回味，我们期待着！

勤能补拙

问大家个问题，如果拿同样的东西，一次拿完比较困难，分两次拿比较轻松，你是选择一次搞定，还是选择轻松地跑两次？相信很多人会选择一次搞定，这就是俗语常说的：懒汉子压折腰。

我就属于懒汉子。我常常为了一次搞定，付出比跑两次还多的时间，效果也不理想，而且后续还要付出更多的时间来收拾残局。今天差点又犯了这样的错误。

家里的洗手盆，由于长时间的使用，开始渗水，我准备好材料进行修理。这一修就不得了，开始的时候，我还比较小心，等到和水管相连的时候，最后拧紧的一下，感觉没劲儿了，结果一用力，拧断了。水管的大部分在装修的时候都包在里面。怎么办？要是原来，我会不计后果地把装修的板材砸断，可是这次我选择了休息一会儿，思考怎样把破坏量降到最小。

我每次修理家里的东西，都会选择买一样工具，这样我会感觉是赚了一件工具，因此我家里有大部分的工具。我梦想着有一天我有一个单独的工作间，闲下来的时候一头扎进工作间，是多幸福的事。这次我选择买回了一把手电钻和一个开孔器，我把装修的墙面开个洞，让水管露出来，重新用热熔器接两个外丝，然后和软管相连。全部换完，一看表，2 点。我从早上 9 点折腾到下午 2 点，专业人员估计一个小时就能搞定的事，我用了 5 个小时，但我赚了一把手电钻和一个开孔器。开孔器估计这辈子用的次数不会超过 5 次，但我可以传给我的儿子，呵呵。

鼓捣完了，看着被我破坏的墙面，我有一种复杂的感觉。修好了水管，却破坏了装修，不能两全其美。每次都要注意多加小心，可总是完成了任务，又有了损失。但我还是不后悔，我坚持，过日子，一个男人要会这些修修补补，不能事事都花钱请人。自己动手，丰衣足食，这句话没错。

不管做什么都要学会巧干，心灵手巧其实是用心的结果。不要只是满腔热情，而要提前准备、搞清联系、弄懂关系，动起来就坚持到底，直至完成。可以懒汉子压折腰一次完成，尽管累，但也会同时收获成功的喜悦；也可以做做看看，累了就休息，不把自己逼得太紧，享受过程，也是不错的。没有对错之分，只有喜欢不喜欢之别。

热爱生活

这段时间一直蛰伏在家写论文，慢慢感觉宅在家里也很不错。早上 7 点 30 分去沃尔玛买菜，8 点 30 分开始写作，11 点 40 分开始做午饭，15 分钟，把四菜一汤端上桌。中午休息，下午运动。除去晚上经常熬夜之外，一天的生活还算有规律。

这种生活，持续一段时间就有了惯性，我有点喜欢宅的感觉了，每天一边想着论文，一边盘算着中午吃什么。做菜是我比较拿手的，20 年前，因为要自己开家有特色的餐厅，就跑到新华书店，买回来很多有关做菜的书籍钻研。虽然餐厅没开成，但我有了做菜的兴趣，曾经为两个婚宴准备宴席并掌勺。当然现在没人请我了，也很少有人知道我会这些。

我每次做菜都会搭配颜色、营养等，菜品要看着好看，闻着香，吃着有味道。男人和女人不一样，做菜的追求也不一样，可能是男人善于规划，偏理性，所以名厨大都是男性。

我比较拿手的有那么十几道菜，有些菜是自己创出来的，做了一次感觉不错，就保留下来了。比如说烧油菜（选棵小、叶薄的，整棵也可劈开），锅里放油，烧热，直接把洗好的油菜放锅里，翻炒几下，加一点高汤，没有高汤放一点水也可以，盖盖儿，一会儿见汤汁泛白，有点小气泡了，加味精、香油，出锅即可。记住不放任何作料（葱、姜、蒜），烹制时间不能长，否则就失去了油菜自身的鲜香味道。如果喜欢辣的，一定要在油热后放辣椒煸炒出香味，再放油菜，不要放水。

我一直以为，会烧菜的有两种人，好吃的人（美食家）和勤快的人，我是两者兼有。每个人都有自己喜欢的味道，每个人都有自己钟爱的菜品，这些味道和菜品，会在人生的不同阶段，有所不同。年轻时可大鱼大肉，尽情享受；人过中年开始注重养生，饮食也开始清淡、自然。人的一生吃的饭菜无好坏之分，营养均衡就好。富翁和穷人摄入的都是碳水化合物、蛋白质、脂肪、维生素、矿物质等，只是食物不同。

我不喜欢奢华，我一直喜欢自然原始，如果去饭店，翻来覆去点的还是那么几道菜。每个人内心的深处，对这些都有自己的认定，尽管有的人不说出来，但我们每个人的喜好是掩饰不住的，一接触就暴露无遗。

跟一个球友聊天，我说你多好，没压力，他说没压力是因为他就快退休了，现在又从医药公司下岗了，每天就是做饭、打球。听他这样说，我羡慕得不得了。没有压力的人生，就像自由行驶的车辆不遇任何阻力。啥时候我也没有压力，我什么时候能没有压力呢?

有压力证明自己有追求、有向往。我喜欢的生活场景是，绿荫掩映着一座小屋，屋前是迷人的花草，屋内有宽大的书房。看书累了去种菜、浇花，写累了就琢磨吃什么，没人要求我什么，我也不在意什么。多好的生活啊！可是为了这种生活，还要拼命去工作！

每个人拼命工作，都是想改变自己的生活方式，可最后发现，我们追求的生活方式可能就在我们的身边。发现生活的美，享受生活的点点滴滴，从简单的家务开始，从烧好每道菜开始，对生活努力耕耘，不期望太高，保持知足心，幸福感可能会更强烈些！

论文写完了，突然有一种不知道方向的感觉。但坐到办公室可能会另有一番感觉了。明天开始正式上班，其他还能做什么呢？宁静只是片刻，折腾才是永久，为生活，为幸福努力折腾，到不能折腾为止。谁也不能说服我，我的内心会告诉我将往何处！

放风筝的季节

今天，去亦庄山姆会员店，看见路边公园的围栏上挂了很多的风筝，真的想在早春的阳光里，将一只风筝放上天。

我很笨，直到现在我放飞的风筝最高纪录也就飞五米高，每当看见高高的天空中各式各样的风筝，我真的很羡慕。记得儿子几岁的时候，我去青岛出差，在海边看见有卖小燕子风筝的，风筝很小，但做工非常精致，我想象着小燕子风筝在天空中飞来飞去的样子，决定买两只带回去。

回到家，我特想在儿子面前展示一番。于是，把儿子带到郊外，让他见证奇迹的出现。可是燕子真的不听话，飞一人高的时候，就开始晃来晃去，稍不注意，就会一头扎下来。我无奈放弃了表演。回到家后将风筝当作了装饰品，在墙上挂了很久。

上中学的时候，我也经常糊风筝，做成蝴蝶的样子，再把一个长长的尾巴装上，用线绳绑好，去野地里疯跑。不管风筝飞多高，只是把自己跑得呼哧带喘，上气不接下气。现在回想起来，真是精力过剩。

现在真的对很多东西不再关注了，什么是代沟，其实就是关注的不一样了。有的人上了年岁，对电子产品，比如手机，只找简单的用，其实是不相信自己能学会一些新的东西。

我有一个老领导，是我很佩服的人。他是什么流行关注什么，游戏机刚有的时候，买了台游戏机整天在家玩，电脑流行的时候，买台电脑去钻研，现在又迷上了摄影。去年冬天去内蒙古拍雪，零

下 30 多摄氏度，他比我们还能坚持，其实人活的就是这股精神头儿。

如果一个人，到什么季节做什么事，春天里，还想去踏青、放风筝，起码说明这个人心态还年轻。我希望自己永远保持这样的心态。将一只风筝放上天空，我们的心也就飞向了远方，我脚下的步子也就清晰了许多。

恩师岳父

清风冷月伴鹃泣，流云寒星护鹤飞。兰花翘首待君润，碧竹婆娑盼人归。卷展笔就砚犹在，烟未燃尽酒正温。教诲谆谆犹绕耳，慈容依稀只梦寻。

我们刚刚送别了至亲至爱的、德高望重的、深受师生喜爱的我的岳父、我的老师、我心中永远的楷模。岳父因病于 2013 年 3 月 14 日上午 8 时 40 分永远地离开了我们，享年 80 岁。他离开了相濡以沫的老伴，离开了他疼爱的女儿、女婿、外孙、外孙女，离开了想他念他的故交知己，离开了他倾注了毕生热血和感情的热土。

苦雨凄寒，翠柏颔首花含泪，冷风萧瑟，寒虫不鸣霜叶飞。身影渐远，教诲不倦犹绕耳，德范垂世，傲骨擎天醒后人。

先生 1934 年 9 月 28 日生于河北省安次县的书香门第。6 岁至 9 岁颠沛辗转安次县和济南市就读小学；1948 年至 1951 年，在北京第一中学就读，担任学生干部，是新中国第一批少先队员，1950 年 5 月 1 日，作为全国优秀少先队员代表登上天安门城楼；1951 年，佩戴着红领巾，满怀报国之志和年轻人的热血激情光荣参军，在人民解放军公安部队，担任文化教员，其间被部队选派到北京大学进修，1956 年授中尉军衔；1958 年受到不公正对待，下放到河北省永清县东庄村，先生虽身处逆境，却始终如临风之松、傲雪之梅，坚守着中国知识分子的道德底线，精心呵护着心中的一方净土，撑持着家中一片蓝天。

1977 年国家恢复高考，先生终于迎来了他人生的春天，开始

担任永清县曹家务中学高中语文教师，他的学识和抱负终于得以施展。他热爱教育事业、热爱学生，把炽热的爱和满腔的心血全部倾注在喜爱的传道解惑、教书育人的事业上。他一生求索，在平凡的岗位上，严于律己，宽以待人，师德高尚。他用自己的心血作灯油，点亮过多少在蒙昧中摸索的人心中的明灯；他用瘦弱多病的身躯作柱梁，为多少学生撑起了一方明净蔚蓝的天空。他凭一根教鞭、一支粉笔，在三尺讲台上激扬文字，评古论今，春风化雨，启迪心智，影响了几代莘莘学子。

虽然人们没有办法把握生命的长度，但是，先生却用自己的勤劳和执着增加了生命的厚度；虽然人们没有办法把握命运的节奏，但是，先生却用自己的求索增加了生命的色彩。他刻苦钻研每一篇文章，精心设计每一个教案，认真上好每一堂课。在教育岗位上，先生因多年的劳累，多种疾病缠身，60 岁突发脑出血，从此与病床为伴，与病魔抗争了 20 年。20 年里，他始终在学习，花费最多的是买书买报，每天一醒来就会拿起书本学习钻研。他始终乐观向上，嘴里从来没有抱怨和哀叹。

先生一生为人正直，谦和而不失原则，恭谨而不损傲骨，执着而兼善变通，学贯古今，身法先贤。他心胸宽阔，热爱生活，艰苦朴素，他一生始终恪守着“与人为善，以德为首”的行为准则。对家庭，他是一位真正负责任的人。作为晚辈，他赡养了五叔、三叔、三婶，自己的父亲、母亲，并为他们养老送终；作为丈夫，他对老伴体贴入微；作为老师、父亲，他把很多学生培养成才，送进大学的校门，对两个女儿的成长也倾注了无尽的心血。现在令我们欣慰的是，他的学生们和两个女儿已经成家立业，正在不同的岗位上，奉献着聪明才智。我们相信，先生一定会含笑九泉的。

他 80 年的人生路，风雨兼程，探求了一生，耕耘了一生，火热了一生，沸腾了一生，光彩照人了一生。我们相信，逝去的只是一个鲜活的生命，留下的将是不朽的精神。那就是全身心教书育人、孜孜不倦地求学上进的豪情和能力，诚心待人、热情助人、乐观豁达的生活态度。既做授业的经师，又做处世的人师。

“死去何所道，托体同山阿。”一位优秀教师，今天离我们而去了；这个妻子身边的依靠，女儿心中的慈父，学生眼中的太阳，就此在我们的面前消失了。青山不语，流水呜咽，苍天含悲，泪飞倾盆。这位心系教育、值得尊重的老师，还身尘土；而他用生命铸就的师魂，将屹立在人们的心中。我们无法忘记，他曾经神采飞扬地站在讲台上的风采；我们无法忘记，他在深夜还在为学生判着一本一本的作业。在他工作过的地方，他的音容笑貌至今依然清晰可鉴。这一切，都还宛如昨天。而今，先生带着一切的美好愿望，带着一切的美好憧憬离开了我们，融入他深爱着的这片土地。

就让他静静地离去吧，请所有的亲朋好友节哀顺变。我们知道：人奔西土，音容宛在。先生虽然离我们而去，但是他的音容笑貌将长留我们心中，他的宽厚美德、他的勤劳、他的敬业风范将成为我们学习的典范，成为我们的精神动力。先生，我们大家衷心祈愿您老人家长陌远行，清风浩荡，一路走好！

安息吧，我的岳父！安息吧，我的人生导师！安息吧，我心中永远的楷模！

日子还得过

俗话说，地球离开谁都会照样运转。不管是多亲的人离开我们，我们的日子都要照样过。沉浸在悲痛之中，于事无补，好好活着，好好过日子，是我们的亲人和关心我们的人的最大心愿。

我今天回老家看老娘，坐在屋子里的老娘，听到汽车的声音，探头往外看，看见我，很惊奇地说，你怎么来了？我问，您怎么样？ 80多岁的老太太告诉我，没事，回到老家真痛快，心里畅快。

我跟老娘说，前几天岳父去世了，老娘很吃惊，并跟我说，还商量明年给庆八十呢。我说，老岳父没福分，没等到这一天。

老婆这几天一直陪着岳母，昨天圆完坟，便带着老太太去商场买衣服了，从里到外给岳母买个全套。新的生活就要开始了。

日子就这样，亲人离去，我们都学会了面对。活着的时候，我们该做的也做了，离去了，也是意料之中的事。后事也料理得不错，那么多朋友，老的少的，真给力，谢谢了！

把院子里老娘种菜的地，翻了，又垄好，弄了一身汗。

家里还是比较凉，把暖气修好，给点上火，屋子里感觉温暖许多。弟妹和大姐帮忙做饭，一会儿午饭熟了，大家吃得很香。生活就这样。在家和老娘聊到下午4点，我告诉老娘，需要钱就说，该花的就花，别省着。4点钟从老家出来。

从今天开始，逐步正常了，该干什么，就要干什么。

爱慕虚荣

虚荣心每个人都有，强烈与否取决于环境和个人的欲望。虚荣心有时是动力，让人往前奔；有时是压力，压得人喘不过气来。我虚荣心很强，我一直担心，更怕别人看不起，所以一直都装成很成功的样子，其实我什么也不是，我知道。

人和这个世界比起来，太过于渺小了，有的人一生叱咤风云，但最终也会变成尘埃，消失在茫茫无尽的宇宙之中。我问了很多人，是否相信有灵魂，很多人说相信有，我也相信，因为我也不想就此永远消失。我也想有一天我离开这个世界后，我依然还会看着我的亲人，但事实上，谁也看不到。我们自圆其说，人再生的时候要喝迷魂汤的，呵呵，我们有时也学会了善意的欺骗。

虚荣心有时也是一种对心灵的欺骗，比如，我可以为了买一件喜欢的新衣服而节衣缩食，用方便面充饥。吃一次美味和穿着漂亮的衣服出现在他人面前，收获的感觉是不一样的。我们太在乎别人的评价，反而把内在的享受放在次要的位置。大多时候，虚荣心搞得我寝食不安，折腾得我坐卧不宁。我渴望回归我的内心，为自已而活。但这个社会对人的评价我左右不了，我从没有听说过，一个一生快乐幸福的人，成了人们津津乐道的名人或偶像，反倒是一辈子被虚荣心驱使，不停地奔波而内心一直在挣扎的，有外在光鲜亮丽的物质光环的人，成了我们学习的榜样和目标。我们评价人的一生是否成功的标准，大多是外在的，死后带不走的东西。

为追求虚荣，我一遍遍地把内心的真正需求推翻，每一次最后

的落脚点都是，如果这样，别人会怎么看。人是社会的动物，我们谁也不能脱俗。为了得到他人的惊奇，甚至羡慕的眼光，我们做的每件事都超出了自己当时的实力，难受只有自己扛。

为虚荣，我们经常兜里装着两包烟，一包好的，一包次的，好的人前抽，次的没人的时候自己抽。为虚荣，我们尽管应酬不多，也会在出门前灌口酒，满嘴酒气地出现在众人面前。只看贼吃肉，没看贼挨揍，我们只把吃肉场面呈现，却把挨揍的痛苦隐藏。人活得不容易，大家都这么认为，是因为我们没有听从心的召唤。

每一次被虚荣心缠绕的时候，真的要问自己，这是我真正需要的吗？我的能力能实现吗？我是否还有更重要的事要做呢？说到这里，我自己其实已经有答案了，你呢？

飞得更高

今天的现实是我们为昨天的梦想努力的结果，一个人一生的成就和平时的追求、积累是分不开的，改变从点滴开始。有成就的人，都有一颗不安分的心和一个心中的梦，每时每刻都围绕这个去努力，有一天我们发现自己已经超越了自己，超越了身边的很多人。

昨天开了一天的讲座，我真的喜欢看到这么多人愿意听我分享，感谢大家给我力量。上午的《如何感动他人》，下午的《如何赢得他人的信任》，是系列讲座的经典，献给我最喜欢的亲们。我希望自己成为大家人生路上的那个导航，我希望成为大家的良师益友，我会永远关注并祝福大家。

我们每个人都希望自己能为他人、为社会有所贡献，我们不希望被人遗忘，我们希望被关注、被喜欢。那么好了，请按照讲座的方法，多行动，慢慢地改变，从外到内，再从内到外，不断地加强自己的修为，有一天我们会成为家人的骄傲、他人的依靠、社会的有用之才，我们期待着。

我要飞得更高，给自己规划一个个目标，努力去实现它。每一次目标的实现都是一次超越，都是一次生命的辉煌。享受这个过程，并期待这个结果，让我们更自信，更有活力。

舍得舍得，只有付出才能有回报，多从他人的立场、观点出发，多关注他人的感受，更多的人才会在意我们。用别人需要的、喜欢的方法对待别人，我们才能收获自己所需要的。谁也不傻，多付出、多耕耘，回报才丰厚。

成功有方法，失败有原因，成功的方法有很多，但失败的原因只有一个，那就是学习不够。学习是一个人一生最不亏本的投资。让生命怒放，让我们飞得更高，只有从学习开始。爱学习不等于会学习，人生短暂，更有效率地学习，更有目的地学习，围绕目标学习，才是学习的关键所在。

从第一次行动开始，从第一次转变启程，让人生的意义就此展现，让人生就此丰富多彩，让生命之花灿烂地绽放，就从今天开始了！

羡慕候鸟

每年的初冬和早春，没有暖气，屋子里便阴冷起来，此时我便开始羡慕起候鸟来。它们扇扇翅膀，带着全家老小，飞翔在天空，飞向下一个觅食和栖息之地。没成家的时候我羡慕候鸟，那时光棍一根，一个人吃饱了全家不饿，所以多想像候鸟一样，四处闯荡，但那时没钱，也没有胆量飞向未知的世界。刚成家时，我更羡慕候鸟，那时的日子过得紧巴巴的，爱人和孩子给我画个圈，我便在里边奔波。现在我依然羡慕候鸟，却因为有了比较温馨的窝和一帮哥们儿姐们儿，多数的时候也就忘了心底的这个愿望。

人都向往自由，向往无拘无束的生活，我也是如此。我拼命做事，其实也是为了追寻心中的那个梦。有的梦可以讲出来，与人分享，有的却会埋在心底，只有在一个人独处时，才会发呆并陶醉其中。

前年我爱上了摄影，虽然现在的水平还属于菜鸟级，但摄影让我可以找各种理由去追逐美，享受片刻的自由。冬日里去草原，在零下30多摄氏度的严寒里，跋涉在雪中或将越野车一直开到山顶，把自己的心放飞到连绵雪山的尽头；春日里去田野，寻找点点的绿色和树梢上的碧绿的嫩芽，感叹春的勃勃生机；夏日里早出晚归，寻找自然的华丽和美；秋日里在金色的落叶和丰收的果实中，体验丰收的喜悦。四季轮回，我追逐美，和时间赛跑，在万千变幻和秀美中，按动快门，留下一个个永久的瞬间。

每年的5月，候鸟便飞向北方，在草原和有湖泊的地方，成群

的候鸟在天空中嬉戏，在陆地上追逐。候鸟们饿了去湖里捕鱼捉虾，渴了饮一口甘甜的湖水，累了便在草丛中小憩，过着无忧无虑的田园生活。5 月是内蒙古达里湖观候鸟最好的时候，多次和朋友相约去拍鸟，但因为各种原因而放弃，无奈也只能在脑海中想象出一幅幅候鸟飞翔的动感画面。

今年一定去拍鸟，去年我也这么说过，但大多数时候放弃了。候鸟靠生命的本能而迁徙，人类靠思想而行动。我们每次的承诺都没有像候鸟一样有着生死的压力，多数也就说说算了。都说置之死地而后生，但我们太爱自己了，也就不断地逃避。好死不如赖活着，我们经常宽慰自己，也就放弃了一次次超越和重生的机会。

如果能像候鸟一样，简单地生活，坚定而勇敢地行动，我们大都可以成就一番事业。执着和专注使很多人走向成功，成功其实很简单，就是飞啊飞。我要飞得更高！

老了以后

我年轻的时候，也看不惯父母的有些做法，虽然我那时可能不懂事或阅历不深。现在儿子已经成家，我坚持我的做法，不去儿子的小家，儿子装修新房，我不问也不去，自己的房自己搞定。老婆不在家的时候，我便找机会和那些狐朋狗友混到很晚，或者自己简单做一些自己吃，看书上网，一直到很晚才睡。家里没有儿子可以，没老婆也就不像家了。

老岳父去世后，我们像伺候小孩一样对待岳母。看得出来，岳母在慢慢地恢复，气色不错。从岳母身上，我们也不断地总结和学习。岳母岁数大了，睡得早，起得早，我们还在蒙眬中就会听到嗒嗒的上下楼梯声和嚓嚓的脚步声，这时我便知道儿女为什么不愿和老人住了，因为生活习惯不一样。我起来后总发现岳母呆呆地坐在沙发上，身边放着衣服和包（中午她要回自己的住处，有保姆，我们晚上接回来），窗帘拉开一道缝，厚厚的窗纱不拉开。我们不习惯这样，总是把窗纱和窗帘全部拉开，这样显得亮堂。几次老婆都说，您把窗帘都拉开多豁亮，一边说一边示范，但不管用，第二天还是如此，再重复，还是如此，数日后我们只是有动作，不说了。昨天我和老婆说，你看什么时候人不改变和学习了，就真的老了，就拿窗帘来说，你也别说了，没用，不管你怎么说，她不会改变了，她有自己的想法，她在坚持，她也不观察别人是怎么做的，这时就是老人了。

岳母的职业是小学老师，退休后，基本上是伺候岳父 20 年，

岳父喜欢看书，她也喜欢看。人都有自己喜欢的，看电视也是如此，我现在比较喜欢看文艺节目，每当看电视里年轻人欢歌热舞的时候，岳母边看边嘟囔，神经病、神经病。我答不上来，就把遥控器交给岳母。

我觉得我老了后就要包容，年轻人喜欢的我要学习，但年轻人做事我不要在旁边指手画脚。我也年轻过，我知道年轻人需要什么。

我老了要学会独立，尽量自己生活，只要我能自己做，坚决不会麻烦别人。

我知道一个人总是提过去的事情，不再关注未来，那么就意味着老了。所以，我老了尽量管住自己，不提自己辉煌或年轻的时候，我要面对未来，尽量说，将来怎么样，将来如何，等等。

我现在要培养自己的爱好，老了我要有自己的事做。

我老了不要总认为自己对，要学会欣赏周围的人和事，凡是比我年轻的人都有值得我学习的地方。

我现在要多学厨艺，老了做的饭菜好吃有特色，符合年轻人的口味，那么孩子为品尝美味也会经常来看我。因为我们在回味母亲的爱时，总会想到母亲给我们做的好吃的。

我现在要存点钱，老了我会经常给孩子们惊喜，我会给孩子们买礼物，送红包。我不希望我死后，还有钱留在卡里，但希望活着的时候不经常向孩子们要钱。

老了，不管生活艰辛与否，我都会经常面带笑容，我不会给家人使脸色。

哎呀，老了还要做那么多准备啊，趁现在没老，好好生活吧，永远是正能量！

人生感慨

最近看了小说《嘉莉妹妹》，感触颇深，作者是美国 20 世纪作家西奥多·德莱塞。《嘉莉妹妹》虽不能说是一部巨作，但极具现实意义，在美国现实主义小说发展史上占有重要的地位。在读小说的过程中，会感觉小说中的人和事，离我们如今的生活是那么近。 有的人说这部小说对中国现在的青年人，特别是青年女性如何去谋求事业、追求成功具有可思索和借鉴的现实意义。

主人公嘉莉，从小在乡村长大，因为生活所迫，独自一人，提着一只小皮箱，带着一张写着她姐姐地址的纸条和四元现金，满怀着年轻人的梦想，登上了开往芝加哥的火车。

当时她正好十八岁。在她的心里，还没有想到离开家乡对于她意味着什么，她心中充满了对芝加哥的憧憬和对未来的期盼。在火车上，她与喜欢给女孩献殷勤的推销员认识，互留了通信地址，当然那时还没有手机，只是家庭住址。

到了姐姐家，姐姐已经结婚，生活过得很艰难，每天为生计而奔波，早已没了生活的乐趣，对妹妹嘉莉也是不冷不热的态度。姐夫告诉她在他家要交住宿费，要糊口就要工作，在陌生的城市中，她四处寻找工作，多次被拒绝，生活十分艰难。姐姐和姐夫指点她的都是到工厂去做体力活。嘉莉天生丽质，喜欢漂亮的衣服和美味的食物，工厂那点收入不能满足她。

她不得不以情人的身份与火车上遇见的推销员同居，以满足自己的种种物质需求。后来她与推销员的朋友也是有妇之夫的酒吧经

理赫斯渥认识，嘉莉的天真和美丽让赫斯渥开始不满足现在的生活，恨自己为什么结婚了呢。赫斯渥风度翩翩，睿智过人，谈吐高雅，嘉莉也非常崇拜他。一次业余演出，嘉莉展露了演艺的才华。之后，赫斯渥家庭矛盾不断，一天他偷了酒吧一万多元营业款，用谎话骗了嘉莉，两人开始隐姓埋名，并以情人的身份私奔到纽约。

由于名声的败坏，赫斯渥没有了朋友，几次创业失败，早已没有了斗志。嘉莉离开后，他穷困潦倒，靠乞讨和救济活着，最后在秋风落叶中凄惨地死去。

而嘉莉靠自己的聪明和美丽，逐渐成名，在戏剧界有了一定地位，享尽了她梦寐以求的荣华富贵。金钱有了，地位有了，然而嘉莉对男人也失去了兴趣，只有在舞台上才能得到满足。她得到了她想得到的，但也失去了很多珍贵的东西。

青春永驻

拖了好长时间，在老婆的一再催促下，我终于在今天上午去理发了。这是过年以后第三次理发。在家里用飞利浦的电动刮胡刀整理了几次，整得越来越难看，自己都不能容忍了，终于理了。不愿意理发的原因之一是不愿意叫鬓角的白发露出来。

不知道什么时候，白发飞上了鬓角，一头乌黑的头发也开始稀疏起来。为了挑战自己，也为了少焗油，每年的 5 月我开始推光头，自己的头型不适合理光头。今年还没下决心，但不知何时可能就会一时心血来潮把讨厌的头发推光。

年轻真好，皮肤紧致，头发乌黑，青春盎然，一转眼这些都离开了。讨厌的头发，要不你就全白，鬓角灰白，头顶依然顽强地黑着，不焗油，懒得照镜子，自己都讨厌自己，自己都不自信。焗油又贵，每次理发回到家对着镜子自己焗，反正出去都一个样。

焗完油，再一照镜子，嘿，年轻好几岁，自己骗自己吧。人有的时候真的需要自己骗自己。穿件可体漂亮的好衣服，焗焗头发，走起路来，自认为像小伙一样，感觉好极了。

人活一口气，树活一张皮，人的这口气让自己感觉有时像喷涌的山泉，有时像将要爆发的火山。永远有用不完的劲儿，这样才有意思，有奔头。

把自己最好的一面展现出来，把老态龙钟的暮气从心底扫除，就是装也要装出年轻来，何况装久了，真的感觉自己还年轻呢。让青春永驻，这是我们每个人的期盼。

年轻的时候有贼心没贼胆，刚成家那几年有贼胆没贼钱，现在就怕有贼钱了，贼心没了。永远保持年轻时候那个贼心，不管什么时候都去学习、改变，不认输，把自己打扮得风度翩翩，把自己搞得自信满满，满面春风地迎接未来。这样多好啊，我是这么认为的。洗头去了，下午又一个小伙来了，呵呵。

只在乎你

今天上午，坐在电脑前，不由自主地哼起一首歌，熟悉的歌词，熟悉的旋律，哼了几遍，便记起了是邓丽君的《我只在乎你》。人生有许多幸事，是因为遇见了自己特别喜欢的人；人生也有很多遗憾，是因为喜欢的人会从身边匆匆而过，成为永久的回忆，一辈子再也不会相见。得到的不认为美好，失去的反而认为更美好，大多数人如此。

作为男人，有没有让你魂牵梦萦的人？肯定有，但绝大多数不会走到一起。即使苦苦追求，也大多不会幸福。所以爱情不是一方主动，一方被动，而是两情相悦。我们经常会说，你看，多好的人啊，你怎么不珍惜，其实，有各种各样的原因。

争强好胜、喜新厌旧、见异思迁是男人的天性，这成为很多男人奋斗的动力，也成为人类世界发展的主要原因。动物世界里雄性的动物大都漂亮，靠在群体中走动来吸引异性。但男人这样不行，不但要展示外在的美，内心也要强大。

现在的社会，不是漂亮男性征服世界，而是智慧男人主宰世界。男人的责任更大、压力更重，所以一些内心脆弱的男人要靠喝酒、抽烟来麻醉自己或缓解压力。因为在推杯换盏、吞云吐雾中，会把自己忘掉，换来暂时的放松。由于竞争的激烈和环境的速变，人的感情越来越直接、善变，也越来越没有味道，像快餐，只管充饥，但舌尖的美妙感觉却淡淡的，经不起回忆。

“任时光匆匆流去，我只在乎你。心甘情愿感染你的气息。人

生几何能够得到知己？失去生命的力量也不可惜。”多美好的感觉，特别留恋这样的情感，但在川流不息的车辆中，在忙碌的追求物质的身影中，我们忘掉了这些。一次美丽的相遇，一次心动的交谈，一个人呆呆的胡思乱想，也是人生的美事，不是吗？

我对男人是这样认为的：20岁的男人什么都想干，30岁的男人最想干成一件事，40岁的男人最想改变，50岁的男人后悔很多事没有干成，60岁的男人每天都在回味过去，70岁的男人开始用批判的眼光审视世界，80岁的男人知道了生命的意义就是多活一天，开始包容和乐呵。

保留内心那一块神圣的自由空间，把美好的东西储存起来，让美妙的情感在内心充盈。在乎你爱的人，也让你爱的人被美妙的情感所包围。做一个幸福的人，你爱的人也会幸福起来。

何时雄起

昨天叫我脸红和无地自容，但也不是第一次有这种感觉了。多少次，被很多人看好，满怀憧憬，走进赛场，但一开赛就稀里哗啦，一败再败，该赢的赢不了，该输的就更输了，奇迹从来没有在我身上出现。多少次怀疑自己的天赋，多少次想放弃，但还是鬼使神差地坚持着。

乙级的比赛，我最好的成绩，是第七次的第四名。我也曾有过一些令我自豪的成绩，全市驾协杯比赛曾获第十六名，市六运会第八名，但是靠运气取得的。我从来都不认为自己有运动天赋，是不断的练习和投入，使我慢慢地进步，一点点地提高，但进步的速度出奇地慢。有时我真的后悔我怎么喜欢这个小小的乒乓球呢，这个让我又爱又恨的乒乓球。

昨天是乙级的第八次比赛，有二十人参加，四个组，抽签的结果真好，我的小组其他四个人，平时都打不过我。我开始幻想自己取得小组第一名，进入八强，进入决赛，争夺第一名。

第一轮轮空，穿着短裤，有点冷。第一个遇到的对手是位女士，她从小打球，球技不错，老式打法，平时和我比赛，基本没赢过我。比赛开始，我有点保守，自己的特色没有打出来，对手频频进攻，屡屡得手，第一局，我输了。第二局，我还是非常自信，但还是没有改变，在领先的情况下我还是输了。第三局，不能再输了，要连扳三局，有点困难，但依然保守，频频失误，结果输了。我 0 比 3 完败于对方，我很沮丧，完了，我小组出线没希望了。但

朋友的一句话又给我加了点劲儿，接下来如果全赢，还能出线。

第二场，我开始打出自己的一些特色，主动进攻，1:0，2:0，2:1，2:2，决胜局9:7领先，连续两个失误，最后丢掉决胜局。小组出线从此断送。

第三场，因为对手较弱，3:1取胜。

第四场，在漫不经心中，稀里糊涂地0:3输掉，在小组成绩排名第四，没能进入八强。

接下来的排名赛，因为没有斗志，打得是糟糕透顶，只赢了一场，其余全部输掉了。

晚上，第一名——我的老哥请客，我不想去，因为没脸去吃去喝，想着回家算了，但我最后还是去了。我坐在角落里，不喝酒，不去敬酒，因为球打得那么差，丢人啊。

我打球有的时候打得酣畅淋漓，都是专业打法。我是一个让谁都可以赢，又让谁都可以输的人。很多人建议我，慢一点，过渡一下，但我慢不下来，一上来，便当当地一发不可收拾。我真急啊，我怎么就慢不下来呢，苦恼、郁闷！

为了打好球，我跟专业教练学习，单项技术都知道和掌握，论技术我最全面，超越了大部分业余打球的人。平时我会赢很多人，但一上赛场，成绩大多是极不理想的，怎么办呢？

今天早上醒来后，我想，做人我比较成功，因为我给人很随和、很柔的感觉，很多人愿意和我交往，但我真正的性格或者说骨子里是争强好胜、刚性的，这在打球上就体现出来了。小小的乒乓球让每个人的性格缺点都暴露无遗。不懂得变化，不懂得快慢轻重，不研究对手，由着自己的性子，结果可想而知了。所以说，球技的提高和进步也是克服性格缺陷的过程。

昨天，一些朋友对我的成绩，直觉得惋惜，直说，不应该啊，不应该啊。但我自己内心深处知道，我有一些致命缺点还没克服，离冠军还很遥远。

昨天一个朋友跟我说："你有运动天赋，看你的发力多好，你的反手球，是很多专业运动员都达不到的。"我从来没这么认为，这又给我信心，从头开始吧，继续练球。我想按我的刻苦和努力，冠军只是早晚的事，因为该具备的我具备了，不具备的也能慢慢改变。盼望着冠军到来的那一天！

老人独立

今天吃早饭的时候，我跟岳母说，您身体没问题，又识字，年龄也不大，更没负担了，要考虑今后丰富多彩的生活了。

老太太直点头。其实谁都有老的那一天，如何工作，很多人知道，但如何在退休以后生活得有意思，是很多人要好好计划并认真对待的。

我的老领导，是一个非常好的人，今年70岁了。上班的时候自学了日语，现在能教学生了；刚有游戏机的时候，他买回家一台，每天业余时间便和游戏机较起劲来；开始有电脑了又爱上了电脑，上网、文字处理、图片处理样样精通；现在又爱上了摄影，从佳能7D开始，去年又上了5D3，每天带个小包，里面一台摄像机、一台相机，不放过任何一个美好的瞬间，生活过得充实，而且有滋有味。

岳母呢，像一个在家离不开人的小孩，早上早早地等着我们把她送走，下午一个一个电话询问什么时候去接她回来。老婆说："我这个妈啊，你说怎么办啊。"我有时和岳母说："您还不如我妈呢，人家80多岁了，都不像您。"

老人必须要有自己的事做，于是，我和老婆商量，如何叫老人独立。先打听老年大学，因为岳母喜欢唱歌，给报个音乐班。老婆给岳母配好了家里的钥匙，准备叫岳母每天自己来去。现在春暖花开，岳母住处和我家离得很近，慢走也不会超过30分钟，而且不用横穿马路。

和岳母慢慢渗透，今后如何生活，尝试新东西，多跟外界交往。而且，我说："您这一代人还不错，有子女在身边，我们老了就惨了，所以要学会独立，不依靠子女。"老人也赞同。

我也跟岳母说，出去记住，过马路的时候，一定要等，老太太说这个她知道。我说："还要有防范心理，不要轻易透露个人信息，如果一个陌生人突然对您感兴趣，对您特好，要注意了。"

吃完早饭，老婆说："您今天自己走吧。"我其实特想送老太太，但我也希望岳母不要过分依赖我们，我也想在后面悄悄地跟着，但我没有行动，我知道今天是岳母独立开始的第一天。

到了单位一会儿，岳母来电话，说她到家了，看表30分钟，不错。而且老婆刚咨询了老年大学的音乐班，现在很火爆，一个班70人啊，还有一对一的VIP班，不错，报吧。

老人的独立也是慢慢开始的，希望有一天，突然接到电话，岳母要和一些同学或朋友相约去旅游，或者做别的什么，而且不断地说："你们不用管，我自己能处理，我想就是真正地独立了。"当然了，老人独立了，其实更应从其他方面给他们以关照，因为过分依赖子女的老人和独立老人的需求不一样，子女也要学会如何孝顺和关心非常独立的老人。

钟爱陆地巡洋舰

多少次幻想自己在沙漠中驾驶陆地巡洋舰，多少次幻想进入险地去挑战极限，多少次幻想进入西藏未知的地域，但这些都是自己从前的美丽幻想。自从有了一辆陆地巡洋舰，这种幻想便有了实现的可能。

我单位的同事，一个酷爱越野自驾的男人，三次进藏，单人单车闯入西藏无人区，面临生死的考验，但依然乐呵。我很佩服他。他的博客有一句话：眼睛上天堂，身体下地狱。虽然我胆量差点，但依然向往，因为那是一个男人应该做的，尽管很多男人做不到。

越野其实是考验一个人的胆量的，特别是上山或下山，如果坡度很陡，车前的路你根本看不到，那时心怦怦地跳，谁都害怕，但经历久了，也就有了经验和对风险的预估，一切都不是盲目冒险，一切都仿佛是享受。

我想过不一样的生活，也想换一种活法，每天没事的时候就跑到同事的办公室聊越野，时间长了就有了冲动，也想有自己的一辆陆地巡洋舰。业余时间一直在网上搜寻，看过一篇篇的帖子，最后锁定吉林的一辆，最后和同事一起赴吉林，将陆地巡洋舰开回家。

将陆地巡洋舰不断地改，全车做隔音，加前杠，升高，换方向减震，全车喷漆，整得有模有样，自己那点私房钱也花得差不多了。陆地巡洋舰不愧为最经典的越野车，皮实，像拖拉机，有油有水就走，专找没路的地方走，那个爽劲就别提了。升高以后的陆地巡洋舰和货车差不多高，停在路上看旁边的小车都要低头去看。有陆地巡洋舰的日子是特满足的日子，对其他越野车没有了欲望和需求。

冰天雪地的冬天两次去内蒙古，不管是冰路还是雪山，只要想走想上，轰起油门便到。秋天穿越草原和戈壁去额济纳赏胡杨林，1000多公里不掉链子。开陆地巡洋舰出去，总想着，路面再坏点多好啊，常人不好理解，但开陆地巡洋舰的人本来就是不走路的。

去年天降大雨，整个城市一片汪洋，我开着陆地巡洋舰在一个个街道行驶，想无偿救援，在和平路看见一个女孩子在水中艰难地推着电动车，我上前问，需要帮助吗？但女孩子以为遇见了坏人，不搭理我。转悠到凌晨2点，家里来电话说，地下室进水了，我才开车涉水回家。

有陆地巡洋舰的日子，钱包总觉得瘪得太快。尽管陆地巡洋舰对油不挑剔，但两个油箱加满也要1000多元啊，如果放开跑，钱就像烟很快地消失。如今我的陆地巡洋舰大部分时间静静地停在那里，为了省油低碳，更关键的是为了省钱，只好走路、坐车或开别的车了。我盘算着如何处理我的陆地巡洋舰，卖了还真舍不得，最重要的是我还没去西藏呢。

让人生充满激情

一个人一辈子的成就大小和许多因素有关联，但是否拥有激情是很重要的因素。当过老师的人都知道，一个班的学生，哪几个是充满激情的学生，哪几个会积极配合你开展活动。不管是高年级还是低年级，在你讲话或安排活动的时候，总会有几个摩拳擦掌、眼睛放光的学生，他们就是你班级活动的骨干力量。如果你是一位管理者或领导，透过工作，你也会发现总会有几个跃跃欲试、渴望表现的下属，他们就是你工作的先锋和依靠。老师喜欢有激情的学生，领导也希望自己的激情能感染自己的下属，更希望自己的下属一直被激情推动。

如果我们的父母、老师和领导充满了激情，那是我们的福报。使自己成为充满激情的人，是我们人生幸福和快乐的源泉。让激情充盈着我们的人生，让激情一直激荡着我们的生命，是令人追求、向往和期盼的事情。有激情的孩子，会全身心投入学习，而且不是书呆子；有激情的人谈恋爱，会不断感动和感染自己的恋人；有激情的人成家了，会把家经营得有模有样；有激情的人走入职场，会不断成长，一路高升；有激情的人创业，会有很多人追随。我们发现不管时代如何变迁，一定是有激情的人在引领这个世界向前。

为什么我们的学习力在下降？为什么我们在工作上没有了开拓和创新？为什么我们的婚姻出现了危机？为什么我们的事业遇到了瓶颈？很多时候是因为我们的激情消亡了。所以如何寻找激情、重新迸发激情是很多人的苦恼。当遇到困难、挫折或打击时，很多人无奈地选择逃避。我们的态度决定了事情的结果。我们可能无法选择环境和要面对的一切，但我们可以选择面对问题和环境的态度。满怀激情地寻求改变，积极地面对，找出走出困境的通道，才是根本所在。一个人之所以能够将事业做大，是和激情密切相关的。现实中，拥有激情越多的人能量就越大，感召力和影响力也就越大，成就也就越大。我认为激情多的人总是领导激情少的人。做能量最大的人应该成为我们人生的目标。

没有激情的人总是埋怨周围的人没有激情，失败的人总是把失败的原因归于他人，不幸福的人总是把幸福寄托于他人，从来也没有想掌控自己的人生。我之所以没有目标，是因为周围的人都没有追求；我之所以不能发挥作用，是因为他人没有给我这个环境：太多的人秉持这个想法。我一直说，因为你是一个充满激情、想干事的人，所以才有贵人帮助你、提携你，是你自己决定了在人生的节点上会不会出现贵人。你想让自己的人生充满激情，就要给自己开辟一条幸福、快乐和有成就的通道，你能走多远，关键看你的激情能持续多久。

有激情的人，在学校是个好学生，在单位是个好员工，在家里是个好子女、好家长，在事业上是个成功者。从点滴开始，从细节开始，从日常做起，挺直腰板，昂起头颅，快速行动，将自己投入学习、工作、生活中去，让人生充满激情。几年以后，我们就会发现我们的人生翻开了崭新的篇章，因为我们的激情，我们的改变，周围的人也像我们一样，开始感知生活的美，享受激情的人生所带来的幸福和快乐。

让激情激荡人生

为什么我们喜欢回忆童年，喜欢说年轻时候如何？不是那时候我们多富有、多幸福、多快乐，而是因为那时我们年轻并富有激情。

小时候，因为有探寻未知的激情，所以我们对世界充满好奇；长大了去上学，我们把激情投入到学习上，因为想跳出“龙门”改变命运；工作后，我们依然激情四射，因为我们想升职加薪得到认可；恋爱的时候，因为激情相逢，我们有了成家的冲动；成家了，还是因为激情，我们奔波劳顿、早出晚归、生儿育女、延续香火。有激情的人，难不觉得难，苦不觉得苦，累不觉得累，他们会一直向前。

几十年的人生中，我也在学习、思考，人生到底和什么有关系？最后我认为和激情相关，因为是激情驱动我们全身心地投入，去追寻心中的梦，实现一个个人生目标。有激情的人一定知道自己要干什么，有激情的人目标一定清晰，有激情的人一定行事果断迅速。

富有激情的人生是幸福的，富有激情的人生是快乐的。富有激情的人生让人留恋，让回忆变得芳香和甘甜，让我们忘掉了岁月的侵蚀，忘掉了年龄的增长，去拥抱变化，享受过程，期待结果。生命是我们自己的，不管是哀叹激情的不再还是诅咒命运的不公，都于事无补，更难唤回激情。所以让激情激荡我们的人生，让生命鲜活而澎湃吧！不管生活多难，不管前行的道路多曲折，我们一直都要生龙活虎，勇往直前。

别糊弄自己

昨天、今天两天的考试，我没收了很多人的卷子，这也是做老师的毛病，一上考场，就像打了鸡血一样，眼里不揉沙子，也请同学们理解。干什么像什么，上学就要有个上学的样子，在小抄上下功夫，不如多上课，多看书，学了就是自己的。

一场考试，能表现一个人学习的程度，也能反映一个人对学习的态度，更能折射出一个人的人生态度。能够认真学习、重视学习的人，其在工作、家庭、生活方面也是认真的。事实上，认真的人最后的收获总是最多的。忙是很多同学不去努力学习的理由，我看着这些同学，不禁问道，真的那么忙吗？这些同学最后都不相信自己的话。我想告诉这些同学，好好对待学习，多下些功夫，别再糊弄自己了。

我经常和大家说，学习是人生最不亏本的投资，学比不学强，多学比少学强，有方法学比没方法学强，有目的学比没目的学强！学习就是见缝插针的事，把应酬、看电视、玩电脑、玩手机的时间挤出来，多看书，多做笔记，多思考，坚持一段时间，真的会很好。

学习是一种坚持，最后会成为习惯。为什么我们考的学校不如人家好，工作不如人家强？其中很重要的一点，就是我们的学习坚持程度不够，导致没有养成良好的学习习惯。如果你成家了，而且有了孩子，你是否希望自己的孩子好好学习？绝大多数家长都希望。但我们要求自己的孩子的时候，我们做到了吗？答案大多是否定的。所以为了孩子，我们也要学，因为教育孩子不在于我们说了

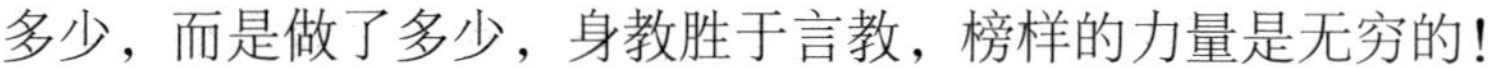

多少，而是做了多少，身教胜于言教，榜样的力量是无穷的！

同学们要理解学校的良苦用心，考试严格，是为了让大家多学些知识。文凭只是一种学习经历证明，一个人的知识储备总是和能力成正比的，你具备了相应的能力，你就有施展的空间和发挥的场所。认真对待学习吧，好好珍惜这两年多的学习机会，系统全面地学习并掌握所学的专业知识，为自己的将来做好准备。我希望看到同学们能学有所用，发挥自己之长，过上幸福快乐的生活！

教你如何谈恋爱

如何做才能恋爱成功，步入婚姻殿堂？仁者见仁，智者见智。但通过对大量有着幸福婚姻的家庭进行分析发现，其中众多的幸福家庭，都有着甜蜜的叫人回味无穷的恋爱史。恋爱过程不融洽、磕磕绊绊，其婚姻也大多充满了坎坷，这一点是毋庸置疑的。因此可以说，恋爱是婚姻的彩排，谁也绕不过去，恋爱准备越充分，婚姻成功率就越高，否则仓促上阵，其结果可想而知。

当下的年轻人可以分为三类：第一类是想谈也谈不成的；第二类是想谈就能谈，但总也谈不成的；第三类是一谈就成的。其实本文主要是针对第一类和第二类人群。谈不成有各种各样的原因，但最主要的原因是自身的原因，也就是在我所涉及的方面存在这样或那样的问题，需要学习和改变。千万不要相信那些“缘分不到”“总有一个人在某个地方等我”的话。恋爱过程是一个学习的过程，更是一个改变的过程，恋爱是一门学问，更是一门艺术，需要灵活运用。

你有没有发现，同一个家庭的成员，婚恋往往有相似的结局？这是因为家庭成员的婚恋观有着高度的相似性。因此一个人的婚恋观与环境和学习有关，婚姻的幸福不是命运所致，而是环境作用和后天习得的结果。幸福掌握在自己手中，恋爱成与败也是自己能够掌握的。

我们常说，爱情需要奉献。每个人都是自我的，如果你的自我不足以妨碍或损害他人利益，这点无妨。但如果自我的人，不关注

或不能满足对方的心理需要和其他需求，只在意自己的满足，这样的人婚恋是不会幸福的。幸福的婚恋也是一个交换的过程，给予小于索取等于成功，当然婚恋不是做生意，需要赚取利润，而是要赚取认同、满足、融洽。

恋爱需要学习，因为恋爱过程也要讲究方法和技巧，但这些方法和技巧应该是内心自然的流露而不是故意装出来的。因此真心相爱，就等于“无条件完全接纳对方”，这一点非常重要。我们发现，改变一个人很难，但我们通过改变自己也会影响恋人去改变，关键不是我们要求了什么，而是我们做了什么。

男人不坏，女人不爱，这里的“坏”男人，其实是指能够读懂女人的男人，更是指知道如何满足女人的男人。在中国传统教育里面，一个下功夫钻研女人的男人，往往有点问题，不正经、不学好等，但不管什么时代，我们都需要一个能读懂我们的恋人，这一点亘古未变。

心中的五月节

端午节，也就是每年的农历五月初五。这个时候在我们老家农村正是麦收季节，大家忙着抢收抢种，最怕的是连阴天加上下雨，麦子晾不干，就会发芽，夏季的收成也就泡汤了。所以过端午节，只是包些粽子，吃着粽子的时候才知道，过五月节了。

在我的老家，每年要吃两回粽子，一回是四月庙，一回是五月节（端午节）。四月庙具体是哪一天忘记了，因为离老家不远的一个镇子叫韩村，有个药王庙，每年的农历四月有庙会，唱戏的、耍杂耍的、变魔术的、卖东西的，要什么有什么。庙会要持续几天，到时人山人海，甚是热闹。因为还不到麦收，大家有时间放松一下自己，所以这个庙会也就成了远近闻名的节日。此时北方的芦苇已经吐出叶子，虽不很宽，但两片或三片叶子合在一起就可以包粽子了，也可能是人们看到了庙会有卖粽子的，也就开始自己包，后来人们每到这个时候就开始过四月庙了。如今，虽然韩村镇那个药王庙早已没了踪影，庙会也早已被很多人遗忘，但一些老人还依然对四月庙念念不忘。

小的时候，对过节的期盼是能改善一下伙食，做准备的活儿大都落到我们这些半大孩子身上，因为过节我们最积极。节前的十几天，我就开始约大一点的哥哥姐姐们去掰粽叶。我们开始打听哪里的苇塘苇叶多，哪里的苇叶宽。去的时候要带上一大瓶子水，有条件的带上烙饼或馒头，没条件的带上一两个饼子或窝头，我一般是后者。和小伙伴们背着筐，徒步四五里才到苇塘。长得好的苇塘都

在低洼处，而且都在村外比较偏僻的地方，一个人是绝对不敢贸然进入的，好在跟着大一点的姐姐哥哥们，壮了胆，也就管不了那么多了。掰苇叶的活儿绝对不是好活儿，因为眼睛要一直往上看，要盯着大一点、宽一点的苇叶，时间长了，脖子、胳膊都酸了。因为苇塘中间没有树，若赶上晴天，太阳照着，汗水就会顺着脸颊、脖子往下淌，如果皮肤再被苇叶一拉，就会火辣辣地疼。但为了吃上香甜的粽子，也就顾不上这些了。实在太累了，就跑到苇塘边上的树荫下，坐在筐里，啃口玉米面饼子，就口腌萝卜，歇够了，再去掰苇叶，直到够了为止。

把苇叶背回家，妈妈就会尽快把苇叶用开水煮一下，这时苇叶的香味就会在空气中飘散开来，村里人如果从附近经过，就会用鼻子猛吸几口气，大都会自言自语地说："粽子味，谁家包粽子了。"妈妈将煮好的苇叶，晾晒在绳子上，一串串的，甚是壮观。每当看到这些，我心里就会油然生起一股满足感和成就感。

在过节的前一天，妈妈就开始准备了，将包粽子的米、枣、苇叶都提前泡好。那时包粽子的米，用的都是黍子米，这个不用买，家里就有，像现在用的江米（糯米），那时根本见不着。开始包的时候，家里所有的女人都一齐动手，一个个包好的粽子，被扔到水桶里，用水泡着。一个下午的时间，要包两三个水桶的粽子，因为人口多的缘故。将包好的粽子倒进大锅里，用大火烧开，再用中火煮，最后用小火，熄火后再焖一会儿。出锅的时候，一掀锅盖，一团雾气升腾而出，香味弥漫。粽子的香味让所有的劳累一扫而光，全家人围坐在桌子旁，没有任何菜，只有粽子，吃了一个又一个。最后每个人都报出自己吃的数量，看得出来，吃得最多的那个人最有成就感。

那时的日子就这样日复一日年复一年，简单得不能再简单，但特让人留恋。全家人围坐在一起吃粽子的场景，再也不会出现了，因为我们都各自成家，各奔东西。每年老娘也都会包些粽子，心里也会盼着我们回家，但大多时候，我们在忙碌中就错过了。每次过完节，回家问老娘，今年包粽子了吗？老娘都会说，包了，也没人吃，包得少，我无语。我知道，做老人的特喜欢看着儿女们吃着自己做的饭菜，因为那时才会感觉自己还被需要。

今年的端午节，一定回家，吃一个老娘包的粽子。虽然现在不是特别爱吃这个了，但老娘包的一定要吃，因为粽子里有很多的期盼、回忆和爱。慢慢地咀嚼，亲情会很浓很浓！

爱的和谐

每个人都希望自己和恋人（配偶）关系和谐，和谐是爱情的前提条件。通过分析众多的恋人或夫妻，我们发现和谐的恋人或夫妻关系，至少要具备三个要素：彼此关注、共同的积极情绪及一致（同步）性。

彼此关注，就是注意力都在对方身上，关注对方的语言和行动。做到话有回音，动有反应，也就是在对方说的时候你要注意听，对方做的事你要给以评价，但要求尽可能多地给予肯定、赞美和鼓励。彼此关注产生了共同的兴趣，由此可达到知觉的一致。恋人或夫妻的双向关注是构筑共同情感的前提条件。

影响恋人或夫妻关系和谐的重要因素之一就是同理心，也就是双方是否能够体会对方的心理感受，你需要的恰是对方也需要的。当对方全神贯注地听你讲话，而且不断地回应，当对方的眼睛与你对视的时候，你读出了爱，这就是莫大的肯定和鼓舞。你会感到只有眼前的这个人能够知你懂你，为对方付出多少，你都会心甘情愿。

营造和谐的恋人或夫妻关系的第二个要素是，共同的积极情绪。当恋人或夫妻交流的时候，双方都感到心情愉快、夫妻关系就会和谐。如果一方有提升他人情绪的能力并擅长传播稳定情绪，那么这对恋人或夫妻一般比较和谐。我们知道沟通和交流的时候，身体语言比语言本身更重要，也就是你的面部表情和语调比你说了什么更重要。共同的积极情绪主要是由面部表情和语调引起的。所以要营造和谐的恋人或夫妻关系，面带微笑、放松、沉稳、大度、接纳、包容、关爱、关注、热情及适宜的语调就显得非常重要。

营造和谐的恋人或夫妻关系的第三个要素是一致性或同步性，主要指非语言方面。相处的时候，交流的节奏和身体动作要一致，对方微笑你也微笑，对方静静地讲，你不要晃来晃去，对方沉稳你也沉稳等。处于和谐关系的恋人或夫妻，心情愉快，畅所欲言，双方反应自然迅速，配合默契，就像事先编排好了一样，坐得很近，四目相视，双手缠绕，对方的呼吸和心跳都感觉很美妙。即使很长时间地静默，双方也感觉好像在美妙星空下，在心仪的美景中陶醉和享受。

营造和谐的恋人或夫妻关系的秘诀是情绪的一致，这有大量的实例可以证实。营造和谐的恋人和夫妻关系是双方的目标，也需要双方共同努力。如果你学会了和恋人相处，学会了夫妻双方的沟通和交流技巧，你也就通晓了与人的相处之道，你不但会拥有和谐的恋爱或婚姻，也会拥有和谐的人际关系。

恋爱对象

如果你谈了五个甚至更多的对象，但还不知道和谁结婚，那肯定是你的问题。如果你已到恋爱的年龄却没谈过恋爱，这里有两方面的原因：一是自己可能对恋爱十分期待，但不知如何与异性相处，缺乏自信，总是被动等待；二是交往面太窄，圈子太小，每天两点一线，认识的人谈的谈，成家的成家，没谈、没成家的，又不认识。有的人不缺恋爱对象，有的人却感叹：谈个恋爱怎么这么难！

其实，如何寻找或者说锁定恋爱对象，还是有些方法和技巧的。了解了这些方法和技巧，加上不断地训练使自己的内心更加强大并且承受能力不断提高，我们会慢慢发现，恋爱其实很简单，也不复杂，跟着自己的心走，顺其自然，一切都是水到渠成，瓜熟蒂落。

首先，一定要给自己的恋爱一个理由。之所以谈恋爱，有的人是因迫于父母的压力，有的人是因害怕孤独，有的人是为寻找慰藉，有的人是为寻找事业的帮手，有的人是为寻找生活的伙伴，有的人是为解决生理饥渴，有的人是为证明自己的能力，等等。恋爱的理由有多种，但请给自己一个理由。这里明确一点，恋爱是为自己成家在做准备，所有的恋爱行为都要围绕一个目标，那就是结婚成家。所有不以成家为目的的恋爱不在本书讨论的范畴。因此为成家而谈的恋爱，需要谨慎对待。俗话说，请神容易送神难，一旦目的不明确，对方又很执着认真，死缠烂打，那麻烦就大了。轻者寝食不安、精神恍惚，重者职场受挫、财物散尽，人生跌入低谷。

其次，主动出击。其实恋爱的机会存在于我们工作、学习、生活的方方面面。恋爱对象会在不经意间适时出现，关键在于你能否发现、主动出击。一般情况下，对恋爱心存畏惧的人，大都是把注意力放到了自己的身上，只是抱怨我怎么就谈不上呢。他们很少把注意力放到身边人的身上。他们只关注自己的欲望和需求，却很少在意对方的欲望和需求。他们经常谈论的也是自己，谁也不愿意和一个生活在自己的世界而且又非常自我的人谈婚论嫁。因此关注他人是寻找恋爱对象的第一步。

第二步是用心去发现。有着幸福婚姻的人，另一半的出现大都很偶然，有的是源于一次朋友的小聚，有的是源于上班时不经意的回眸，有的是因网上的一次聊天，有的是因一次尴尬的小冲突，有的始于一次短暂的旅游，有的始于一次小小的付出，等等。但有一点需要说明的是，不管如何有的第一次交集，爱的火花是大是小，他们都主动地抓牢了这一次机会，最终修成正果。因此，请你把眼睛睁开，看看外面的世界，珍惜每一次相逢，把握每一次机会，勇敢地开始恋爱的浪漫之旅。

再次，充满自信。当你对恋爱不自信的时候，会发生下面的情况：

害怕恋爱；与恋人消极互动多于积极互动；无法与恋人建立积极的恋爱关系；经常跟朋友抱怨自己的恋人；恋爱没成就感；很少有正面的能量和让恋人惊喜的想法和做法。

自信的人才有吸引力，自信的人才有魅力。相信自己，更相信恋人，恋爱才有可能进行下去。一个人自信的程度，跟自己的生长环境有很大的关系。

从小生活在困苦的条件下的孩子，靠着一路打拼有了稳定的事业，这样的人一般是既自信又自卑。他们最怕的是他人的不理解和瞧不起。但幸福的婚姻也能使这些人逐渐成熟，内心开始强大起

来。这些内容将在以后探讨。

最后，恋爱机会是与一个人的交往圈子直接关联的，多参加一些活动，多给自己创造一些与陌生人见面的机会，多给自己培养些业余爱好，比如参加一些有益的活动等。需要注意的是，恋爱绝对不是无心插柳而是有意为之，最好目标明确，做一个对他人有益的人。一个不被需要的人，基本不会引起他人的注意，更不会被丘比特射中。

一见钟情

每个人潜意识里都有一个爱人，在潜意识里，这个爱人早就有了具体的标准，甚至具体到眼睛、眉毛、鼻子、嘴巴、牙齿、脸形、发型、身高、胖瘦、说话的语气等。你知道将来就要和这样的人恋爱结婚，这样的人就是你的梦中情人。只是绝大多数人并不知道自己的梦中情人在哪里，也无法具体表述出来。但是，突然有一天你遇到了符合潜意识标准的人，你就会明白了，他（她）就是你梦中期盼的爱人。这就是一见钟情。

因一见钟情而热恋结婚，幸福地生活一辈子，是很少人的福分。大多数人一生也不会遇到那个梦中情人，而是到了谈婚论嫁的年龄，找一个条件相当的异性，开始了柴米油盐的平凡而普通的生活，只是在独处或发呆时才会去陶醉地咀嚼和回味内心深处那只有自己知道的弥足珍贵的情感。

一见钟情可遇不可求，因为它需要很多条件。一厢情愿和单相思不属于一见钟情的范畴。我一见到那个人，我就知道他是我的菜，但能不能吃到口，取决于对方。因此一见钟情是男女瞬间情感的交流、判断而碰出的爱的火花。

在我们初次遇到一个人的时候，我们就会不断得到来自对方面部表情和语气的反馈信息，是喜欢还是厌恶在几秒钟内已经有了判断，而我们的情感也会随着认知的改变而改变。有的人说喜欢一个人不需要条件，其实还是有条件的。有些条件还决定了对对方能否由喜欢升华到爱。

丰富多彩的生活，为我们提供了无数种可能。一见钟情也好，先结婚后恋爱也好，幸福婚姻的双方最后都会成为厮守终身的亲人，谁也离不开谁。一切都归于平淡，当人生之幕落下的时候，如果你最惦记的那个人，依然是你的老伴，那么你的婚姻就是幸福的。

致青春

昨天对外经济贸易大学举行了毕业典礼，上午毕业生领学位服，拍合影，下午举行毕业典礼，颁发学位证书。我没有期待的那么兴奋，倒像早已知道的结果，只是按部就班地参加每个程序，没有把学位帽抛向空中，以示告别过去，反倒有一丝淡淡的享受和留恋。

两年多的时间，我重新回到大学校园，坐在课堂上，重温大学时的美好时光。上课时有时也会偷着逃课，或者昏昏欲睡，但更多的时候是眼前豁亮，商机乍现，心生向往。聆听国内这些顶尖的专家、教授讲课并和他们聊天、吃饭，顿感自己明白了许多、高大了许多。

一切都是新鲜的，最叫男同学们自豪的是我们班的女同学格外漂亮，上课时很多男同学不时回头偷偷地、不经意却发自内心地向女同学们“放电”，好在女同学们也大方，玩笑开大了，也没关系。两年多的时间里，我们的同学情越发深厚，没有期待的裂变和惊喜，没有出现商学院经常出现的同学成了恋人或夫妻，我们反倒像家人或哥们儿，一块儿玩，一块儿闹，仅此而已。

一个班四十几人，两年多的时间里，很多人有了改变，升职的有，跳槽的有，结婚的有，离婚的也有，突然莫名其妙地失踪的也有。比如刘汝萃，来的时候怯生生的，但现在呢，目光坚定，谈吐沉稳，俨然是一个比较成熟的企业领导者。比如亚敏，来的时候叽叽喳喳的，像个小女生，但现在俨然是成熟稳重的事业型女人。最

令人高兴的是哲峰，娶妻生子，喜事都赶上了。还有杨扬收获更大，这个大家都知道的。变化是可喜的，榜样的力量是无穷的，希望已经在职场风光无限或事业有成的同学们更加努力，因为是你们的成就在激励我们去追寻未来。

我时常感到庆幸，如果不是偶然的冲动，如果不是网上不经意的搜索，如果不是决定去考试、面试，我们真的不可能成为同学，冥冥之中仿佛是什么在主宰，让我们的人生有了交集。虽然毕业了，但我们的联系不断，从 QQ 转到微信，从课堂转到聚会的酒店，尽管是深夜，也会互相告知感慨和行踪，不管是多忙多累也要赶去聚会，手指间、推杯换盏间，同学情就像美酒越久越香醇。

我们今后的人生注定精彩，经常和同学们分享喽，祝福每一位同学。今天是同学聚会的日子，我参加不了了，希望大家好吃好喝好玩，都能尽兴。期待下一次相聚！

重新开始

两年多的研究生学习结束了，本来是有些感慨，所以写了篇《致青春》。原本有很多话想说，但正赶上我们班同学聚会，因为自己不能参加，所以赶快写点东西给同学们，其实自己的感慨和给同学看的是不一样的。给同学看的需要共鸣，留给自己的则是自己的思考。

这么多年，学习一直是断断续续的。自己多次把书本扔得到处都是，好多本书只是看看目录，能坚持精读一本的并不多，这可能也是书多的缘故。人都是如此，多了就不珍惜。小的时候很多次做梦都是梦见了很多书，最幸福的一件事是发现西屋的炕上有个旧纸箱子，里面是二哥藏的好几本小说，我如获至宝，高兴了很长一阵子。

现在买书从网上一订就是几十本，自己需要哪方面的知识，基本把相关的书籍全部买来，买来就发现好书就那么几本，很多书是不值得珍藏的，但需要这个过程。就像摄影，有时拍了很多张，好的就一两张，因此，不管做什么量的积累非常重要。

我觉得学习是和人生相伴的，坚持学习，会让你从不同的角度和层面看这个世界。总是靠自己的直觉和人生感悟思考问题，可能并不全面，也难免把自己带进死胡同。有时这个世界真的不是我们认为的那样，它原本有很多面，一个人的喜怒哀乐也和他的知识储备以及思考能力高度相关。

多看书，特别是最流行的书，我们就会知道现在人们都在关心

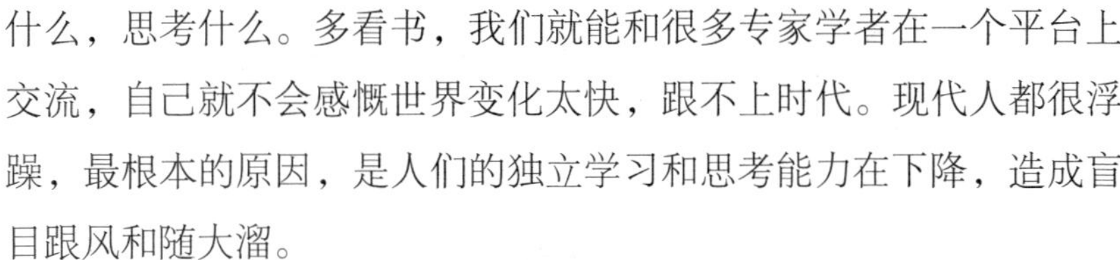

什么，思考什么。多看书，我们就能和很多专家学者在一个平台上交流，自己就不会感慨世界变化太快，跟不上时代。现代人都很浮躁，最根本的原因，是人们的独立学习和思考能力在下降，造成盲目跟风和随大溜。

信息的不对称，决定了人的差别。有用信息的搜集和掌握需要学习，不去关注大量的垃圾信息，注重搜集和积累有价值的信息，需要持久的学习。成功与失败，上级与下属，穷人与富人，最大的区别是学习内容不同。要想改变人生，最好的办法就是学习。最好是你知道从何学习，如果不知道从何学起就需要有人指点了，每个人在人生的不同阶段都需要良师出现。

如果你的人生没有方向，或者很模糊，那也不要紧，可以先从最基本的开始，比如攻读专科、本科，甚至研究生，人生方向也是在学习的过程中，逐渐清晰并确立的。每一次学习过程的结束，都是人生新的开始，就像我一样，研究生毕业了，也要重新开始，学习的终点就是人生的终点，生命不息，学习不止。

人生没有低谷

昨天一个朋友问我，如何走出人生低谷，对这个问题的回答是有前提的，因为出发点不同，答案也不同。如果认为，人生确实有低谷存在，答案就是，需要从内在和外在进行调整和改变。如果从来就不认为人生有低谷存在，这个答案就是人生从来就没有所谓的低谷，如何走出低谷也就无从谈起。

人生的历程是起伏的，有辉煌也有低谷，先从这个出发点谈起。那么处在低谷的人如何调整呢？认为自己处在低谷的人，大都期望值较高，但应对现实的准备却不足，如果目标不能实现，或者困难、挫折、打击接踵而至，就认为自己处在了人生低谷。这样的人从内到外，给人的感觉是无奈、消沉、灰心、失望、悲观、沮丧、绝望、颓废的，这些词听起来就让人感觉不舒服。有这些情绪的人，会出现身体不舒服、注意力不集中、眼神游离、干事经常出错等，这些人基本上是人生目标模糊、无方向感、始终找不到人生的出口的人，其实他们是懒得找。有这样感觉的人，心理上已经出现了问题，最好找专门的心理医生咨询和治疗，千万不要任凭自己的感觉和状态这样发展下去。

大多数的人，还是能够通过自我的调整来改变自己的人生状态的。其实世界万物，花开花落、四季轮回、生生死死，很多是该来的还得来，该发生的还得发生，我们改变不了。为那些改变不了的，而去思虑过度，睡卧不宁，寝食难安，大可不必。我的一个老哥老伴去世，他自己也住院几次，心脏出现了问题。他跟我说：

“你嫂嫂去世，对我打击太大了。”我跟他说：“中国的文化里，喜欢谈论生，但忌讳死，其实有生就有死，生就意味着死的来临，死就意味着苦难人生的结束，也意味着新生命的开始，认识到这些，也就不认为亲人的去世是打击了。”老哥说：“有道理。”

人生只有一次，千万不要寄托于来世，要知道，如果今生今世你都不快乐不幸福，那么你的来世也不会好到哪里。总是认为自己不幸的人，说得好听一点是非常自我的，说得不好听就是太自私了，总认为自己不容易，总认为社会不公，总认为自己不应该这样，总认为自己应该怎么样。没有那么多应该，要知道一个消沉、悲观、绝望、颓废的人的消极影响力是极大的，在学校影响同学，在单位影响同事，在家庭影响亲人，这样的人只想让他人的注意力在自己身上，却很少甚至从来不在意他人的感受，这样的人是不受欢迎的。

但有这些感觉的人，也不要自暴自弃，我们改变不了身处的环境，但我们可以改变我们自己，从自身寻求突破。少看缺点多看优点，少说批评多说赞美，少消极逃避多主动承担，少瞻前顾后多采取行动，少看消极负面多看积极正面，少背后议论多正面沟通，少睡懒觉多运动，少沉思多微笑，等等。你尝试去做并坚持，你的状态就会逐渐改变，人生的低谷状态，也就会渐渐地从我们的人生中消失。爱自己，爱他人，是我们为人处世和生活、工作、学习的出发点，我们可以平平淡淡，我们也可以轰轰烈烈，选择了就不后悔。

有起伏才是真正的人生，低谷时让我们思考，辉煌时让我们享受。困难的背后是成功，成功的背后是更大的考验。复杂做事，简单做人，善待他人，珍惜今生，是每个人都应坚守的。人生所谓的低谷，都是我们自己的主观感受，其实人生根本没有所谓的低谷，只要改变我们的看法和思维，改变我们的行为，一切都会柳暗花明。

做一个幸福的人

有人说过，一个人的幸福程度，和邻居的财富成反比，可见幸福的感知更多地来自比较。这几天一直看旅游卫视的一档节目《走多远》，讲述的是一个瑞士小伙子，去印度尼西亚的一个小岛，岛上住着原始部落的人，他们当时都不穿衣服，印度尼西亚货币在这里不管用，他们的货币是猪。他们的吃穿住都取自大自然的热带雨林。我看到了这群原始部落的人，他们脸上洋溢着幸福的微笑和满足，尽管这里一把斧头或者一把砍刀就是家里最值钱的东西，所有的人都过着我们认为的最清贫的生活，但他们不乏幸福。可见人的幸福只和自己感知到的有关，某种程度上幸福就是一种感觉。

当下，越来越多的人把幸福和财富连接起来，穷的人认为富的人多幸福，富的人认为穷的人多不幸。其实情况并非如此，财富只是在某个阶段和幸福相连，越过这个阶段，财富的积累并不能带来幸福指数的提升。据调查，贫穷地区，随着收入增加幸福感也会得到提升，而发达地区，收入增加，幸福感变化并不大。把幸福和富裕程度（财富）绑定，有时给自己带来的可能是更多的不幸福感。

一定程度上，满足感和幸福相连，一个人越容易满足也就越容易感到幸福。比如说，别人开豪车，我开经济型车，喜欢比较的人就会有打击感，而很少比较和容易满足的人却会有幸福感。同样是车，同样是代步工具，我花很少的钱，功能并没多大差别。俗话说，人比人得死，货比货得扔，这个世界比我们富有的人很多，不如我们的也不少，知足常乐，才是硬道理。

对于现在的人，特别是年轻人，如果我们不是高富帅，也不是白富美，我们其实更应学会感知幸福。在我们走上社会、进入职场的时候，一切都是从头开始，我们可能会不经意间羡慕那些有钱有势的人，但绝不能嫉妒，甚至恨那些人。因为羡慕可以产生动力，而嫉妒和恨却让我们的人生失去方向。重要的是要坚信我们的与众不同，因为先天的不足，我们要得到自己想要的，就要付出比常人更多的努力才成。恨钱钱就会远离我们，如果我们赋予钱更多的责任和使命，比如钱能让我们帮助更多的人，钱能改变很多人的命运，这样不自觉中，我们会慢慢地变得富裕起来，人生沉淀得越厚实，财富积累得也就越多。

不管我们从事什么工作，不论我们在什么单位，从点滴开始，干就干出个样子来，干就要冒出尖来，一定要成为单位不可或缺的人，成为领导器重的人，成为同事依赖的人，随之而来的是收入的提升和富裕生活的开始。如果你认为这样幸福，你就要这样，因为我们没有什么可拼，那就拼自己吧。如果你认为平淡是一种幸福，你就可以凡事不强求，因为你的人生目标并非权势和财富，一切追求都是自然和顺势而为，这也很好。一个人一定要坚持自己所坚持的，跟着感觉和自己的心走，才会感觉幸福。

我们千万不要拿自己的标准来衡量他人是否幸福，一是浪费时间，二是我们的判断和感觉往往不准确。因为幸福是一种感知，幸福来自自己的判断。幸福的人会感染、影响、带动幸福的人，使自己成为一个有追求的人。我们身边这种人越来越多，这个世界才会是一个幸福的世界。

好心情，好人生

谁都有烦的时候，我们常用这句话来给自己糟糕的情绪做注解。假如你现在很高兴，你重复几遍前面的那句话的上半句，你的感觉如何？很不舒服吧。保持好心情，多说正面积极的话，多进行正面积极的思考，心情一定不错。所以说，从思想和情绪角度来看，好心情等于好人生。

我遇到过很多人，学历不高，能力也不强，但生活过得很惬意。过去我会经常说，什么人什么命，但现在我有了更深层次的理解。每个人都有自己特定的人生轨迹，很少有人能够挣脱或改变自己的人生轨迹。这就是常说的，人的命，天注定。人生不同，命运也不同，我们探寻人生的时候，把命运拆分成“名”和“运”来分析。有的人经常说，命好命坏，“命”其实就是一个人先天带来的东西，比如你的父母、家庭、血型、出生地、遗传基因、性格、出生前营养状况等，这些都是我们无法参与，更无法解决的，只能被动接受。比如刚出生的小孩营养好身体就好，加上父母精心的呵护，这样的孩子，一般都很自信，负面情绪也很少，反之亦然。“运”是一个人的现实状态，即命的因素和后天环境因素（人或事）作用的结果。

实际上，改变对命的认识和看法，命运也会发生改变。比如先天不足，身体虚弱，可以通过后天的调养和运动来改善；人家拼父母，我们让父母以我们为荣；等等。可以说我们对自己先天的优势和不足认识得越清楚，我们的自信心也就越强。实践证明，自信心与一个人的为人处世、待人接物密切相关。

我相信绝大多数人还没活明白转眼就一辈子了。活得明白不是要事事较真，有时也要揣着明白装糊涂，专注自己想要的。更重要的一点是，管理好自己的情绪，提升我们的情商。我经常做梦和人发生冲突，甚至把人杀死。醒来后，发现不是现实，真的很庆幸。可想而知，如果我们由着自己的性子来，会给自己的人生带来多大的麻烦。记住，多做少说，多讨论少争执，多欣赏少怀疑，是我们每个人要坚持的。

人生其实是有选择的，我们可以选择用不同的思想、态度、行为等来面对人生，这就像烧菜，用不一样的原料和作料，菜的口味会大相径庭。可以说我们的人生就是我们选择的结果。最为关键的是保持一个轻松愉快的好心情，那么我们的人生也会阳光灿烂。

谨慎交友

人的一生总会有几个经常在一起混的朋友，这些朋友有时很给力，会给足自己面子。但仔细想起来，人的一生和什么关系最密切呢？恐怕大多数人的答案是环境。人是环境的产物，一点不假。我们所交的朋友，会影响我们的人生。因此交友和我们的人生关系密切，要谨慎交友，切不可随意。

年轻的时候交友，在一生中最为关键。学生时代，学习好的同学大都不太适合一块儿玩闹，所以学习好的同学并不一定受欢迎。学习不是很突出的学生倒是吃得开，因此学习不好的同学反而比学习好的同学朋友多。学生时代是我们整个人生的基础阶段，基础打好了一生也会很顺当。前几天和移动公司的一个老总谈起孩子的事，他说如果是211和985院校的毕业生，现在随时可以安排，可想而知学习对一个人一生的影响多大。如果我们学生时代没有把握好，也不要紧，因为未来的路还很长。

走上社会，学生时代的朋友联系会越来越少，真正的交友才算开始。有的人交友没有标准也没有目的，全凭感觉。有的人交友目的性非常强，有用的就交，没用的不理，我们很多人对这类人看不惯，但这类人也有值得我们学习的地方。为什么我们很多人，人是好人，但遇到难事的时候，却没有朋友能够帮得上忙？难怪有的人经常感叹，我交的这帮人一个比一个没用！

人需要朋友，没有朋友会很孤独，因为，遇到难处需要有人分忧，有成就时希望有人分享。交友最重要的是多和比自己强的人交

往，多和情商高的人交往，多和正面情绪主导的人交往，获取更多的正能量。和这样的人交往，我们的人生格局会逐渐被放大，我们知道人外有人天外有天，我们会更谦虚，会更进取。我们周围这样的朋友越多，我们的事业也越成功，这也就是常说的成功吸引成功。

交朋友要懂得付出，只要对方不是白眼狼，我们的付出就会有回报。话又说回来，如果我们交了一群白眼狼，其实最需要反思的是我们自己。做人不能势利，其实交友就像投资，更要关注远期，千万不可临时抱佛脚。当官时不要眼睛总往上看，要知道关心、照顾、培养下属，不管当多大的官都有被替代的那一天。有资历、年长的人不要小看年轻人，因为年轻人才是未来。有钱的人别小看没钱的人，因为我们不知道能求到谁。

人过中年，该有的就有了，没有的也别强求，这时的交友，如果你的事业心不是很强，那就随心所欲高兴就行。见了让你不高兴的人你也不要面露不悦，多包容，因为人家不好和你没关系，大可不必着急上火，身体第一位。如果你的事业已经奠定基础，还想更上一层楼，那就像年轻人那样，给自己更多的挑战，多走出去，认识更多的朋友，事业能做多大就做多大。

步入老年，有的人说最需要反思，其实，到了这把年纪，反思也没用了，更多的是朝前看，只要谈得来、不让你烦的人都可交往，高高兴兴一辈子多好！老年人凡事不可过于认真，也别赋予自己更多的责任，其实最重要的是自己身体好，别给子女找事就万事大吉了。学会独处，交往适可而止，不要太深，否则受不了老友离世的打击。活着，高高兴兴地活着就是最大的幸福！

让生命鲜活起来

昨天我突然接到电话，问我家里出了什么事，我说没事啊，上网一看，我的空间里也有人留言，让我节哀。原来是 4 月发的一条信息——老爷子走了——不知为什么突然冒出来了，一些网友留言，也就不奇怪了。但我还是要感谢各位的关心，谢谢！

到了现在的年龄，对人生既期待，又恐惧，期待的是希望还有惊喜出现，恐惧的是自己的人生已经过半，还有很多想法可能永远没有实现的可能。我的很多朋友就时常在梦中惊醒，梦见自己已去世。他们说："人还有个死，折腾一辈子，有时想起来真没劲。"

我父亲经常说的一句话，后来父亲没了，我母亲在心情不好的时候也经常拉长声调说："发昏当不了死啊，一天不死就打起精神来过日子。"现在想起来，父母也有烦的时候，但他们知道，烦不能解决任何问题。所以从我记事起，我的父亲就一直不知疲倦地为家里的生活奔波。那一代人做的事我们这一代做不到，父母的伟大就体现在平常的点点滴滴中。

如今我也做了父亲，我知道我也会慢慢老去，如果够长寿，也会成为孩子们照顾的对象。现在我可以决定一切，想做什么开车就走，但总会有一天哪怕外出晒晒太阳，也要征得孩子的同意，因为那时靠我自己已经迈不出家门了，我老了，真的老了。我希望这一天来得慢一点，让我有充分的思想准备，但不管我们如何准备，到了我们老去的那一天，我们也还会有很多无奈和遗憾。

有人说，一个人从来不会因为做了什么事（犯罪除外）而后

悔，反而是因为没做什么而后悔终生。没有人希望自己的人生像一张白纸，年轻时候的追求、辛劳，甚至泪水，老去的时候回忆都是甘甜的。我特喜欢的一句话就是，人愿意回忆过去，不是因为我们那时多富有，而是因为那时我们还年轻。

流水不腐，户枢不蠹。在快乐地追逐人生目标的过程中，在积极进取中，在不断的付出中，才能体现生命的鲜活。让生命在追求中，在不觉中，顺理成章地落幕，这是我们很多人的想法。但大多数人不能实现，很多人是在煎熬中结束一切的，我不希望这样，更不希望朋友们这样。我们既要庆贺出生也要面对死亡，为少一些无奈和遗憾，趁现在还能动就动起来，在缤纷鲜活的生命历程中，多一些积极，多一些主动，多一些付出，多一些感恩，多一些浪漫和参与，就像喜欢旅游的人，在老去的那一天，有太多的美丽景色，慢慢咀嚼和回忆，那才是最幸福的。

离 婚

昨天我的朋友杨子，也是我1994年办学的第一批学生，告诉我他离婚了，我没有过分的惊讶，只是感觉有一点遗憾。他们夫妻二人我都很熟，早些时候还经常一块儿吃饭、唱歌、打扑克。我的朋友大都在外地，和他们聚的机会少了，但时常挂念，我和爱人也经常念叨，是不是该聚聚了。我们对杨子他们夫妻的感情也有一些预感，没想到现在真的分开了。我们总以为离婚的事离自己很远，其实离婚就发生在身边。

杨子和他前妻霞都是不错的人，杨子很聪明，上学的时候是很精神的一个小伙子，那时我刚办学，他已经开始做生意了，有自己的汽车配件公司。我还住一间平房的时候，他已经买上楼房了，直叫我羡慕得不得了。他很细心，也是很敏感的一个人。有一天，我突然接到他的一个电话，他建议我在电话号码簿上做招生广告，这个广告一直做了十多年，效果不错。他的一句话我至今还经常提起，“一定要像爱护眼睛一样对待自己的事业”，让我受益终生。

霞是一个很自我的人，穿衣服一直都很大胆，永远是长发，高跟鞋，身材不错。有一次，我看见一个非常时尚的女人一个人嗒嗒地走在路上，走近了原来是霞，我停下车，载了她一程。霞是一个急性子，说话语速非常快，而且往往一说就直奔主题，一般不迂回，属于不太会转弯的人。但杨子的性格比较慢，心里有什么不快一般不轻易表露出来，说话也很在意他人的感受。这样的两个人一起生活就会出现问题，霞是需要一个更强大的人去宠的女人，而杨子需要的是能理解他，和他有默契，甚至比他更细心的一个人。一个有什么说什么，喜欢穿戴打扮，不爱做家务，不太在意他人的感受，另一个小心地过日子，在需要被理解的时候，却经常受到指责，时间久了，两个人的矛盾就会积累起来，总有爆发的那一天。

杨子的母亲是一个很要强的女人，估计杨子父母关系也不是很好，从我认识杨子的那时候起，她母亲一直给杨子看店做饭，一直不回老家，这些我也不便多问。杨子和母亲关系非常好，结婚后，杨子内心也需要一个体贴耐心的媳妇去关心老娘。但霞和老太太都属于要强的女人，关系处得也不如想象的好。一次老太太从家里被急救车送到了医院，霞还不知道，这一次对杨子的伤害最大，其实也是导火索。自此以后，两人进入了冷战时期，后来，各自分开，一个家庭就这样解体了。

值得欣慰的是，离婚后的杨子并没有消沉，一直都在努力地追求自己的事业，看来离婚对有些人来说也不一定是坏事。如果结婚了，两个人都不愿意为对方做出改变，缺少包容、接纳、同理心和默契，其实分开对双方都是一种解脱。结婚、离婚是双方的事，他人有的时候是不会完全理解的。结婚和离婚没有对错之分，都是人生的一种选择，这个世界很少有天生为我们自己而生的结婚对象，选择结婚，都要做好改变的心理准备，为对方也为自己。这样婚姻才能长久。

最重要的两个女人

两个女人，一个是妈妈，一个是妻子，决定一个男人的运和未来。男人像个孩子，永远长不大，没结婚前妈妈的认可包容、鼓励支持，结婚后妻子的理解体贴、欣赏期待，成就了一个男人的今生。

不管男人多么坚强，都会融化在如海的母爱里，小的时候转眼见不到母亲，都会急切地身前身后、左左右右地寻找，并大声地呼唤“妈妈、妈妈”！妈妈是永远的依靠，在外面受了委屈，回家就靠在妈妈的怀里，让妈妈的温柔的手来抚慰。放学回家进门的第一句话是，妈妈。尽管父亲们也做了很多，但“妈妈”这个词几乎是每个人一生用的频率和数量最多的。长大了，我们可以独立面对外面的世界，但最牵挂我们的还是妈妈。

母爱注入男人的内心，男人也就有了责任感和使命，为母亲也要活出个人样来，让母亲骄傲、让母亲自豪、让母亲以我们为荣，成了很多男人奋斗的驱动力。不管遇到什么困难，经受什么打击，想到母亲，一切都值了。任何人都可以看不上我们，但母亲依然认为我们才是她的最爱，母子之情、母子之爱永远割舍不断。

我的生日，因为是阴历，自己和妻子经常忘了过，但生日那一天妈妈依然记得，每到我生日的这一天，妈妈总会下一碗长寿面，我知道，妈妈对我所有的祝福都寄托在长长的面条里。每次回家，没到中午妈妈便张罗着做饭。我不忍心看着 80 多岁的母亲还要为我烧饭，推托有事，几次下来，妈妈依然故我地张罗。一次，我实在不忍

心，好吧，在家吃，看得出来，妈妈很高兴，里外地张罗，在烟雾腾腾中把饭做好，看着我吃的样子，享受其中。妈妈记得我每次回家的日子，我知道，妈妈不知多少次重复地数着，多少天没回来了，多少天没回来了，这就是平凡、持久而又伟大的母爱。

结婚成家了，妈妈把我交给另一个女人，妈妈虽然牵挂，但知道儿子们也要过自己的日子，所以她也重新开始过自己的日子，偶尔的团聚成了老人经常的期盼和奢侈的享受。做儿女的对小家的投入远远超过对父母的回报。妈妈经常跟我说，不知怎么了，谁来了都高兴，人走了要闷好几天呢。我知道言外之意，是希望我们多回家看看。

献给情人

明天是中国的情人节，旧历七月初七，我对这个日子从小就不陌生，因为妈妈经常给我讲牛郎和织女的故事。

传说天上有个织女，还有一个牵牛。织女和牵牛情投意合，心心相印。可是，天条律令是不允许他们私自相恋的。织女是王母的孙女，王母便将牵牛贬下凡尘，令织女不停地织云锦以做惩罚。

话说牵牛被贬之后，落生在一个农民家中，取名叫牛郎。后来父母去世，他跟着哥嫂度日。哥嫂待他非常刻薄，要与他分家，只给了他一头老牛和一辆破车。从此，牛郎和老牛相依为命，开荒种地，勉强可以糊口度日。牛郎的身边只有那头不会说话的老牛，日子过得相当寂寞，冷清清的。可是牛郎并不知道，那头老牛原是天上的金牛星。

一天，几个仙女向王母恳求，想去人间碧莲池一游，王母心情正好，便答应了她们。她们见织女终日苦闷，便一起向王母求情让织女共同前往，王母也心疼受惩后的孙女，便令她们速去速归。

这一天，老牛突然开口说话了，它对牛郎说："牛郎，今天你去碧莲池一趟，那儿有一位穿红衣的仙女，她会是你未来的妻子。"牛郎见老牛口吐人言，又奇怪又高兴，便问道："牛大哥，你真会说话吗？你说的是真的吗？"老牛点了点头，牛郎便悄悄躲在碧莲池旁的芦苇丛里，等候仙女们的来临。

不一会儿，仙女们果然翩然而至，牛郎见的确有一位穿红衣服的仙女，她正是织女。牛郎走上前，要织女答应做他妻子。织女定

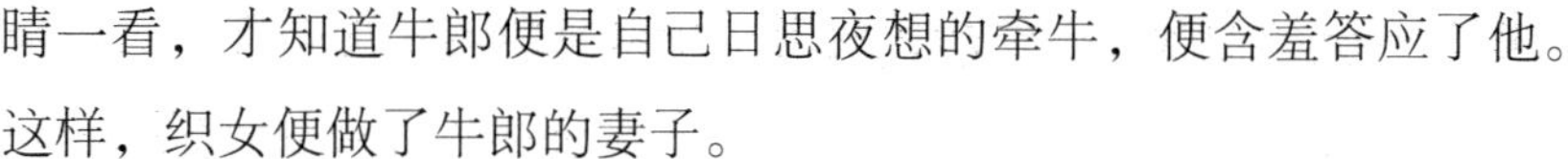

睛一看，才知道牛郎便是自己日思夜想的牵牛，便含羞答应了他。这样，织女便做了牛郎的妻子。

他们结婚以后，男耕女织，相亲相爱，日子过得美满幸福。不久，他们生下了一儿一女，两个孩子十分可爱。牛郎织女满以为能够终身相守，白头到老。

可是，王母知道这件事后，勃然大怒，马上派遣天兵天将捉织女回天庭问罪。这一天，织女正在做饭，下地去的牛郎匆匆赶回，眼睛红肿着告诉织女："牛大哥死了，它临死前说，要我在它死后，将它的皮剥下放好，有朝一日，披上它，就可飞上天去。"织女一听，心中纳闷，她明白，老牛就是天上的金牛星，只因替被贬下凡的牵牛说了几句公道话，也被贬下天庭。它怎么会突然死去呢？织女便让牛郎剥下牛皮，好好埋葬了老牛。

正在这时，突然狂风大作，天兵天将从天而降，不容分说，便押解着织女飞上了天空。正飞着、飞着，织女听到了牛郎的声音："织女，等等我！"织女回头一看，只见牛郎用一对箩筐，挑着两个儿女，披着牛皮赶来了。慢慢地，他们之间的距离越来越近了，织女可以看清儿女们可爱的模样了，孩子们都张开双臂，大声呼叫着"妈妈"，眼看牛郎和织女就要相逢了。可就在这时，王母驾着祥云赶来了，她拔下头上的金簪，往他们中间一划，霎时间，一条波涛滚滚的天河横在了织女和牛郎之间，他们无法相聚了。

织女望着天河对岸的牛郎和儿女们，哭得声嘶力竭，牛郎和孩子也哭得死去活来。他们的哭声，孩子们一声声"妈妈"的喊声，是那样撕心裂肺，催人泪下，连在旁观望的天神们都觉得心酸难过，于心不忍。王母见此情景，也稍稍为牛郎织女的坚贞爱情所感动，便同意让牛郎和孩子们留在天上，每年七月初七，让他们相会一次。

从此，牛郎和他的儿女就住在了天上，隔着一条天河，和织女遥遥相望。在秋夜天空的繁星当中，我们至今还可以看见银河两边有两颗较大的星星，晶莹地闪烁着，那便是织女星和牵牛星。和牵牛星在一起的还有两颗小星星，那便是牛郎织女的一儿一女。

牛郎织女相会的七月初七那一天，成群的喜鹊飞来为他们搭桥。鹊桥之上，牛郎织女团聚了！织女和牛郎深情相对，搂抱着他们的儿女，有无数的话要说，有无尽的情意要倾诉啊！

这一天，有两个怪现象，一个现象是阴天，夜里总是淅淅沥沥地下着小雨，据妈妈讲，晚上如果在葡萄架下面会听到牛郎织女低低的说话和哭泣声。另一个现象是这天看不见喜鹊，因为所有的喜鹊都去给牛郎织女搭鹊桥去了，所以没了踪影。每年的这一天，我都会去寻找喜鹊，不知为何，真的看不到。到了夜里听着屋外滴滴答答的小雨，我就会胡思乱想起来，我在想村子里谁家有葡萄架，我真想钻到下面去听听。想来想去，只有一家的院子里有，外面漆黑一片，最终好奇没有战胜恐惧，钻进被窝睡了。

今天翻开日历，原来明天就是七夕节了，祝所有的情人们节日快乐！幸福美满！

发昏当不了死

这几天不知为何，后背发紧，胸口也有点闷，原本想几天就挺过去了，但昨天感觉和原来的不一样，下午去打球，胸闷，所有的能量都集中在左胸的位置，好像随时都有可能炸开，担心自己不知哪个动作没做完就会躺在地上。放弃打球，回到家里躺在沙发上，发呆。没有多好受，也没有多难受，脑海中突然想到了死亡，去殡仪馆送别朋友或亲人的场景像电影镜头一样在脑海中一幕幕呈现。看着妻子，我特想说，如果我死了，希望在报纸上发个消息，让我的朋友和学生们知道这个消息，我想象着送别我的队伍排得老长老长，很多人为我的英年早逝而抽泣。但我没有说出来，只是静静地躺在那里，伴着制氧机发出的咕咚咕咚的声音，任由我的思绪天上地下地乱飞。

我开始想，在我的墓碑上留下能总结我一生的一句话：这个小人物把爱播撒给了周围所有的人。想来想去，还是觉得评价高了。又想了一句：他一生都在努力探索幸福快乐的秘密。但还是觉得有点高。打开手机登录我的空间，看到一个个熟悉的网友在查看我的日志，我又想假如我真的不在了，我的头像就会变成永远的黑色，我的空间定格在某年某月，从此再也没有更新。短时间内，不知他们是不是会感到失去点什么。时间久了，我也会被大家逐渐地淡忘，我会离他们越来越远，有一天终会消失在无尽的宇宙。

死没有那么可怕，有时还是很美好的感觉，每个人濒临死亡而又感觉回天无力的时候就会选择接受，此时的我也感觉离开这个世界只是早晚的事，迟早会发生，选择与死亡对话，接受死亡也是很好的人生态度。虽然我还有很多牵挂，还有很多未实现的想法，但死亡来临了，一切都可放弃。昨天上午去老年公寓，看到两个老太太和两个老头在打门球，他们拖着迟缓的脚步，悠着球杆，打一下没打着，再打一下，球没动，又打一下，球偏了方向。我感到好笑，同时同理心又让我特理解这些老人，随着年龄的增长，老人们想的和做的差距会越来越大，但每个人都要接受这个现实。不接受，烦躁，不能和自己对话，离死也就不远了。什么都接受，什么都不想就是想得最长久，也就最长寿。

很多人一生都在追求如何提升智商，却不了解自己的内心世界，我也是如此。过去看开阔眼界、扩大知识面的东西多，但现在看的大都是如何提升情商和如何了解内心世界，我知道明白自己才能了解他人。最近想写点东西，我也是尽量排除干扰和自己的内心对话。看到自己空间的浏览量在一天天地提升，从 1 万多提升到 2 万多，只用了一个多星期的时间，我幻想着达到 10 万、100 万、1000 万。目标就是动力，这些天坚持每天写一篇，身体有些不舒服，突然意识到身体透支了。

我知道如何和内心对话，我知道如何调整自己，但忙起来就忘了，身体的不适其实是我们生活方式的报警，真的也不是坏事。但我管不住自己，电脑成了我和朋友们交流的媒介，多写点，哪怕对很少的人有帮助也感觉很高兴。借此机会也感谢一直关注我并留言的朋友，是你们那么喜欢我写的东西，才让我对生活和人生越发地敏感，看来我只有越发地努力了。我父亲有句话，“发昏当不了死”，一天不死就得折腾，这就是人生。

我老婆每天都会盯着我的嘴唇看，如果发紫或有一条线，就知道我心脏不舒服，但我还是很坦然，因为我知道老天还会给我很长

很长的时间，而且多次去医院检查，心脏和肺都没有发现问题。不知是哪根神经的问题，但我知道，人生无悔，跟着感觉走，跟着心走，我们每个人的生命都会绽放缤纷的色彩，照亮自己也给别人带来光明。

千里做官为吃穿

我的一个朋友，比我大几岁，现在已是亿万身家，对我不错，每次见面，都说，易校，什么时候一起坐坐，我说抽时间吧，但一忙起来，也就忘了。他最经典的一句话，我倒是时常想起，每次吃喝一来兴致，他就会带着永清特有的乡音说，千里做官还为吃穿呢。我们哈哈一笑算是配合，但仔细想起来也有一定的道理，多少人一生追求的难道不是吃穿吗？做官也好，发财也罢，落实到具体生活，恐怕很自然地联系到吃穿上来。吃能带来愉悦和享受，穿更能给内心带来自信和满足，吃和穿也最能体现一个人的成就。在这个非常现实的世界，如果硬让很多人胸怀强国富民的大志也不现实，毕竟普通人还是多一些。

我想说的是，想生活过得好一些，吃得好些，穿得靓些，并以此为人生目标而奋斗，应该得到大家的尊重，只有自身和小家富足了，这个社会才能安定长久。在西方发达国家，中产阶级一直是社会稳定的基石，西方发达国家的社会结构是“橄榄型”，两头小中间大，即富人和穷人少，中产阶级多。也有人预测，今后的社会结构将向“M”型转变，即富人和穷人多，中产阶级少，也就是说穷的会越来越穷，富的会越来越富。为说明这个问题，有必要了解衡量国家和地区贫富差距和富裕程度的两个重要的系数。

一是基尼系数，说明国家或地区的贫富差距，它是一个比值，数值在 0 和 1 之间。基尼系数的数值越低，表明财富在社会成员之间的分配越均匀。基尼系数通常把 0.4 作为收入分配差距的“警戒

线”，一般发达国家的基尼系数在0.24到0.36之间，美国偏高，为0.4。中国大陆基尼系数2010年超过0.5，已跨入收入差距悬殊行列，财富分配非常不均。但要明确的一点是，基尼系数的降低不能单纯靠财富再分配，应鼓励更多的人自主创业，将创新和创业的精神渗透到社会的方方面面，形成一个积极向上和努力进取的社会风尚才是最重要的。

二是恩格尔系数，评价的是国家或地区的富裕程度，主要表述的是食品支出占总消费支出的比例随收入变化而变化的一定趋势。对一个国家而言，一个国家越穷，每个国民的平均支出中，用来购买食物的费用所占比例就越大，即食物支出金额 ÷ 总支出金额 ×100%= 恩格尔系数。众所周知，吃是人类生存的第一需要，在收入水平较低时，其在消费支出中必然占有较大比重。随着收入的增加，在食物需求基本满足的情况下，消费的重心才会开始向穿、用等其他方面转移。因此，一个国家或家庭生活越贫困，恩格尔系数就越大；反之，生活越富裕，恩格尔系数就越小。

通过对以上两个重要系数的了解，我们明白一个道理，之所以我们那么多人把吃穿作为人生的追求目标，是因为我们的国家还不发达，我们的绝大多数小家庭还没有富裕到我们想象的那种程度。国家的发展和社会需求紧密相连，个人追求和个体需求环环相扣，谁也不能脱离社会和现实来谈理想和未来。古人早就告诉了我们，大丈夫齐家、治国、平天下，也就是说有志之士只有把日子过好，才谈得上贡献国家、服务社会。何况很多人不是大丈夫，只想过平淡安稳的日子，其实把小家经营好就是对社会和国家最大的贡献。

一个人小的时候梦想改变世界，后来发现根本改变不了这个世界，他又梦想改变国家，但他发现也改变不了这个国家，后来又立志改变周围的人，但还是发现根本改变不了任何人，最后发现自己只能改变自己。后来一连串的奇迹发生了，因为他的改变，周围的人、这个国家、这个世界也开始改变。其实每个人都是这个世界的

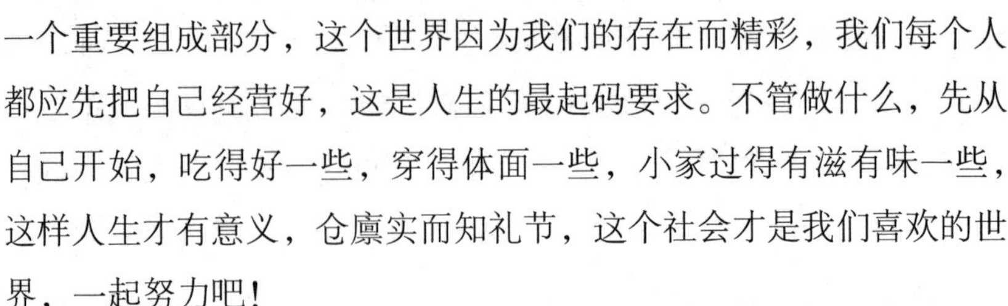

一个重要组成部分，这个世界因为我们的存在而精彩，我们每个人都应先把自己经营好，这是人生的最起码要求。不管做什么，先从自己开始，吃得好一些，穿得体面一些，小家过得有滋有味一些，这样人生才有意义，仓廪实而知礼节，这个社会才是我们喜欢的世界，一起努力吧！

我要飞

每个人都会被飞的感觉陶醉，我也是如此，虽然我有点恐高，但身体飘飘地在天空飞，一直是自己的向往。喜欢飞、向往飞、陶醉于飞，其实是人向往无拘无束和自由的生活的折射。在平淡的生活中久了或者承受的压力过大了，都会不由自主地想逃避或者换一种活法。就连不懂事的小孩都喜欢。我的小孙女一周岁多，话都说不清，只会哼哼哈哈地说“外国话”，但今天我把她慢慢地举到柜子上，然后说“123，开始飞了”，她的嘴里也喊着飞咦，一遍又一遍，累得我额头冒汗，但她还是乐此不疲，看得出来，她太喜欢这种感觉了。

侄子侄女们小的时候，我把家里十几床被子一层层地码得快到屋顶了，足有一人来高，我喜欢把他们放到高高的被子上，用枕头挤好。一开始，他们很高兴，喜欢这种高高在上要飞的感觉。但过一会儿，小孩子不老实，就会在上面乱动，这时被子就开始倾斜，看着他们惊恐的表情，我就会在旁边幸灾乐祸地大笑。轰，被子倒下来，孩子们被埋在被子里，我快速地将他们翻出来，看着孩子们的狼狈相，那个得意劲就别提了。

后来自己有了孩子，就像得到了一个大玩具，也经常搞得儿子狼狈不堪。小孩子是没有什么畏惧的，那时我经常把孩子锁在家里，一次回家，看见每个插座里都插上了一根或两根金属的水泥钉，至今想起来都后怕。还有一次，他自己蹬着凳子，将冰箱上的洗涤灵当作饮料，喝进了肚子里，边哭边吹泡泡，一个个大泡泡飞起来，而后在空中消失，真是又好气又好笑。将孩子养育成人，是要付出很多的。

父母给我们爱的时候，往往也会无形中给我们过多的束缚或限制，在我们想飞的时候，在我们想突破自己的时候，在我们想改变的时候，我们的父母会第一个反对。其实大多数父母告诉孩子的是不要怎么样，而从来没有告诉孩子应该怎么走。这就使我们大多数人，在没行动前，已经给自己找了充足的不行动的理由。我们没成家的时候，多少次下决心，我有了孩子一定不这样，但我们有了孩子，还是一如既往，没有任何改变。其实，偷走我们梦想的往往是我们最亲近的人。如果我们足够成熟，我们会知道，之所以这样，是因为父母太爱我们，所以他们不愿看到我们跌倒、失败。

其实，一个人能自由地飞，闯出自己的天下，是因为自身的能量足够大。知道如何补充能量，懂得随时给自己充电，才会飞得更高。长大了、成熟了，最重要的标志是能否给予爱，回馈爱。一个人经常索取爱或感到缺少爱，是不强大的表现，也不会飞高，更不会飞远。

飞，像鸟儿，自由地飞翔，在辽阔的草原，在浩瀚的沙漠，在巍峨的高山，在碧蓝的大海，一会儿俯瞰，一会儿翱翔。虽然我们永远也不会成为鸟儿，但我们的思绪和感觉，可以给我们一双翅膀，让我们自由地飞翔。我一直喜欢这种感觉！

我的侠客梦

昨天晚上做了个梦，梦见自己成了大侠，武功高强、飞檐走壁，危机中总能化险为夷，醒来后，闭着眼睛，回味刚才的梦，真想马上坐到电脑前，记录下来。但困意正浓，一会儿便又进入了梦乡。早上起来，梦已变得模糊不清，但想做大侠的愿望，还在脑海中，挥之不去。

想做大侠，是因为自己不够强大，在外面挨了欺负，晚上幻想和梦境就随之而来，梦里那爽劲就别提了。日有所思，夜有所梦，梦其实是我们内心深处潜意识的活动和反映，虽然我们可能并没有察觉，但有时的一闪念，可能决定我们的今后和未来。

中国传统文化中，不管是读书人，还是习武之人，甚至平民百姓，对侠客一直是推崇有加。劫富济贫、行侠仗义、路见不平拔刀相助总是人们津津乐道的内容。大侠，来无影去无踪，连皇帝都解决不了的事，大侠来了，一切都变得易如反掌。不管多么厉害的大侠，都不免肉体凡胎，总有死去的那一天，所以想做大侠的人前赴后继，新的传说又不断出现，但只有我们自己明白，我们永远成不了大侠。

在冷兵器时代，人们想成为大侠可以理解，但在科技飞速发展的今天，不管你经过多少年的修行，在新技术面前，都会变得可笑，甚至小儿科。多少打着“大师”旗号的高人，一个个跌回凡俗世界，光环剥去，和我们普通人并无二致。所以别太迷信那些传说，更别走火入魔，一生都追求虚无缥缈的东西。

侠肝义胆、行侠仗义，可以学习，但要有个度，做到这些并不是靠浑身的武功，而是凭借自身的能力和能量。对社会贡献越大的人，本领也就越高强。一些手无缚鸡之力之人，敢于肩负社会和时代的重托，与腐败和恶行做斗争，早已成为人们心目中的大侠。但一些所谓的神功附体之辈却行敛财之举，应该受到法律的制裁和人们的唾弃。

时代发展到今天，责任和能力成为驱动一个人的引擎，能力越强，责任越大，责任越大，能力也就越强。别再幻想练就盖世武功，成为大侠了，那不现实。多学习，多积累，多行动，多总结，赋予自己更多的责任和使命，我们都可成为大侠，一起努力吧！

贫厌才显摆

小的时候，妈妈经常说我，臭贫厌，现在知道了就是显摆。比如那时家里条件不好，很久不会改善伙食，赶上一次吃馒头或烙饼之类的话，吃饱了我还要举着一块，专找人多的地方去吃，如果碰上嘴馋的小朋友，眼睛直勾勾地盯着我，我便假装看不见，小口地吃着，久久地享受显摆带来的愉悦。

显摆往往和穷相连，心理上是对穷的逃避和恐惧，是要明确告诉周围的人，我有，真的有。很多人靠显摆给自己打气挣自信和满足。但显摆不会总是带来愉悦和享受，如果碰上更显摆的人，或者对方显摆的东西远远好于自己，这时就会产生强烈的失败感，自信心也会大打折扣。若周围的人对自己的显摆无动于衷，或不屑一顾，就会感到沮丧，心里的优越感也会荡然无存。可见显摆的心理虽然说与生俱来，但还属于不健康的心理。

显摆的人往往不大气，因为总是从自己出发。显摆的人让人生厌，因为他以伤害别人来获得自己的满足。显摆的人目光短浅，因为总是被眼前的利益所俘获。显摆的人进取心差，因为太容易知足。其实我们每个人的实力和其他情况，我们周围的人都一清二楚，不用显摆。有句话说得好，高调做事，低调做人，显摆的行为越少越好。

我自己事业上也算小有成就，有时也不免沾沾自喜，想显摆显摆，但很多次，显摆完后，反而感觉还是不显摆好，这就好像一个瘦小干枯的人在秀肌肉，觉得可笑和不自然。若你是个肌肉男，别人一眼就看出来，何必再画蛇添足呢？有时越不显摆，别人越认为你高深莫测。那种感觉远比显摆带来的享受和满足持久。

其实想完全克服显摆心理很难，只要做到一致就好了。俗话说，吃饭穿衣亮家底。凡事不可强求，不能过了。有条件就讲究一些，条件差点，也不丢人，人比人就得死，货比货就得扔，何必自讨苦吃。日子都是自己过的，谁好受谁明白，谁难受谁知道。不显摆是知道自己还需努力拼搏，超越了很多人还不显摆，说明我们明白，天外有天人外有人，比我们好的强的有的是，眼光放得远些，长些，岂不更好！

我不显摆，你不显摆，他不显摆，大家都不显摆，这个社会就是一个低调、务实和进取的社会，生活在其中，我们就会感觉到平等和谐。有一天我们想不显摆都不行了，说明我们已经具备了显摆的实力，别人会把我们当作榜样，我们再告诉他们：成功其实就是坚持而不显摆！

是讨厌？是喜欢？

讨厌一个人一定有很多理由，但喜欢一个人有一个理由就足够了。想没想过，为什么喜欢这类人而讨厌那类人？很多人讨厌还是喜欢某个人，全凭自己的感觉，基本没问过自己为什么。我经常看《缘来非诚勿扰》，一直不断地变换自己的角色，替男嘉宾着急、期待、惋惜，当然了，如果我上台也不一定好到哪里。台上 24 位美丽单身女生，类型各异，相貌不同，里面一定有自己特喜欢的，也有自己讨厌的、不喜欢的。但我喜欢的，别人可能不喜欢，而别人喜欢的，我又不感兴趣，可见人的欣赏标准是不一样的，甚至可以说是千差万别的。

我们对他人是讨厌还是喜欢，基本不用思考，在举手投足的瞬间就决定了。和一个人交往，我们的一个动作、一个眼神、一句话，可能不合对方的胃口，就已上了对方的黑名单，自己还不知道怎么回事，便没有了任何机会。大家也经常添加好友或拒绝好友，对对方根本不了解，拒绝还是同意，不需要长时间思考，鼠标按下就决定了。我们经常问，为什么拒绝我？其实对你说了，你也改不了，你就是你，你的信息带来的就是一种印象，很简单，喜欢就同意，不喜欢就拒绝。

你我都生活在一个极其复杂而多变的环境里，我们为人处世，为应付很多未知，需要捷径。我们不可能把每个人、每件事都分析透彻，因为我们没有足够的能力，也没有足够的时间和精力。事实上，模式化的主动行为在大部分人的生活中是相当普遍的，很多时候，也是相当有效的。我们必须利用自己的范式、首选经验，根据少数特征把人或事情分类，一碰到这样那样的触发特征，就不假思索地做出反应和判断。

我们每个人的行为规范的模式，也就是范式，以及我们的经验，是和我们的家庭环境、社会环境分不开的。因为我们的父母和最亲近的人的不同，也造就了我们的范式和经验的不同。因此，我们喜欢还是讨厌一个人，完全由我们每个人的气场、信息决定。这些也可能决定了我们待人接物、为人处世的方式方法，也就造就了千姿百态的人生。

有点搞头

观察一个男人，一般是先看其头发多少和发型式样。年轻的时候一头乌发，不用担心搞掉多少，可以换着花样地整。到了一定年龄，头发开始稀疏起来，每一次捏着自己掉的头发都是无可奈何花落去的感觉。特别一些秃顶男，对头发更是珍惜。我的一个同事四十几岁，头顶已经锃亮了，但四周依然还是比较浓密，他就小心地保留几根长长的头发，将裸露的头顶小心地覆盖，一遇到剧烈动作或风儿吹过，长头发就会回归到原来的位置，他就频繁地用手捋，同时也不断地甩头，摆出很潇洒的样子。我经常和他开玩笑："你去理发应该比我们少花多少钱呀！"他说："不是那回事，每次理发，理发师都担惊受怕，总怕不小心弄掉一根宝贵的头发，我跟他要精神损失费。"我们哈哈一笑而过。

一般瘦人秃顶的相对较少，而大部分秃顶的男人，都比较喜欢吃肉，油脂分泌过多，加上运动少些，能量无从发泄，只有把头发挤兑掉了了事。这是我的猜测，不一定科学，权当八卦来听吧。这并不说明我对秃顶男有什么偏见，人家头发少跟我无关，我只想说明，头发多时我们也别多高兴，头发少的时候也别多遗憾，谁都有头发多的时候。

俗话说，头发是随心草，简单的人头发好，爱思虑的人头发就不好。要想头发好就要保持放松的心态，不要每天殚精竭虑，凡事要知道进退有度，可以有动力，但别有太大的心理压力，而且知道自己如何适时调整，这才是最重要的。有的人心气很高，但心理承受能力很差，那就适当降低一下期望值，不管干什么都要有乐趣，并享受其中，别玩命跟自己过不去，尽量少折腾自己，你自己都不疼自己，别人疼你也不管什么用。

男人大都喜欢长发飘飘的美女，但如果我们头发稀疏甚至秃顶，那么和美女在一起也不协调，更叫我们没自信。多爱自己的头发，不是要我们怎么样去做头发护理，更关键的是要经常为心灵做护理。多想积极的让人高兴的人或事，多交往积极乐观的人，多进行积极的思考，多做自己喜欢的事，头发自然会好起来，否则没了头发，也就失去很多珍贵的东西。

头发是男人的王冠，没事的时候就要经常搞搞，不但要搞头，更要搞心。简单做人，认真做事，拿得起放得下，吃得好睡得香，吃喝有度，作息有规律。很自然的，这些好的行为习惯，都会从我们头顶反映出来，我们的魅力和潇洒也就呈现出来了。因此，可以说，搞头不重要，搞心才是硬道理。大家一起努力吧！

感觉对吗

人是环境的产物，进入什么样的环境中，就会受到什么样的环境影响。很多人相信直觉，但直觉往往是错误的，你不信，请看下面的实验：

选几个人，依次坐在三桶水跟前，其中，一桶水冷，一桶水常温，一桶水稍热。先让大家把一只手放进冷水中，另一只手放进稍热的水中，适应一会儿之后，把两只手同时放进常温的水桶中，我们看到实验者脸上露出困惑的表情，因为两只手的感觉不一样，放到冷水里的感觉是热水，放到热水里的又感觉是冷水。通过这个实验，我们得知，基于先前所发生事件性质的不同，人们对同一事件的感觉也会不同。因此可以说，人的感觉往往不准确，这就是对比原理带来的影响。

这个原理影响了很多人，比如说，我们刚刚和一位风趣睿智的人交谈之后，又和一位稍显沉闷的人交往，对第二个人的印象就很差，甚至不能容忍。所以谈恋爱接触太多的恋爱对象，反而不知道如何选择了，就是平常所说的挑花眼了。如果我们想影响一个人，就可凭借对比原理，在不露痕迹中对人施加影响。

这一原理的巨大好处就是，不光管用，还几乎让人无法察觉，很多利用它的人尝够了甜头，屡试屡爽，并且你根本察觉不到是他们早就布置好的。比如，我们每个人都有购物的体验，在销售人员依次给你看商品的过程中，不知不觉你就中招了，我们的消费往往高于自己的预期。

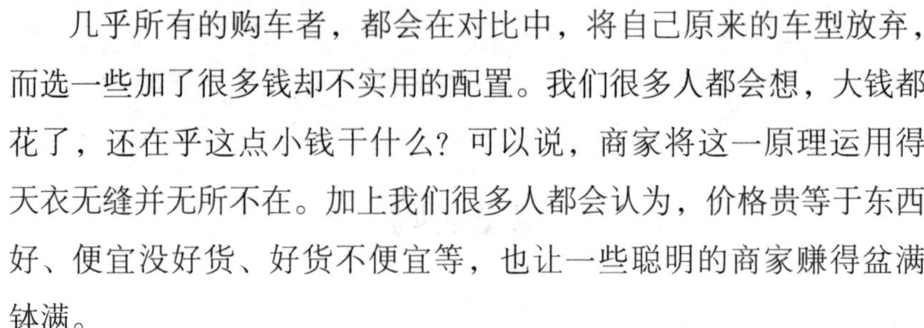

几乎所有的购车者，都会在对比中，将自己原来的车型放弃，而选一些加了很多钱却不实用的配置。我们很多人都会想，大钱都花了，还在乎这点小钱干什么？可以说，商家将这一原理运用得天衣无缝并无所不在。加上我们很多人都会认为，价格贵等于东西好、便宜没好货、好货不便宜等，也让一些聪明的商家赚得盆满钵满。

讨债还债

你我来到这个世界，都是来还债的。不管是我们欠别人还是别人欠我们，反正只要你我活着，都有还不完的债。我常想，如果我不欠任何人，那生活多轻松，但实际上，我并未感觉到轻松多少，大多时候反而是越活越感觉债务沉重。从小到大，那么多人不管是精神上还是物质上都帮助过我们，我们欠了太多人的债，当然了这个债大多是感情债和人情债。不管是什么债，到头来都会用金钱来还，但用金钱来还感情债，总是感觉没有标准来衡量。

从小父母经常说的一句话是，上辈子欠你们的，你们这辈子讨债来了。当时不理解，现在理解了。每一个做父母的给孩子的爱，我们做儿女的是还不完的，因为在我们索取的时候，并不懂得还债。俗话说，不养儿不知父母恩。但大多数真的还不懂。什么时候懂呢？ 等我们也快老的时候，我们也希望儿女回报了，我们就懂了，但那时我们的父母大多已不在人世或已经老态龙钟了。还债要趁早，否则你总有欠债的感觉，并不舒服，特别是有些债你根本无法还了，那感觉真的不美妙。

人和人交往要懂得礼尚往来，彼此互惠，这个社会才能得以维系，这就是互惠原理。任何一个人都不能只索取，不付出，也不太可能只付出，没回报。付出多少得到多少，付出的越多得到的越多，反之亦然。因此一个人活在世上，能帮助人就帮助人，能付出就要付出。日子是过出来的，人是交出来的，过日子过的是人气，人气怎么来呢？多付出就会有。

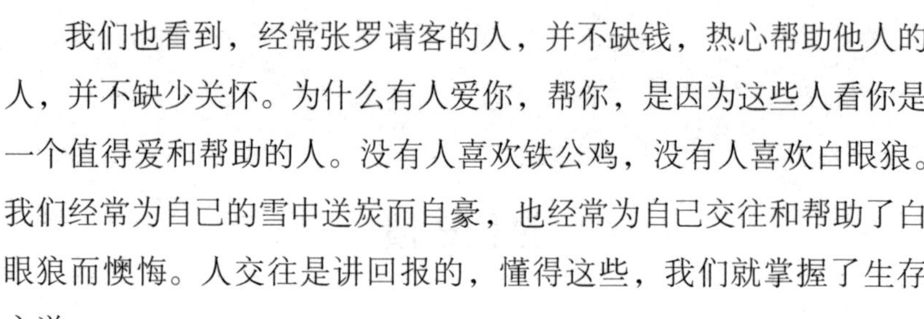

我们也看到，经常张罗请客的人，并不缺钱，热心帮助他人的人，并不缺少关怀。为什么有人爱你，帮你，是因为这些人看你是一个值得爱和帮助的人。没有人喜欢铁公鸡，没有人喜欢白眼狼。我们经常为自己的雪中送炭而自豪，也经常为自己交往和帮助了白眼狼而懊悔。人交往是讲回报的，懂得这些，我们就掌握了生存之道。

这世界有很多大爱之人，这种人之所以有大爱，大多是曾经得到过他人的帮助和关怀。投桃报李，知恩图报，是我们每个人与人交往的处世之道，我们越是感恩这个世界，我们也就越去回报这个社会，我们也终将收获更多，一起努力吧！

浪漫惊喜

“八月十五云遮月，正月十五雪打灯”，昨天经历了一个云遮月的中秋节。每年的中秋节我都会注意是不是阴天，如果云彩遮住了月亮，我就会憧憬来年的元宵节大雪纷飞。但大多数时候，每到元宵节来临之际，我都忘了中秋节的天气，就会问很多人，去年的中秋节是不是阴天。看到很多人茫然的表情，我也就不问了，事情那么多，谁还记得过去的中秋节是晴还是阴呢？

我想就是这些小细节，让我们有了很多美好的回忆。人生几十个春秋，也就过了几十个中秋节。我一直向往着十五的晚上，在院中，在露台上，家人围坐在桌子旁，桌子上摆上各种时令水果、月饼、桂花美酒，天空明月高悬，月光如银。在秋风中，在月光下，对酒当歌，回忆过去，畅想未来，不亦乐乎？但从没有实现过，一是找不到赏月的好地方，二是没人附和。自己一个人也不会傻傻地在月光下发呆，但我依稀记得很多中秋节的美好片段。

小的时候，每到中秋节，妈妈都会烙糖饼，糖饼两面蘸上芝麻，咬一口，满嘴留香。那时生活条件不好，吃月饼是很奢侈的愿望，家里人口多，每个人会分到几块月饼，我都舍不得吃，会放很久，慢慢地品尝。昨天我儿子的同学给送来几张糖饼，大家不去吃月饼，反而对糖饼赞不绝口，看来幸福的生活，是过出来的，物质丰富了，反而少了很多渴望和回味。

长大以后去上学，有一年的中秋节我没回家，没有吃到糖饼和月饼，感觉很遗憾。我想要一本《新华字典》，家里托人给我买了一本，用一块浸满油的包点心的纸包着，我对新华字典没有多大惊喜，反而把那张纸看了又看，闻了又闻。我有点怨恨，为什么不给我包块月饼呢？日子过得匮乏的时候，反而对吃那么用心和渴望。

谈恋爱了，我用了一个月的工资，托人从天津起士林买了两盒糕点。据我老婆说，真好吃，但我没有吃到一口，有时也会跟老婆说："你也是啊，怎么不给我留一块呢？"但我知道，那时的两盒糕点真的是很贵重的礼物。我凭着两盒糕点把老婆搞到手，现在看来也是很划算的，呵呵。

对有一年的中秋节印象特深。八月十四下午驱车奔山西，走石太高速，到了井陉天就黑了。去服务区加油，加油站服务员马上送上一盒月饼，并祝中秋节快乐，那个幸福劲就别提了。晚上十一点多到太原，入住迎泽宾馆，一进房间，一瓶红酒、一盘月饼、一盘水果，并有一张小卡片，上面写着"欢迎入住迎泽宾馆，祝中秋节快乐"，立马感觉浓浓的节日氛围。第二天正好是中秋节，从太原往平遥赶，一路上车很少，只有一轮明月在天空，我从来没有感觉过，十五的月亮那么明亮。

结婚了，大家分成一个个的小家，人是越过越少，八月十四看老人，十五晚上小家庭吃完晚饭，茶几上摆着月饼、水果，大家围在电视机旁看电视，多数时候忘了去屋外看天赏月，一切都在平淡自然中，没有惊喜，也没有冲动。日子就这样像无声的溪流流过，岁数一年年地增长，感觉也越来越习以为常。

人生需要惊喜，需要浪漫，需要冲动，但这些其实都是自己制造的，平淡的生活注定波澜不惊。制造惊喜浪漫，有时也需要冲动和改变，一起努力吧。

霸业之路

这几天，听袁阔成先生的评书《三国演义》有点上瘾，中国人的谋略在书中比比皆是，不得不让人叹为观止。最后之所以形成三国鼎立的局面，其中尽显必然。

先说实力最强的袁绍、袁术，最后落得个身败名裂，实属个人原因所致。这里只说袁绍，出身名门，占据河北大地，属地内人才济济。既有雄兵百万、上将千员，更不乏名士辅佐。可以说袁绍称霸中原，成就大业，最为人看好。但袁绍这个领导人好大喜功，刚愎自用，生性多疑，优柔寡断，尽失良机。官渡一战，实力大减，最后被曹操尽数剿灭。

再说刘备，出身皇室，身负光复汉室、重整河山的大任，但要兵没兵、要将没将、要地盘没地盘。桃园三结义后，只有张飞、关羽追随，在各种势力争斗中，艰难求生，韬光养晦，一路坎坷。刘备一生奉行“忠义”，心中虽有远大目标，但缺乏霸业运营的韬略。三顾茅庐后，诸葛亮出山，霸业之路开始走上正轨。孔明先生是一个非常有能力的职业经理人，霸业运营不乏创新。第一次与曹兵交锋，以少胜多，火烧博望坡，曹兵大败。可以说孔明先生创新了原来的作战模式，靠机动灵活，靠缜密计划，出奇制胜，避实就虚，改变了靠兵多将广、人多势众来取胜的竞争模式。刘备的霸业之路是一条创业之路，也是靠文化理念凝聚人心之路。

后说孙权，孙权属于富二代接班，既不忘旧臣，更广纳贤才，中规中矩，是一个没什么争议的人物。不管是用人，还是霸业的运营，他都能分清轻重缓急，抓大放小，把东吴经营得风生水起，后独霸一方。

最后说曹操，曹操是一个有争议的人物，追求霸业之路充满奸诈谋略，敢作敢当，爱才心切，审时度势，大胆决策，霸业如日中天。曹操的一生所思所想、所作所为都是围绕霸业展开，助我者生，挡我者死。只要霸业可成，既可以当孙子，又可以当爷爷。曹操管理兵马纪律严明，秋毫无犯，论功行赏，赏罚分明。曹兵战斗力最强，竞争力也最强。

《三国演义》所揭示的是霸业之路，是顺应民意之路，是广聚人才之路，是激励英雄豪杰之路，是人生价值实现之路。谁广纳贤才，谁博采箴言，谁目标明确，谁坚韧追求，谁就会成就一生伟业，万世留名。

活得明白

当我们学会了平静、大度地对待伤害，并学会原谅，心情就会好很多，也会平静许多。若我们以其人之道还治其人之身，以伤害还伤害，彼此的恩怨就会越积累越多，到头来，我们只想报复，只想给对方更大的伤害，那么受伤害最大的还是我们自己，受煎熬的也是我们自己，最不痛快的更是我们自己。我认为原谅的前提是有一颗感恩的心，其实我们每个人的一生，都或多或少得到过一些帮助和爱，这种帮助和爱积累得越多，我们感恩的心就会越强烈。

一个人越是感恩得到的一切，得到的就会越多，并且付出和所得是成正比的。这不但适用于我们最亲近的人，也适用于所有的人，懂得付出的人都有一颗感恩的心。想一想，我们的家庭为什么那么和谐？我们的朋友为什么那么好？因为我们一直在感恩，一直在付出。对待亲人、家庭的原则是只问耕耘不问收获，到头来我们的收获最大。对待朋友不势利，多付出，起码经常请客，所以家里家外，人缘会不错，评价也会尚可。但有些人可不这么认为，他们一直不把任何人放在眼里，谁都欠他们的，好像他们来到这个世上就是来讨债的，结果呢，很多人都敬而远之，自己孤家寡人还不明白其中的缘由，真的可悲！

一个人的强大，不是因为锋芒毕露、张牙舞爪的貌似强势，更不是因为锱铢必较、小肚鸡肠的貌似精明，而是因为心胸宽广，有容人之量，感恩之心。有人常说，人活到一把年纪，听也听过了，见也见过了，谁怕谁呀。经常把这话挂在嘴边的人要远离，而把这话藏在内心的人我们也不可小觑。俗话说得好，咬人的狗不叫，我们提防的是不知道什么时候咬我们一口、报复心极强、不动声色的人。我相信并秉持害人之心不可有，防人之心不可无的做人之道，与这些人少接触，少来往，对他们敬而远之，不以为朋，不以为友，更不能朋比为奸。

《宋史·傅尧俞传》这篇传记说傅尧俞的为人，“厚重言寡，遇人不设城府，人自不忍欺”。做人就是这个道理，言多语失，少说为妙。管住自己的嘴，迈开自己的腿，少说多做，不说不做，说了就做，敢做敢当。不论对人对事，都要心怀公心，不以一己之利，而牵涉他人。

道家讲究清静无为，不争是无所不争，不为是无所不为。是你的就是你的，不争早晚是你的，不是你的争了也不是你的，即便争到手也是累赘或祸害。干自己能干的，想自己该想的，为自己应为的，是做人的最高境界。心静如水、心平气和、心明眼亮、心满意足、心旷神怡、心中有数、心无二用是最美好的享受，而心惊胆战、心惊肉跳、心有余悸、心中无数是最不踏实的日子，不管是挣钱还是为官都要谨遵此道。

人生是充满遗憾的，有的人为他人遗憾，有的人为自己遗憾。不管是为他人遗憾还是为自己遗憾，都会有些懊悔伴随。其实人生，应是付出的人生、回报的人生，也是感恩的人生。幸福的人生不是得到多少，而是付出多少。得到的我们带不走，付出的会永远留在这个世上，我们付出的越多，我们的成就感也就越强烈，也就越发感到幸福，但很多人还没活明白，一起努力吧！

活得清醒

水至清则无鱼，人至察则无徒，说的是水太清了鱼都养不活，人太明白了没人愿意追随。所以人活到一定境界是难得糊涂，甚至是揣着明白装糊涂。无论何事，大部分人都能看得明白。一些人看明白了反而不明白了，被一些事折腾得坐卧不安、寝食难宁；而一些人看明白了却装着不明白，一副混沌不解的困惑表情。

世上很多事，清醒反而不好，糊涂却效果甚佳。比如家庭的经营、亲情的维系，糊涂比清醒好得多。兄弟姐妹之间的关系，责任和义务就不太容易清楚界定，糊涂一点反而好，只要记住吃亏是福，孝敬父母是让自己的内心得到安宁，对其他人没有宣传的必要即可。所以不要显摆，更不要招摇，以免引起嫉妒和怨恨。

对待同事，是难得糊涂。太明白的人往往不好相处。每个人从骨子里都认为自己长得潇洒漂亮、能力超过很多人，所以尽量满足这些人的虚荣心啊，要记住有些人之所以愿意和你交往就是虚荣心在作祟。你太明白，把对方的缺点看得明明白白，说得清清楚楚，反而招人厌烦。什么时候糊涂，什么时候明白，分寸要掌握得恰到好处。要大事明白，小事糊涂，抓大放小，举重若轻啊，该糊涂的时候糊涂，该明白的时候明白。

对待朋友，也是难得糊涂。朋友关系的维系更多的是带动和影响，说的比做的重要。多记住朋友的好，少记住朋友的坏，坏事糊涂，好事明白，对自己的不好糊涂，对自己的好明白，甚至挂在嘴边，叫那些算计你，甚至损害你的人都不好意思在你身边，因为对你好的朋友都会拔刀相助，愤愤不平。慢慢地，你的身边就会是一帮真心帮你的好朋友。

对待自己的另一半（妻子或丈夫），更是难得糊涂，太明白了，反而矛盾不断。对方的缺点视而不见，对方的优点要大加赞赏。爱情不是要求来的，是认可、感动、付出等耕耘的收获。你越是明白对方的缺点，对对方的不足便越是不可容忍，你会后悔不迭，从相互批评，到相互指责，再到相互攻击，最终，爱情死亡，婚姻破裂，一切无法挽回。直到此时，很多人才知道糊涂比明白好，但为时已晚。

人活得明白，活得清醒，确实不容易。我们一生的努力学习实践，都是为了清醒明白，但事与愿违，越清醒越糊涂，越清醒越不明白。活得清醒不是让你明白，而是让你糊涂，认知其中的真谛才是人生追求的最高境界呀，你我一起努力吧！

将心放飞

有人评价我是很浪漫的人，其实浪漫的情怀每个人都有，富有诗意、充满幻想是浪漫，放荡不羁、不拘小节也是浪漫。对比一下，我并不多浪漫，只不过闲下来，喜欢胡思乱想而已。特别是在一个环境生活久了，就想换个环境，一种活法长了，就想换个活法。这是人之本性。

最近，自己越发感觉生活在中小城市的那份安逸和恬静，是在大城市不容易得到的。看看我的同学们，每天早晨早早地起床，去上班，微信里、QQ 里，互相问早，诉说路上的塞车、漫长，此时的我还在暖暖的被窝里，幸福感便充盈着我的内心，不免有一些扬扬自得之意。每天按部就班的周而复始的生活，真的不愿意打破。

一天，见了我的一个朋友，他又开始规划明年的出行，河北、河南、湖北、重庆、四川、云南、广西、广东、福建、浙江、江苏、安徽、山东，游遍 13 个省市自治区的世界文化遗产景点，想象一下，真的令人向往。我幻想着旅途中那自己从没有经历过的人和事、地和物，一切都那么陌生和令人神往。我跟他说，我一定去，但话说出来，我能履行承诺吗？我自己都不相信。

有的人想了，就去规划，就去做，有的人想了也就想了，一切都好像没发生过，而我却忘不掉，我会老是想啊想。好想将心放飞到远方。一天，在电视里看到云南格拉丹帐篷酒店，在帐篷里就可以欣赏到外面特有的风光，一年四季风光别样，是一个伸手就可以摘星星的地方。我便开始想象着晚上住在帐篷里，外边繁星点点，鸟鸣虫叫，将自己融化在高原，是多么棒的感觉啊，我一定要去。

一生想去的地方太多，能真正做到的人，是值得敬佩的人。想象一下，感觉自己身处其中，也是很美妙的享受。趁着自己身体还好，趁着自己还有心情动，就应该动起来。见多才能识广，每天在自己的圈子里，每天在自己的小环境里，久了就会闭塞而不开放。打破现有的平静，给自己来些挑战、尝试，真的也不错。

每当我想尝试，每当我想挑战自己，就会有一堆的事等着我干，也有很多的人站出来反对，最后大多数时候也是雷声大雨点小。其实最大的障碍，还是我自己。有时人很难说服自己，更多的时候是找很多理由来打消自己的念头，最后大都是放弃。我总是感觉好多事离不开我，好多人离了我不行，更何况扔下老婆孩子，自己一个人远行呢。

但我还是想，什么时候将自己融入自然中，什么时候将自己的心放飞到远方，我会更幸福，更快乐。我期盼着那一天！

有趣一些

最可怕的不是岁月的侵蚀、容颜的苍老，也不是生活的艰辛、日月的煎熬，而是自己变得越来越无趣。恋爱的时候，对方的缺点也可爱，也有趣，多无趣的日子也能过得津津有味并享受其中。那时我们快乐无比，但日子长了，慢慢地却把心隐藏。相爱的人厮守久了，亲情多了，爱情少了，相伴替代了相爱，虽然也觉得离不开对方，但生活平淡如水，波澜不惊。我们不再欣赏对方的言谈举止，也不再随时附和对方，常常钻进自己的世界里，彼此不再关注，各自干着自己的事，打发漫长的时光。

特别是男人，结婚时间越久，在家里待的时间越短。我们故作很忙，即使工作不忙，也把玩耍的时间排满，每天搞得紧张兮兮。我们经常是半夜而归，回到家里，老婆早已入睡，而大多数男人也会悄悄地上床，进入自己的梦乡。早上醒来，有时只一句话，“我走了”，就匆匆地离家，一切又是周而复始。男人不愿回家，是因为觉得家越来越无趣，在外面疯玩多有意思啊。但是玩得久了也会觉得越发没意思，所以男人一段时间也会正点回家。但在家里的日子，夫妻还是各自干着自己的事情，比如女人发微信，男人玩游戏；男人玩电脑，女人看电视。男人逃离家庭，还不如说是在逃避觉得无趣的家庭。

家庭之所以无趣，是因为大多数男人自己越来越无趣。人为什么喜欢干一些事，交往一些人？是因为感到有趣，心情愉悦。逃避无趣和痛苦是人的行为取向。其实家的无趣，不是一个人造成的，但我是男人，我会更多地关注男人的所作所为。比如很多男人失去了奋斗的方向，没有了追求的目标，更没了梦想，越来越被动地生活，男人的气场越来越小，影响力越来越弱，原来那个意气风发、指点江山的男人，现在变得胸无大志、随波逐流。这样的男人，别说女人，就是男人自己也不满意。人生最有趣的事情是畅想未来，但这样的话题越来越少，生活也就渐渐地失去了趣味。

家庭之所以无趣，是因为双方的共同兴趣越来越少。比如做饭，只是一个人忙活，很少有两个人共同完成的时候。比如遛弯，男人正在看自己喜欢的电视或正在干自己的事，女人说“你陪我去遛弯”，男人也会感到无趣。只有跟着对方的兴趣，做对方喜欢的事，才会有趣起来。但大多数人做不来，是因为不太愿意迁就对方而委屈自己，这样就越来越无趣。

家庭之所以无趣，是因为我们越来越理智而不明智，越来越挑剔。比如对方喜欢唱歌，刚唱几句，你就挑出一大堆缺点，搞得对方兴趣全无，干吗呀？你忘了去 KTV 唱歌的时候，不管别人唱得如何难听甚至跑调到南极，你也会不断地鼓掌喝彩吗？你怎么对待与你毫不相干的人，你就怎么对待你的另一半，效果会出奇地好。谁都需要鲜花、掌声、喝彩，尽管自己知道不怎么样，但就是需要。请伸出你的双手为你的另一半鼓掌，并大声地说，好！你越跟真的似的，对方越疯狂。尽管可能在你的鼓励下，你的另一半会在半夜一嗓子把你吓醒，但你也要说，真好听！对方会发自内心地对你好，他（她）也会开始用心学习，慢慢地改掉一些缺点，歌声也会越来越好听。

家庭之所以无趣，是因为我们在外面欢快乐和，天南海北，而到了家里却沉默寡言，死眉塌眼，活力全无。女人经常说老公：“你在外面那么多话，到家了怎么没话了呢？”彼此交流得越少，越觉得交流无趣。两个人的日子，寂静无比，没有了眼神的交流、心灵的沟通。日子就是这样，过得越沉闷，也就中毒越深，改变也越发地困难。

家庭生活之所以无趣，是因为我们觉得对外人可以和颜悦色，而对伴侣可以不再隐藏，于是尖酸刻薄，横加指责，毫无顾忌。其实亲近的人关系的维系，更需要小心谨慎，彼此呵护。

很多人在失去了另一半的时候，也许会问自己，我们那时的生活，为什么不能有趣一些呢？其实有趣需要用心，有趣需要时间去培养。有趣的生活让人心生向往，也让人回味无穷，有趣的人生让人感到没白活一次。我为什么不能有趣一些呢？多问问自己，多想多做有趣的事，做一个有趣的人，让自己满意，也让他人满意，更重要的是让我们的人生少些遗憾。

有趣起来

生活的有趣就是能够不断地、经常地引起彼此的好奇心或喜爱。对于自己的生活，你是不是早就没有了期待和好奇心，甚至更多的是无奈、彷徨、心灰意懒呢？如果是这样，我告诉你，情况不妙，很可怕。过有趣的生活，享受有趣的人生是人人向往的，但大多数人却不能获得。

有趣不是上天的赐予，更不是他人的恩赐。生活的无趣，是自己一手造成的，无趣的人注定要熬无趣的人生。我们很多人选择了做无趣的儿女、无趣的父母、无趣的爱人。我们在父母跟前是无趣的儿女，在婚姻中是无趣的爱人，在孩子面前是无趣的父母。有时我们感到了自己的无趣，也曾经想改变，甚至努力过，只是想了想或者动了动，但没有付诸实施或坚持，所以一切还是一如既往的无趣。

做儿女的，在父母面前，经常是很无趣的。小的时候，天真无邪，因为好奇心驱使，经常让父母感到很有趣。但随着年龄的增长，我们越来越自负、叛逆，甚至一意孤行，无趣代替了有趣，我们也经常从父母的脸上读出太多的无趣。成家了，我们忘了父母曾经因为我们的降临而认为生活多么的有趣，与父母也是聚少离多，更别说让父母过有趣的人生了。

在孩子面前，因为我们很多人没有受过专业的教育，不懂儿童心理，如何爱孩子，如何教育孩子，我们不知道，最容易的方式就是选择做一个无趣的父母。没有新奇惊喜，也没有探求好奇，有的

只是一张板起的面孔和训斥的言语。“真没意思！”很多孩子开始重复地说这句话时，说明他们在发出强烈的预警信号，可是我们不知道，因为我们是无趣的人。

做妻子或丈夫的，也经常很无趣。好像忘了恋爱的时候是因为什么，决定共同步入婚姻的殿堂的。是因为你经常引起对方的好奇心，经常唤起对方的喜爱。成家了，有的人在外面无趣，在家里也无趣，很多人在外面很有趣，在家里却无趣。这些人抱着将无趣进行到底的信念，日日夜夜过无趣的生活，却不愿意承认这个现实。

我的一个朋友很有才，笔耕不辍，和我的喜好差不多，爱摄影，爱打球。一次，我们一块儿外出旅游，他拿着单反相机，不停地给老婆拍照，边照边说好漂亮，俩人还不时摆出各种相爱的姿势，让我拍照，我看到他们笑得那么甜蜜。那时我心里就想，我怎么没那么有趣呢，我也要学得更有趣一些。早上醒来，朋友拿着相机和老婆出去，回来给我看照片，我看到他老婆在山间的路上，在树林中各种姿势的照片。我说好！但朋友却说，多美的景色，可惜不是美女！我听后，哈哈大笑，我知道了有趣还有另一番注解。

做有趣的儿女、父母、爱人，我们的人生会增添更多有趣和色彩。把自己培养成一个有趣的人，我们的一切都会有趣起来！

把握今生

结婚成家有太多的理由，其中最重要的理由是发现对方有太多的优点，喜欢对方。在情人眼里，对方总是那样完美，和情人相处时，仿佛这个世界上其他人并不存在，因为找到的这个人是世界上最完美的，有种非他不嫁、非她不娶的毅然和坚决，我管它叫爱情的力量。

相爱的时候，一切都很美好，就是在雾霾的笼罩下，也感觉温情脉脉，情意绵绵，流连沉醉，享受并憧憬未来。过来人都知道，多相爱的人也会被时光岁月侵蚀打磨，渐渐地习以为常，很少激动、很少愉悦、很少浪漫，牵手就像左手摸右手。还记得第一次牵恋人手的感觉吗？和恋人指尖相碰的那一刹那，一股电流就会传遍全身，那感觉让人一生难忘。但现在呢，我们再去牵爱人的手的时候，只会感觉那双手已经不再柔软，开始粗糙得没了生气。老夫老妻的也不再拥抱，更谈不上接吻，夫妻变成了最熟悉的陌生人，在夜晚，虽然睡在同一个床上，却各自做着自己的梦。

多少人在外面幻想重燃爱情之火，多少人幻想重回那恋爱时代，但回到家，看到依然故我的那个人，没了心情也没了改变。人总是幻想着对方是不是该改变一下，而自己却一直在等待。双方大多不会有所行动，所以生活依然波澜不惊，周而复始。多么可怕的日子，难熬的日子，叫人想逃跑的日子。太多的人各自忙着各自的事，各自寻找着各自的感情慰藉，一条“不回家吃了”的短信成了夫妻间沟通最频繁的言语，有时在手机上粘贴一下，根本不用重新

输入，转眼就发走了，在外面多乐和一会儿就晚一会儿回家。

随着年龄的增长，我们活得越来越理性，好听点叫理性，其实是越来越不想改变，因循守旧，墨守成规，也变得越发固执自负。越是缺乏进取心，越是不想叫人看出来，也就不放过任何机会证明自己正确，有什么办法呢？一些人采用的是罗列对方的错误，放大对方的缺点，叫对方感到无地自容，自己低头认输，家庭成了浴血奋战的战场，有的硝烟四起，有的杀机四伏，事事小心，时时提防。很多人因为讨厌对方的缺点而决定离婚，婚姻破裂，家庭解体。此时我们是不是忘记了恋爱时的承诺：我一定给我的爱人一生幸福！

静下来想想，父母的爱是无私和伟大的，但大多数的父母都会先我们离开这个世界。当我们努力拼搏、没有经济能力的时候，父母的爱我们没法回馈，当一切都好起来的时候，父母却已年迈，有的甚至驾鹤西游，魂归天国，我们想尽孝也没了机会。再想想孩子，我们将孩子养育成人，成家立业，我们也快老了，那时的三口之家，又重回二人世界，孩子们有孩子们的生活，未来几十年的生活还是夫妻的二人世界。可以说一生和我们相处时间最长的是我们的另一半，如何让自己幸福快乐，叫对方快乐满足，是我们每个人都要思考和面对的。别折磨对方，其实折磨对方也是折磨自己，你对自己好吗？对自己好就要对爱人更好，这是相互的。任何夫妻都会有矛盾，千万别回避问题，有就直接面对，有时讲出来比憋在心里更舒服。从我做起，多从自身找原因，多主动关爱，少观望等待，婚姻才有互动和活力。

其实对婚姻十分满意的毕竟是少数人，多数人是既有满意，又有失望，但这不妨碍家庭婚姻生活的幸福，就看我们如何对待，如何相处。一辈子说短也很短，说漫长也很漫长，幸福的婚姻让人陶醉并感受时光的美好，不幸的婚姻让人懊悔并承受度日如年的煎熬。还想有下辈子吗？还想再活一次吗？那就把握好今生。

答案在心中

其实幸福真的不是一个人的事，若我们是一个幸福的人，那么我们身边就聚集了一群幸福的人，幸福的朋友、幸福的爱人、幸福的孩子、幸福的父母。无论如何，好影响也罢坏影响也罢，我们都在时时刻刻地影响和我们有关系的人。如果一个人心中无爱，也就谈不上真正爱自己，不爱自己的人更无幸福可言。

古往今来，多少人都在追求幸福，但懂得幸福真谛的又有多少呢？问问身边的人，什么是幸福？我记得我哥在评价一个人幸福与否的时候经常说一句话："他可没白活，一辈子哪干过什么活啊，吃香的喝辣的。"我哥认为清闲、吃得好就是幸福。我把我哥认为幸福的人拿出来分析，觉得他说的不怎么对。

我的叔叔就是这样一个人，在父辈中年龄最小，能力也一般，但想得开，敢吃，一辈子不知道什么叫愁。他年轻的时候结婚了，时间不长就离了，后来又找了一个有点缺心眼的婶子，一下子生了二男三女。不管怎么样，生活稀里糊涂地过来了，别人看着很难，替叔发愁，但人家乐乐呵呵，伴着升起的袅袅炊烟，家里经常飘出诱人的肉香。年复一年日复一日，三个闺女相继出嫁，只剩两个儿子。老大长得确实不好，像小个子非洲人，大厚嘴唇，小脑袋，心脏不好，自然老婆就没影了。老二个子不高，会点厨师手艺，不知为什么，媳妇也一直没着落。婶子平时很少言语，见面也就哧哧地笑，但其实人并不傻，因为不爱说，平时也没人关注。她还有个不好的毛病，爱吃泥块和木炭，经常偷着吃，有一年婶子暴病去世

了，家里只剩我叔和两个儿子，三个男人的家庭，没有个女人，日子过得也不像样，想起来怪可怜的。我们家做些好吃的也经常把我叔请过来。平时我叔爱吃肉，隔三岔五地吃一顿，血压血脂都高，但他不在乎，照吃不误。有一年他病了，不省人事地呼噜呼噜躺了一周，也就离开了人世。在评价我叔的时候，周围人都说没受过罪啊，言外之意是他很幸福。我叔有两个儿子，长年在外打工，我每次回去看着紧锁的大门，都有一种莫名的惆怅。

我对幸福的诠释和我哥有些不同，我认为我叔的一生是否幸福，其实只有他自己知道。一个人是否幸福，不但要看他本人，更要看他的家人如何。我想我叔在离开人世前片刻清醒的时候，看到自己的两个儿子，也会有很多遗憾，虽然没有言表，但同理心让我能感觉得到。幸福的人不是只管自己吃好穿好住好，更应让孩子们也如此，更重要的是会让自身那自强自立的精神和能力得到延续。

在乎自己，也在乎别人，自己快乐，也把快乐传递给后人，让幸福一代代地相传，这才是幸福的真谛，我是这么认为的。不知道您是怎么想的，但请您一定要思考思考，答案就在我们的心中。

主持心得

已经连续几年主持俱乐部新春联欢会了，每次都是很仓促，这次的联欢会节目安排直到开始前的一个小时才最终敲定。不过还不错，谈不上多好，也不算差，一般吧，总归是捧捧场，业余地玩一把。其实，只有经历过才会有感想，在这里总结几点与大家分享。

举办联欢会关键的是互动，如何带动观众的情绪，让观众参与其中，是一台联欢会成功的关键。因此在准备节目的时候要做好工作，在一年中，有多少人取得了什么成绩，有多少喜事乐事，有多少趣事甚至糗事，都可以在节目中穿插带过，让大多数人与联欢会联系起来，这样才有吸引力。

联欢会的第一个节目非常关键，很多人都不愿意第一个上场。在选择第一个节目的时候，既不能最好也不能最差，最好选择中等水平的节目。这样既可以让大家有期待，也不会叫后来者有太大的压力。如果第一个节目不是特别好，也可以轻松地调侃一下："非常谢谢这位朋友动情的演唱，您激励了很多人，原来不敢登台的，现在都跃跃欲试，谢谢您的胆量，谢谢您的勇气，更谢谢您的抛砖引玉，精彩继续，掌声鼓励！"这样效果会不错。

联欢会必不可少的是游戏互动，最好选择娱乐性强、欢快搞笑类的游戏，要起到烘托气氛，将联欢会推向一个小高潮的作用。游戏结束后，可以选择水平中等的节目。游戏节目安排的时候也可以根据现场气氛临时调整，如果节目过于平淡，这时可临时调整上游戏，这样就不会出现观众欣赏疲劳、情绪不高的现象。

好的主持人会预设出现的各种情况，提前做足功课。光靠临门一脚有时不靠谱，因为有时大脑也会短路。主持人和观众不一样，要随时观察演出人员的一举一动、观众的神态表情，及时分析，及时总结，然后用恰当的语言和方式将现场的气氛带动起来。主持人的睿智、风趣、幽默，是大多数人喜欢的。

总之，在各种联欢会上，主持人是很关键的角色，好的主持人能化腐朽为神奇，将平淡的联欢会推向一个个高潮。当然，如果演出人员水平够高，节目更精彩，那就更好了。

新年新气象

明天就是大年三十了，春节好像一下子就跳到了眼前。这几天各电视台都在播放中国各地过年的习俗，各地的好吃的好玩的，过年的味道不断地扩散开来。听着不时从远处传来的噼里啪啦的鞭炮声，年味也越发地浓起来。

又是一年春来到，又是一年人增寿，回首过去的一年，事业上平平稳稳，工作上顺顺当当，没有太多的惊喜，也没有太多的遗憾。到了这个年龄，不再像年轻人那样好强，凡事不再强求，一切追求自然。生活就像历久不息的小溪，按着自己的节奏潺潺地流过每一个日日夜夜。不管做什么，自己的节奏从来不愿意被打乱，比如我有午休的习惯，我就找各种借口把应酬推掉。我发现按部就班的生活，很容易叫人上瘾。虽然有时也想改变，也想轰轰烈烈地投入到追求宏大人生目标的战斗中，但大多不会持续多久，有的刚开个头就没了下文。怎么没有了斗志？怎么没有了激情？怎么没有了向往和追求？多少次被老婆抢白，多少次自己问自己，但是那股年轻时按捺不住要喷发的阳刚之气，却像被埋了太久的火山，尽管内心涌动，表面却平静如水，丝毫没有要喷涌而出的迹象。

其实，我骨子里更喜欢有挑战的人生，敢于迎接挑战是勇敢和自信的表现，经历挑战是人生的一种财富。但财富多了也会成为人生的负担，一直喜欢谈论过去的人就是把人生的财富像重担一样压在肩头，时间越久越不容易放下。轻装才能上阵，放下才能前行，道理谁都懂，但做到却有一定难度。长期沉浸在过去的辉煌或得意

中，便不会专注于未来。到年底了，就应画上一个句号，一切重新再来。

新年新气象，新年新寄托，新年新向往，盘算一下新的一年如何度过，新的一年确定哪些目标，努力实现它，明年这个时候，不要让后悔缠绕，要让满足包围。分享成就、分享喜悦成为过年的永恒话题，更让我们的人生丰富多彩起来！祝我的朋友、同学们，节日快乐，万事如意！

小心眼儿

所谓的小心眼儿，指心胸狭隘，眼光短浅，内心多疑，对细小琐碎的事情斤斤计较，放不下，等等。小心眼儿的表现渗透在生活的方方面面，形式也是多种多样。具体表现如下：

不大度，更不宽容。小心眼儿的人小肚鸡肠，得理不饶人，没理辩三分，甚至胡搅蛮缠，丝毫不肯服输。这种人听不进一句批评或建议，更容不得半句坏话。谁冒犯他一句话，他能记住一辈子；谁给他提一句意见，他可能视为与他作对。以牙还牙，以眼还眼，是这种人做人的原则。

敏感多疑，捕风捉影。小心眼儿的人对别人的不经意的一句话或行为，也往不好的方向想，常常捕风捉影，无事生非。对生活或工作中的鸡毛蒜皮的小事特别敏感，疑心重重，使小事变大，好事变坏。

斤斤计较，嫉妒自私。这种人为人处世一味想占便宜，一点儿小亏也不能吃，而且嫉妒心极强，容不得别人比他好，气人有笑人无。这种人极端自私，凡事都以自己合适为标准，有的甚至心肠狠毒，可能因嫉妒而干出违反法律、伤天害理的事情。

小心眼儿是一种不健康的心理状态。其实小心眼儿的人不快乐也不幸福，因为经常生别人的气，会时常感到委屈、愤怒。他们忧思不断，对鸡毛蒜皮之事耿耿于怀，痛苦缠绕，有时吵骂、寻衅、歇斯底里大发作，精神处于高度亢奋、紧张状态。由于内心的压力或负面情绪难以化解，小心眼儿的人很容易出现生理功能紊乱、内分泌失调、免疫力下降的问题，许多的疾病，如高血压、冠心病、

溃疡病、糖尿病、甲状腺功能亢进、神经官能症、癔症、精神病、癌症等便会纷至沓来。发展到极端，有的可能会因为一点小事想不开而轻生。

跟小心眼儿的人交往，会让人很伤心，尽管你平时经常帮助照顾他，甚至把心都给了他，但往往一件小事，就可能引发冲突，此时对方只会记住你的不好。和这种人交往我的原则就是，只说好不说坏，保持距离，敬而远之。当然，如果你的情商足够高，抗打击能力很强，也可以与之为友。大多数小心眼儿的人很容易判别，一交往一共事，你就明白了。有的小心眼儿的人伪装得很深，初次交往谈吐高雅，知识渊博，一旦涉及对方利益，马上原形毕露。

其实小心眼儿每个人都有，我也有，我也常常为他人的一句话或一个行为，心中郁闷很久。有时感觉到自己心情不佳的时候，我就会问自己，又怎么了，谁惹我了，这时我就慢慢地回忆，到底是谁、哪件事让我这样的。想清楚了，就会选择转移自己的注意力，长出口气，大声唱几句，干点别的什么事，慢慢地也就调整过来了。人都会因为别人的错，而折磨自己，何必呢，一辈子不容易，善待自己才是根本。还有一点就是，凡事不要总想自己，考虑问题也不能光从自己出发，这样就会感觉所有的人都对不住自己，甚至欠自己的，无形中生出许多烦恼来。不管说话或做事，多想别人能否接受，是不是我们光想显摆自己而伤了他人，做鲜花只是初级境界，做绿叶才是最高境界。要明白一个道理，不显摆就是显摆，不想自己才是真正的想自己，自己说自己好不是好，别人说自己好才是真正的好。

活在当下

有些人活在过去，有些人活在将来，而很少有人活在当下。活在过去的人，靠回忆打发时光，过去都是美好的，而当下或未来却一团糟。他们的人生没有目标，混一天就多活一天，至于活的乐趣和生命的意义，找不到也懒得去思考。这些人开口闭口是过去怎么样，而很少有对当下的满意评价。他们不期盼自己活得久，因为那样更没意思。和这样的人交往，让人感到压抑并消磨斗志。活在将来的人，尽管现在生活不如意，却一直在奔波奋争，希望将来会好，就是将来不好，下辈子也会好。这种人常常叫人同情或感动。但其实人生还可以换个活法，那就是活在当下，既不被过去所绑架，也不被将来所蒙蔽，感恩当下人生，享受当下人生，让自己感觉轻松和快乐，才是人生的真谛。有的人会说，真是站着说话不腰疼，饱汉子不知饿汉子饥。真的不是，尽管有些人生活很难，经济基础不如很多人，生活质量不如许多人，但他们却乐意活在当下。其实人对物质的要求是被妖魔化了，自己的感知才是最重要的。

有人说，一个人的幸福快乐程度与邻居的富裕程度成反比，邻居越富裕自己越感觉不幸福不快乐，反之亦然。由此可见，幸福快乐程度有时是自己比较出来的。不是自己不幸福不快乐，而是邻居太幸福太快乐了。如何做到心态平和，乐见他人比我们强，比我们好，才是正确的人生观和价值观。因为人比人就得死，货比货就得扔，别跟自己过不去。我的两个邻居在生活中一直在比，不管是院内摆设还是院墙的高矮，双方都不肯让步，结果双方见了都眼黑，都不痛快。

活在当下，说起来容易，做起来难。一些人的一生一直受他人摆布，就是自己能做主也经常会说，没办法。多少人每日烦恼，跟自己较劲；多少人成天算计，为生活终日奔波，而身体却每况愈下。谁也不可能永生，到头来人在天堂，钱在银行，真的是很可笑的事情。你我能来到这个世界，本身就是个奇迹，不用设想如果父母不生我，如果我生在那个家庭，如果我不是男的而是女的或者不是女的而是男的，等等，根本一点价值都没有，因为这些设想半点实现的可能都没有，千万别给自己设想那么多如果。承认当下，正视当下，珍惜当下，享受当下，应该成为我们大多数人的追求。

活在当下，并不等于及时行乐，更重要的是发现当下点滴的美，带着感恩的心，勇敢地承担起自己的责任，去追求生命的意义。活在当下，要善待自己，珍惜生命更珍惜自己的身体，特别是培养健康的心理，让自己保持愉悦和幸福的感觉，如果感觉不到，就去寻找，我们感知得越多，对当下的美好也越懂得珍惜。什么时候，你感觉到了活着真好，说明已经活在当下了。活在当下的人会珍惜所有，活在当下的人会满怀热情地憧憬未来，活在当下的人是快乐幸福的！

我为什么喜欢你

一个人为什么喜欢另一个人？为什么愿意和一些人交往？为什么愿意追随一些人？虽然这里面有众人皆知的理由，但大多数人并未察觉。有人说喜欢一个人，不需要理由，真的错了，喜欢一个人是有条件的，更需要理由。

其一，对方长得好看。碰到漂亮的人，我们都会不假思索、自然地做出自己的反应，这种反应来不及思考，有时自己还没意识到，反应就来了。这就是社会学家所说的“光环效应”，即“一个人的正面特征能够主导其他人看待此人的眼光”。好看等于好，这种无意识的假设造成的一些后果，叫人后悔不迭。现实中我们会无意识地给好看的人添加一些正面特点，比如有才华、诚实、善良和聪明等，而且在我们做出判断的时候并没有意识到外表魅力在其中发挥的作用。

现实中，漂亮的人更容易在需要的时候获得帮助。这也难怪我们的三十六计中会有“美人计”，也难怪一些骗子能够行骗成功。因为我们喜欢漂亮的人，我们容易顺从喜欢的人。销售培训课程里总有教人如何打扮自己的环节，时尚商品店的老板会挑选好看的人充当促销员。

其二，对方和自己相似。现实中，大多数人的长相都很普通，相似性就成了我们喜欢一些人的理由，比如观点、个性、背景、生活方式等。一些别有用心的人就可以假装在某些方面与我们相似，有意识地讨我们喜欢，让我们顺从他们。穿着打扮是很好的例子，

人们更喜欢帮助那些衣着跟我们类似的人。我们会下意识地对跟自己类似的人做出正面反应。比如你喜欢运动他也喜欢，你喜欢旅游他也喜欢，你喜欢斗地主他也喜欢，等等。这里要特别建议提防那些声称“跟你一样”又对你有所求的人。

其三，对方会恭维奉承。很多时候，别人恭维我们，亲近我们，其实是有求于我们。尽管我们有时候并没有那么好骗，特别是我们清楚恭维者是在利用我们的时候，但我们总会相信别人的赞美之词，喜欢那些报喜不报忧、擅长说好话的人。“我喜欢你，真的，特别是你的为人，我特欣赏。”不管什么样的人听到这句话都会心情愉悦的。

其四，对方让我们感觉熟悉的亲切。每个人都会对自己接触过的人或事有好感，比如老同学、老乡、老战友等。有一个人，是我刚参加工作认识的，后来他去了原来的百货大楼做美工，多少年没见面，后来再见到仍然感觉很亲热。后来他跟我说家里用钱，我借给了他，但他从此就消失了，至今音信全无，有时在街上碰见，还有意躲着我。现在借钱那件事，我想起来就特别扭，心里不舒服。

其五，受条件反射的影响。我们都爱屋及乌，我们很容易觉得事物之间存在着单一联系，也很容易把这些人归为丧门星，而把那些人归为报喜鸟，哪怕二者没有丝毫的联系。物以类聚人以群分，近朱者赤近墨者黑，千万别跟那些人混等，是我们从小受到的教育。人是环境的产物，这点没错。卖产品就是卖感觉，产品销售的最高境界就是不卖而卖，其实大多数消费者买的不是商品，而是感觉。销售人员也是利用这一点，你住上这样的房子感觉怎么样，你开上这样的车感觉如何，你穿上这件衣服别人会感觉如何，等等。说白了就是不断地诱导你对这件商品展开联想，直到你的美好愉悦感觉再也按捺不住掏钱为止。

所以，我们要学会拒绝。因为许多手段都可以让人喜欢，增加好感，我们不大可能一一找出对策，最有效也是最直接的办法就是在适当的时候，学会拒绝。

学会拒绝

在为人处世方面，我们都喜欢或遵循投桃报李，你敬我一尺，我敬你一丈，来而无往非君子也。面对他人的托付、好意或帮助，尽管我们没能力或不需要，我们也不太好意思拒绝。而对另有所求，甚至对别有用心之意，也只是搪塞，含含糊糊，不做明确的拒绝，结果是事情没有按我们的本意发展，有时真像吃了苍蝇，说又说不出来，不说出来又不舒服，恨不得找个没人的地方抽自己一顿。

春节的时候去山西，在阎锡山故居，有一些卖砚台的女人，你一问，其他的人就会围上来。有个老太太举着砚台一直追到我车上，我老婆要跟人家急，我呢直说老婆，何必呢，把钱给人家，就是不卖砚台，人家跟你要几十块钱，你不也得给吗？这样买了好几块，回来后说送人吧，发现漏墨，外面的颜色全掉了，原来是泥做的。砚台外面刷上颜色，一用就露馅了。我跟老婆说，有时还真不能什么都相信，一定要学会拒绝。

不拒绝的人其实心里也有一些自己认为对的理由。首先，很多人认为拒绝会伤到对方，得罪对方。比如别人托付你办不到的事情或给你不需要的东西，你拒绝了，他下次可能就不理你了，甚至会与你断绝关系，你心里害怕被孤立。其次，拒绝了，担心别人小看自己，会觉得自己没这个能力，于是打肿脸充胖子。其实，硬塞给你东西的人大多跟我们没什么关系，就是有关系，也不是交心的关系，看不看得起，大都没什么用。再次，很多人认为拒绝是难为对方，特别是要拒绝比自己地位高的人，会带来不想要的指责。畏惧

指责，担心不被他人认可也是一些人不敢拒绝的理由。最后，很多人对他人的评价太过敏感，名声比什么都重要，比如，不近人情、不懂事、个性太强，等等。还有一点是，一些人曾经因为拒绝而给自己带来很大痛苦或可怕的经历，于是潜意识里会觉得拒绝了就会有不好的事情发生。不管是什么理由，学会拒绝是人生的必修课。

学会拒绝，就要了解和掌握拒绝的艺术。有些拒绝要直截了当，有些拒绝可以顾左右而言他，有些拒绝假装应允而后推辞。不管拒绝什么，关键是不要让他人牵着鼻子走。知道自己所需，要还是不要，自己不要的，简单回绝。对于自己没能力完成的托付，实话实说，礼貌回绝。对于自己不要的关心、帮助和推销，表明谢意，如“谢谢，我解决了”“我有了”“我买了”“等我需要的时候，会和你联系”等。拒绝也是给自己减负，不会拒绝其实不但耗费精力，也耗费金钱，更给自己身心造成压力或烦恼。拒绝要果断，要趁早。

对于另有所图或别有用心的托付、帮助、关心、推销，要学会辨别，分清好坏，不给对方可乘之机，不留后遗症。有时自己出于善意而被骗上当，切莫太过自责，久在江湖漂哪有不挨刀的，长点心眼即可，人非圣贤孰能无过，同样的错误别犯第二次就行了。更重要的一点，学会拒绝并不意味着处处设防、草木皆兵，那样自己无形中也活得很累。何况人活在这个世上，总会和各种各样的人打交道，不可能做到独善其身，只要不图小便宜，凡事想着没有天上掉钱的好事，就会少吃亏不上当。

学会拒绝也不意味着拒绝所有善意的关心、帮助、支持、托付，每个人的成功都是很多人的帮助和支持的结果，肯于付出、不问索取才是智者的表现。对于这些的接受也是对真心帮助我们的贵人的认可，只要我们不忘感恩，踏踏实实地做人，别总想巧事、好事，凡事讲究个因果，我们的一辈子就会活得不错，一起努力吧！

为马航失联航班祈福

这几天一直在关注马航失联航班的消息，多想是虚惊一场，奇迹发生，但没有任何让人期盼的好消息，所有的一切，都指向死亡。我们不知道到底发生了什么，一架大型客机，227 名乘客，12 名机组人员，就这样消失了。真的庆幸你我没有在那个时刻登上这架飞机，真的万幸航班上的那些不幸乘客中没有你我，也没有你我的家人和朋友，但这 239 条鲜活的生命，却维系着与你我不曾相识的家庭的幸福和未来。我们理解那不幸的乘客和机组人员的亲人们的伤痛，但我们什么也做不了，只能为他们祈福。

从最近的 3 月 1 日昆明火车站暴力恐怖袭击，29 条生命陨落，143 人受伤，到 3 月 8 日 MH370 航班 239 人不知所终，我们在谴责那些没有人性的暴徒的同时，也一直在祈祷，千万不要是恐怖袭击。但乘客护照被冒用、飞机瞬间没了踪影等迹象表明，不排除恐怖袭击的可能。如果真是恐怖袭击，对于飞机上的人员来说，真是天大的不幸，但对我们今后的乘客来说，可能会更安全一些，因为各国政府会强化安检和安保措施，联动和合作机制也会建立起来，恐怖袭击会更少。

作为普通人，我们没有什么办法防范瞬间发生的恐怖袭击，因为在太平的生活里，大多数人早已没有了警惕意识。其实一般情况下，不管是天灾还是人祸，总有人劫后余生，总有人能帮助别人、保护自己。不管进入什么环境，对周围的环境了解一下，对周围的人观察一下；不管处在什么环境，别总是低着头玩手机，别总是

旁若无人。这个世界也并非真的安全，总会有一些丧尽天良或被洗脑、被利用的人。害人之心不可有，防人之心不可无。

不管是天灾还是人祸，生命瞬间可能就消失了，不幸和悲痛却留给了活着的人。我们经常在葬礼上听到那些撕心裂肺的哭号：你个狠心的，你走了，叫我们怎么活呀！是啊，在失去亲人的很短时间里，很多人感觉天塌下来了，未来和希望都没了。但真的，时间会解决一切，一般情况下，大多数人会在亲人离去的六个月之后，逐渐走出来。好好活着，才是对亲人的最好报答。

在这里，我只想对 MH370 航班的乘客和机组人员的亲人们说一句，别让自己垮下，打起精神来，期盼奇迹出现。如果真的不幸来临，就让感天动地的哭声来表达生离死别的痛和悲，让亲人们走好，一路走好。你我都不希望是这个结果，那就请为 MH370 航班上的所有人祈福吧，希望飞机迫降在一个荒无人烟的小岛上，所有的人都奇迹般地生还了。我们祈盼着，祈盼着。

归于平静

多少次幻想自己的人生与众不同，多少次在梦里有了与现实不一样的人生。我相信爱拼才会赢，我向往与众不同的人生，我想超越这平凡的生活，我想让我的人生虎啸风生。但现实一次次粉碎了我的梦想，让我回归当下。我发现身边发生的很多大事，其实跟我一点关系都没有。有时我真的很沮丧，这个地球，有我没我，照样运转。比如重大的活动，找不到我的身影，那是因为根本没人邀请我，我只能宅在家里看电视，感觉很苦闷。有时一个人在家里，这种感觉越发地强烈，特别是自己身体不舒服的时候，更是如此。

其实不管人生多么丰富多彩、轰轰烈烈，总有回归平静的那一刻。远离喧嚣，让人生归于平静，享受这平静的生活，心静如水，波澜不惊，就像潺潺的溪水，欢畅地流向远方，这才是人生的最高境界。但人大都静不下来，整日里胡思乱想，无事生非，自己跟自己过不去。人生就像一颗射出去的子弹，没有片刻的沉思，只是疲于奔命、累而忘返。

创业之初，心情烦的时候曾有两个爱好，一个爱好是回老家。老妈忙里忙外地做饭，我坐在椅子上，听着锅碗瓢盆的叮当声，闻着柴草燃烧所弥散的味道，追寻着老妈忙里忙外的身影，还不时地和老妈搭话。此时我的心宁静得没有任何杂念。另一个爱好就是骑着自行车到城外毫无目的地转，看看菜地里的菜，瞅瞅田里的庄稼，有时和在田里干活或在路边闲坐的人没有任何目的、天南海北地聊上几句，完了各自回家，回来后心情出奇地好。当然了，现

在的条件比那时好许多，闲得没事，又多了许多爱好，其中投入最多的是打球。在球馆里，有一群有共同爱好的球友，有时不为打球，只为进入那个环境。当然了，打球能宣泄很多不良的情绪，一折腾，一出汗，整个人从里到外都轻松。还有我也不时出去摄影，这个爱好也不错。另外，我很想挑战自己和自然，又加入了越野 e 族。呵呵，真的不够自己忙的！不过有一点可以肯定，现在的情绪平和了许多，生活也平静了许多，只是感觉时间飞快，只怕自己耽误了什么。暂时跳出自己的生活，才能看清生活，也才能享受生活。

人生无悔

人都是要落伍的，只不过来得早或晚而已。年轻的时候，总感觉世界变化太慢，对一切充满好奇，唯一不缺的是探寻未知的激情。年岁大些了，便一头扎进无边的琐事中，对身边的事，少了热情和关注。突然有一天发现，又一批年轻人起来了，而自己与他们格格不入，每日所想、所做的与他们完全不一样，一个念头袭来：我是不是落伍了？

每个人都会经历这个阶段，也都会感叹日月如梭，年轻不再。其实，我认为落不落伍，不只是看外人的评价，更多的是自己的感觉。有一些 20 世纪 60 年代出生的人，他们就认为自己已经太老了，没有用了。这些人成了固执、僵化、落伍的代名词。他们让我平添几分危机感。我也一直在检讨，自己是不是跟不上时代了？对外界变化是否不再敏感？是否没有了对新鲜事物的好奇心？是否少了拼搏的激情和斗志？

想来想去，我还是不服气，我觉得自己对新鲜的事物依然充满好奇，手机用最新的，电脑成了我不可或缺的工具，对未来没有恐惧，只是不玩最新的游戏，少了些漫无边际的闲聊，多了些容忍和平和而已。

鼓励创新、探索，不怕犯错误，是我在管理上所遵循的原则。我一直说，对自己不熟悉的事物，别按照原来的标准做决策，承认自己有不足和落伍，大胆革命、超越自己，敢于尝试不熟悉的事和做法，才是生命力所在。我认为从坚信自己到相信他人，是人生的更大飞跃。

没有感觉的时候，没有想法的时候，人难免会彷徨苦恼，其根本原因是书看得少了，没人引导我们思考了，人的迟钝和落伍就是在不知不觉中形成的。跟上时代，追随潮流，最好的办法是学习，不断地看书，不断地积累，不断地思考，不断地探索，不断地行动。

给自己设立目标，围绕目标开始学习、行动，多和人交往，特别是比自己年岁小的人，让自己经常置身年轻人当中，让自己知道年轻人的所思所想，用年轻而活跃的思维来思考，自己也会觉得年轻许多。有时间多关注自己那张脸，别任凭岁月侵蚀，苍老印上。用点心思打扮自己，让自己精神爽朗、斗志昂扬地迎接每一天的到来！

我又把外语拾起来了，每天看看学学。将玩的时间压缩，少看电视，少上网看乱七八糟的负面消息，多关注积极的方面。利用零散时间，看看书，记点笔记，要不脑子空空的，难受死了。学习后的思考，如拨云见日，茅塞顿开，真的让人上瘾和享受。尽管有时虎头蛇尾，但只要不断地坚持，收获总会有的。

为了让落伍迟来，为了让青春晚去，为了不被人冷落，为了自己心满意足，为了在别人眼中显得年轻，为了那颗依然鲜活跳动而不安分的心，现在就动起来，舞起来，尽情享受人生每时每刻的美好，勇往直前，永不后悔！

戒烟（第一天）

2014 年 5 月 26 日，周一的早上，起床后，因为周日全天的课，讲得我有点疲劳，老婆让我今天在家休息，哪儿也别去，我确实有点累，顺坡下驴，就在家休息了。简单吃点面包，喝点牛奶，就是早餐了。看着桌上的香烟，不知为什么，突然一个念头出现了，戒烟，今天就开始戒烟！每次戒烟，我都是把手里的烟抽完了，或把烟藏起来，才开始戒，此次不同，烟就在桌子上，戒烟就开始了！

说实话，这次戒烟我还真没把握，所以先悄悄地进行。上午开车出去转了一圈，回来后，开始干活，收拾屋子，收拾院子，反正就是让自己忙起来，千万别闲下来。每次看到桌子上的香烟，都有一个声音劝我，只抽一根！但我明确告诉自己的潜意识，只要抽一根，此次戒烟便会失败，管住自己，分散注意力，用别的事代替抽烟这件事。说实话，第一天戒烟最不舒服，甚至心里会很烦躁。要战胜自己一次次想抽的欲望，自己还要不断地跟自己对话，说服自己！

最难建立的是好习惯，最难改变的是坏习惯，这是我总结的一句话。其实这个现象不仅困惑着我，也经常让很多人苦恼。建立好习惯大多需要付出大量的时间和精力，一旦建立受益终身，而形成坏习惯大都不需要经历什么折磨和劳苦，尽管去享受就是了。饭后一根烟，赛过活神仙，只要当神仙就行了，不知不觉中，坏习惯就养成了。

下午去打球，有意识地和抽烟的哥们儿拉开点距离，为的是千万不要功亏一篑。心里莫名其妙地烦躁，看什么都来气，老郝正好成了我撒气的对象，我知道是我的问题，但就是烦，对不起了！

从上午决定戒烟的那一刻起，到晚上，一天的时间，真的一根烟都没抽，我把这件事告诉老婆，她说早该如此，但我知道改变坏习惯必须是自己发自内心地想改变。此次戒烟真不是心血来潮，而是想了很久的事，抽烟有很多害处，别人讨厌，自己更讨厌。如果把一个习惯和负面的结果联系起来，就离改变这个习惯不远了。

第一天平稳度过，我思想高度集中，没有给自己任何借口。虽然很难受，没着没落的，但我坚持下来了，我知道最难的还在后面。

戒烟（第二天）

戒烟进入第二天，关键的时刻来临了。老婆的一句话，让我火气腾地一下就来了，我摆摆手：现在别理我啊，心里烦！

抽烟的时候，不会想那么多，只是习惯而已，但在改掉这个习惯的过程中，抽烟的理由各种各样，各种美好和享受，都来诱惑自己。外人看不出来，其实每时每刻我都在进行激烈的思想交锋。戒烟的时候，最好独处，没有任何干扰，可以平静地和自己交流、对话。记住，此时情绪不能波动太大，稳定的情绪是必不可少的，不能生气、赌气。平时一件微不足道的事情，也可能使戒烟失败。

老婆看我那个样子，一会儿让我去爬山，一会儿又让我开车出去转，其实她不知道，此时最主要的，也是最重要的，是能把我和人群暂时隔离，最好是三天的独处。看着老婆认真热情的劲儿，好吧，出去转转，去杨村的佛罗伦萨小镇！好嘞，老婆麻利地收拾好，让我坐车她来开车。几十公里的车程，不紧不慢地开，到了小镇，还差 10 多分钟到 10 点。小镇 10 点钟开门，在外面等一会儿，开门后进去开始转，一家一家地看，就是不买。在各家店进进出出的，一会儿有点累，老婆提议去吃哈根达斯。好吧，看样子今天要奢侈一次了，其实多好的哈根达斯，也比不上醇香的香烟的诱惑来得直接。

转到快中午了，真想偷偷地跑到停车场，去抽根烟，但我知道，车里没香烟，我也不可能去，我在戒烟呢。看着一些男士叼着烟，或走或在门外等候的样子，想起我以前不止一次是那个样子，

但今天看来，感觉有点不舒服。我心里生出一股自豪感，戒烟，坚持，我终于坚持两天了。

在小镇吃了香辣锅后准备回家，老婆开车，我依然是懒散地坐在副驾驶的位置。虽然不止一次地想起香烟，但我坚持着，经过好几次的戒烟，只有这次，心里特坚定，也特相信自己。回家后去球馆，很投入地去打球，绝不能功亏一篑！

第二天的感觉，最漫长，到了晚上我问老婆，我坚持几天了，周二呀，只有两天。在第二天里想抽烟的欲望，像虫子一样在身体里爬来爬去，控制不住。但我知道，所有的借口，都不能成为我拿起烟来抽的理由！我的目标只有一个，那就是把烟戒掉！我原来真不相信，但到了第二天，我感觉我真的能把烟戒掉了，虽然生理上很难受，不自在，不舒服，但我心里高兴，我现在很自信，也有点自豪，更有点迫不及待地想告诉别人，我戒烟了，今天是第二天，两天了，我一根没抽，不简单吧！

戒烟（第三天）

戒烟的第三天是最为关键的一天，这一天也是一个小小的转折点，熬过第三天，说明戒烟的挣扎煎熬期基本度过，剩下的就是坚持。戒烟所带来的好处显而易见：不用频繁地清理烟缸了，不用总是检查包里有没有带烟，钱包瘪得不那么快了，还有口腔内润滑许多，不再靠尼古丁来麻痹了，等等。但也有不好，比如，总想吃点什么，把胃撑得满满的、让肚子胀胀的，还真不舒服。

第三天的时候，神经绷得不那么紧了，对于潜意识的抽烟欲望，不再像前两天那样，明确而大声地拒绝，那背后其实是对自己的不自信，转而对心中那个欲望，淡然一笑，不再注视那个潜意识的需求。学会和自己相处，学会与心灵对话，不含糊、要求明确是改变坏习惯所必需的。

第三天的时候，已经有自豪感和成就感了，这一天特希望人家让自己烟，而后明确地告诉人家：戒烟了，第三天了！好在现在的人都理解，一旦你说戒烟，就不再有人强求你抽烟了。

第三天，我来到办公室，坐在办公桌前，经历工作场合的第一次考验。抽屉中放了好几包香烟，淡淡的烟草香不时从缝隙中散发出来，诱惑着我。其实没人监督我，只有自己知道，但我明白，哪怕是抽一口，此次戒烟即为失败，我都喊出去了，我一定要坚持！把几包烟从抽屉中拿出来，放到离我 2 米远的茶几上，尽管扭头就能看见，但我不会去抽一根。

其实，那么多年养成的习惯，不是一下子就能改掉的，抽烟的

欲望如影随形，挥之不去，说来即来，原来把烟说得那么讨厌可怕，但当抽烟成了过去或回忆，留下的却是吞云吐雾的缭绕和留恋。有时还真责备自己，为什么要戒烟呢，顺其自然不好吗！其实这些在开始戒烟的时候就已经明确做了回答，但人就是这样容易忘却承诺，也容易迁就自己！

无论如何，我坚持了三天了，我越来越自信，也越来越坚信自己此次一定能成功，一个月后，我会请我的好朋友们好好吃一顿，提前报名约呀。呵呵。

戒烟（第四天）

戒烟的第四天，一切开始有序起来，该工作工作，该干吗干吗。第四天经历了办公室的第二次考验，原来每次有客人来，我们是比着抽，弄得屋子里烟气腾腾，室内空气质量极差。今天正好有人来拜访，茶几上有我放的几种烟。客人烟瘾足够大，一根接一根地抽，我并不羡慕，说说笑笑之中，我感觉我戒烟能成了。

戒烟到了第四天，成就感更强，免不了不时地与人分享，其实没多少人关心我们抽还是不抽，这一点只有自己在乎！这是自己的事！第四天更放松了，不会像原来那样神经紧张，如临大敌，开始有些悠然地享受戒烟的愉悦。但我告诫自己，这一点可能更可怕，因为警觉意识降低了，更易出现放松心理，一个小小的放松就可导致戒烟失败。

对于香烟，说不想，真的是瞎话，有时是真想啊，最要命的是这种感觉不知什么时候会突然袭来，特别是看到香烟静静地放在那里，伸手可及的时候，没人监督你，你是伸手去拿还是转身离去，结果相差千里。

戒烟成功，要靠忍耐、坚持，更重要的是要与自己的心灵进行有效的沟通与对话。开始戒烟的前三天，最好是独自开始，干扰越少越好，不给自己留任何借口，让“都是因为你，我才没戒成”这类的说辞见鬼去吧！

戒烟的第四天，晚上聚会来了，前三天都躲着聚会吃饭，今天推不掉了，去吧！从选座位开始，尽量离烟瘾大的人远点，千万管

住自己接烟的小动作，时刻保持警觉就行了。

第四天的感觉总体不错，就是坚持住。就这样下来，一个月，或更长时间，新的习惯会养成，老习惯会被替换。

戒烟（第五天）

从周一开始戒烟到今天第五天了。第五天里，不知什么时候，突然就会莫名其妙地冒出想抽根烟的欲望，有时还很强烈。尽管不再紧张兮兮，如临大敌，但也时刻注意，坚定着戒烟的目标，不被欲望蛊惑。

其实，抽烟有各种各样的不好，但抽烟也有很多好处，比如，在寂寞和无聊的时候，有香烟陪伴，烟雾缭绕中，将自己忘却。想起来我小的时候，父亲经常半夜起来，坐在椅子上抽烟，蒙眬中，我看不清他的脸。伴随着父亲嗞嗞的抽气，烟头一红一红的，我当时不知道他在想什么，但现在我能感觉到他对生活的抗争和无奈！我觉得，自从拿起烟的那刻起，其实已经选择了一种生活态度，人在累或心情不好的时候，抽烟的数量要比愉悦的时候多很多，抽烟成了折磨自己，让自己消沉的工具或理由。

抽烟尽管有些好处，但不抽烟确实是真好！抽烟人身上的烟味、汗味、口臭，别说人家讨厌，自己都不能容忍，特别是经常张嘴说话的抽烟人，刷几次牙、吃多少口香糖也解决不了问题。臭男人自己还感觉不错，谁喜欢？没人喜欢！

其实抽烟人最不好的是买双袜子要挑来挑去，买包烟却不犹豫。什么都可以将就，但不能没有烟，别人不理解，但一旦抽烟了，也就都如此了。

第五天的戒烟，其实有时很坚定，将烟说得一点好处全无；有时又很犹豫，想的都是抽一口的美好感觉。其实越是这样，越要坚定地、自然地、没有一点变通地去坚持，我想我会的！

戒烟（第六天）

戒烟真的不是与自己对决，不是与自己抗争，也不是和自己过不去。我觉得能平稳戒烟的人，心态都会比较好，他们能很好地与自己的心灵沟通。戒烟不是谁主宰谁，也不是谁战胜谁，戒烟的目的是让自己更舒服，身体更棒，心情更好！心态好的人，不是没有缺点，但能客观地对待自己的不足，做事情不会走极端，也不装腔作势。

戒烟已经到第六天，对香烟的依赖起码在自己能控制的范围。对于香烟说不想，那是瞎说，肯定是想的，你想呀，在过去那么长的时间里，抽烟的动作在每一天内要重复几十次，抽烟的习惯已经渗透到了生活的方方面面，用刻骨铭心来形容也不为过。

这几天，戒烟的故事不断地传到我的耳朵里，我听得津津有味，甚至有点幸灾乐祸。一个球友也正在戒烟，第三天了。第一天的时候，他下决心戒烟，把车里的三条多烟给了别人，让香烟在眼前消失，第二天下午，他开始和别人要烟抽了，戒烟基本失败！香烟不可能在我们的眼前消失，我们每天不管做什么，想看不到香烟，或不引起条件反射，那是不可能的！

还有一个朋友，戒烟三个月后复抽，为什么呢，难受啊！每天不停地往嘴里填东西吃，没完没了地吃，结果呢体重一下子增加了几十斤，没办法，接着抽吧。抽烟是一种不好的习惯，不好的习惯不能被抹掉，只能用一种好习惯去替代，如果用吃的习惯去替代，结果就是体重迅速增加，苦恼接踵而来！

找什么样的习惯代替抽烟这个坏习惯，因人而异，只要不是坏习惯，自己能接受就可。我开始的时候，是用金嗓子喉宝代替，烟瘾上来就含一粒，现在基本不用了。最关键的是别跟自己较劲，有想抽烟的想法的时候，转移一下注意力，做点其他的事，在那儿干扛着，效果反而不好！

好了，不抽烟的好处太多了，真的是很美妙的感觉！爱自己，珍惜生命，就把烟戒掉吧！

戒烟（第十天）

今天是我本人戒烟的第十天，一切都好，十天内没有抽过一口香烟，也没有做过一次试图拿起香烟而又放下的动作。说不想抽烟，那肯定是假的，每当闲下来，或进入平时吞云吐雾的时刻及环境，第一个想到的是香烟。香烟在我的回忆里，代表着享受和美好，但我知道，这些感觉都是让自己重新抽烟的自欺欺人的幻觉，其实啊，根本不是那么回事！戒烟有时真的像离婚，在一起的时候，一切其实都不美好，但一旦分开，反而记住的都是彼此的好！但彼此都明白，在一起的时间越长，彼此的伤害也就越深，趁早分开才是明智之举。

第十天，香烟并没有从我的世界消失，但我对它不再关注，它也不再跟我有关系。想想抽烟的日子里，每天与香烟相伴，尽管遭到白眼或老婆的呵斥，依然愤愤而顽强地往自己的嘴里塞的情景，现在觉得真的很可笑！那时的香烟似乎成了我生活的一部分，成了生命中陪伴孤独、享受兴奋的东西。我想象不到在我今后的生命中会过上没有香烟的日子！但这，今天却成了我的现实，想起来不免对自己唏嘘不已，佩服不止！呵呵，真的，很多事，我们没有做的时候，根本不相信会成，但一旦行动起来，却发觉一切都不难，很多困难是自己加上的！

打开的香烟，静静地放在桌子上，我和香烟之间已经没有了对话和交流，它不管变换什么包装、什么牌子，跟我已经没有关系了。我不再隔一段时间就去搜寻香烟。香烟尽管会散发出淡淡的烟草香，但在我面前，魅力全无，因为我看透了它的本质：不管如何伪装，它依然是香烟，是有很多危害的香烟！

第十天，出现过短暂的肚子胀胀的感觉，发觉之后，马上少吃多动，今天早上称体重，67 公斤，并没有增加，好的，坚持住！不抽烟的日子真好，桌上干净了许多，身上的烟味少了许多，其实也减少了许多发生火灾的可能性！不抽烟的日子里，皮肤会变得光滑，味觉也开始敏感起来，一切的美好感觉慢慢回来了！不抽烟的日子，真好！

戒烟（第十二天）

戒烟到了6月6日，已经是第十二天了。这几周比较忙，机关的演讲比赛因为领导抽不出时间，举办时间好像遥遥无期，昨天接到机关小田的电话，说这周恐怕是没戏了，我可以放心地做其他事了。说起演讲比赛，事情虽然不算大，但老是让人惦记着，心总悬着，放不下。这不，主持词好长时间没看了，原来记住的，现在已经忘得差不多了。

开车出来，一会儿去北京，快到建设路的时候，武书记来电话了，领导要求下午举办机关演讲比赛。得，哪儿也别去了，掉头回家拿主持词去。拿回主持词到学校，用了一个多小时的时间，给我的搭档做完卡片，打算去机关和搭档碰碰主持词。事情不凑巧，搭档体检去了，一上午回不来，约好下午两点钟机关见。

机关小田和老武已经忙得团团转了，小田在楼上打电话，请嘉宾，请记者；老武在下面布置会议室。我呢，帮点小忙。一会儿玉珠峰来电话，说无为要请客，点名叫我去，我说我下午主持演讲比赛，中午得换换衣服，稍微休息一下，但不行，盛情难却，拉着老武去赴宴！

中午这顿饭聊得热火朝天，因为有共同的爱好嘛，永远是越野、旅游、两性的话题。我喝了一瓶啤酒，脸有点红，此时，外面已经是乌云密布，电闪雷鸣。不一会儿，大雨如注。今天来的男人都抽烟，只有我一个不抽烟，呵呵，一根没抽，好样的！

一点半的时候，怕耽误下午的正事，我提前告辞。回家洗把脸，换完衣服，冒雨去机关，到了机关将车停好，没下车，就给搭档打电话，她还堵在路上，呵呵，坐在车里等吧！会议室已经开始三三两两地来人了，但我的搭档依然不见踪影。看看表两点半了，搭档终于出现，都是雨闹的。进会议室，把卡片给她，她开始对卡片，得，一对就到时间了，领导已经到了，词还没对呢，来不急了，上吧！

此时如果抽一支烟，心会稳定一些，这是后来想的，当时，其实没想到，因为没人引诱的时候，基本上不会有抽烟的欲望和冲动了！整个演讲比赛，12 位选手表现都不错，有的甚至可以说达到专业水准。我呢，开始有点小紧张，到了一些自由发挥的阶段，便渐入佳境，现场不时传来会意的笑声！

晚上，小聚在一起，领导和大家喝酒聊天。不知为什么，此时特想抽一根烟，张主任将一包中华烟甩到我的面前，我摆摆手，十二天没抽了！一顿饭的时间，一个声音不时地提醒我：“要不抽一根？想抽就抽根？”我知道拿起烟很容易，但放下就很难了。面对香烟，我表现得很坚定，没有任何想抽的意思！晚饭结束后，我坐上车，打开扶手箱，里面有一包我原来喜欢抽的烟。要不抽一根？反正谁也不知道，谁也看不见。但我还是把扶手箱关上，发动车往家里开去。

戒烟到了第十几天的时候，其实一直都在抽与不抽之间纠结，抽也好，不抽也罢，都很容易选择，但一旦抽了，也能前功尽弃了。其实有一点很管用，就是保持平和的心态，不为外界所干扰、所诱惑，保持初衷。已经开始了就保持方向，直到目标实现，好的习惯形成！

戒烟（第十五天）

戒烟第十五天，我依然保持零抽烟的纪录！如今烟对我的诱惑，已经很小了。尽管身边有很多抽烟的朋友，但他们抽烟的时候，我并不刻意回避，也不会凑过去，一切顺其自然。我时刻提醒自己：戒烟已经十五天了！如果可以就大声地、很认真地告诉他们！

戒烟到十几天的时候，最大的考验是自己独处的时候，不管是累还是轻松，是高兴还是郁闷，都特想抽根烟。那感觉来得很强烈，要时刻提醒自己，想可以，但别行动，管住手！别前功尽弃呀！戒烟后，感觉一切都很美妙，尽量地想戒烟以后的变化和好处，越多越好！让自己心态平稳、放松，一切都感觉在自己的掌握之中！

周日我干了一天的活儿，中间几次特想抽根烟，但一天下来了，真的没抽！今天，也是，特想抽，烟就在车上，我有几次想去拿，但还是没有动！我想慢慢地我就会适应独处的时候，如何用其他方式或方法去消磨或打发时光，比如喝茶、看书、嚼块口香糖、散步、打球、开车等。

没有烟的日子，是很好的日子，起码一天会省几十元烟钱，这一年下来也省不少吧，起码一个镜头吧！而且别人不讨厌，自己身体还受益，何乐而不为呢！既然已经选择与香烟分开，就要坚持下来，直到完全忘掉它！

戒烟（第十八天）

戒烟到了第十八天，我感觉我戒烟成功了，因为烟草对我的诱惑越来越小，我早已不羡慕那些自认为神仙一样的抽烟人，什么神仙，自己感觉的和别人认为的相差甚远，真有点臭不觉味。呵呵，现在我知道了我原来多么讨厌、差劲，自己还觉得不错呢！

戒烟的过程中，我一直急切地想和别人吵一顿，我不止一次地设想那个场面：气愤之余，愤愤地抽出一根香烟，点上，大口地抽，大口地吐，此时最想说的是："都是因为你，我烟不戒了！"前几天我在一张纸上写下一个标题"我不想让你成为我不成功的借口"，因为忙，也就放下了，没写。但我一直告诫自己，别拿他人当借口！我们都希望给自己的不成功找一个可以放到台面的理由，如：时机不到、命运不济、他人妨碍、坏人搅和等，有时说完了，自己都觉得自己没意思、虚伪，但还是一如既往！

昨天晚上去吃饭，五个男士四个抽烟的，我发现我可以理直气壮地、很干脆地说，谢谢，不会！原来做不到，现在没问题了！戒烟的过程也是一个拒绝的过程，不但要拒绝别人，更要不断地拒绝自己！对自己的抽一口的欲望，要控制，而且要果断，别拖泥带水。戒烟的时候要把自己看成是原则性很强的家长，不管怎么样，都要坚持住一个目标，那就是从此远离烟草！

昨天，一个朋友开我的车去北京了，早上打开车门，很强的烟味袭来，我把四个车窗打开，透透气，多讨厌，多难闻！抽烟真是很讨厌的行为，我原来也这么让人讨厌，呵呵，最讨厌的是别人

说的时候，还不听，还挺有理，受不了！我不知道那时我的家人是怎么受得了我的！感谢家人和朋友在我那么讨厌的时候，还不离不弃！

现在看来，人的任何不良习惯其实都是可以改变的，只要我们把这种习惯和负面的东西联系起来，负面的东西累积得越多，我们也就越容易改变。不难为自己，让自己快乐地、心甘情愿地去做某件事，是要不断地做功课的。如果把梦想和目标与快乐幸福联系起来，那么我们的梦想和人生目标就已经实现了！

戒烟（第十九至二十七天）

戒烟到第十九天的时候，心情不是很好，很急躁，有点事就不由自主地提高了嗓门，过后一想却觉得有些不值，但当时管不住自己。每当静下来的时候，就特想抽根烟，有几次都已经翻找香烟了！难道突破从今天开始吗？十九天的努力和坚持在今天就画上句号了吗？我不断地问自己。还好，没抽！自己万万没想到，快二十天了，还会有这么强烈的忘不掉的烟瘾。到什么时候就再也不想抽了呢？我会跟踪和记录自己戒烟的整个过程。

戒烟了，反而对烟味越发地敏感起来，有一点烟味就不舒服。这不，周二去北京，为了放掉车里的烟味，不停地开车窗，但还是去不掉。我问老婆："我抽烟的时候也这么讨厌吗？"真的，我现在理解了为什么不抽烟的人那么讨厌抽烟的人。晚上住酒店的时候，一翻身便嗅到枕头散发的一股不太好闻的烟草味，我知道上一个客人肯定是躺在床上抽烟了。我原来经常那样，不过我现在不喜欢这样了，也不喜欢这股烟草的味道了！

上周日，我的姑姑去世了。姑姑的丧事办了三天，从上周日到本周二。其实戒烟的人最怕赶上这样的事，免不了追忆亲人，伤心哭泣，最要紧的是特别需要一种逃避的方法，在一旁静静地抽口烟，是不错的选择。但我没有这样做，姑姑的丧事期间，依然坚守初衷。

戒烟的二十几天里，有人问我：戒烟成功了？我说还在继续，半年以后见分晓！没想到戒烟的过程这么漫长，想想我们怎么爱上

香烟的，其实也是很长时间累积的结果，将这个习惯换掉，其实是挺难的，但坚持得越久也就离烟草越远！

戒烟有很多好处，对我而言最大的好处是，生活方式更健康了，整个人更喜欢动起来了，更有活力了！

戒烟有很多好处，也有一些不好。从身体角度来看，烟瘾越大戒烟的后遗症或反应越大，我最大的反应是，经常胸闷气短，胃很不舒服。戒烟的人记住，千万要管住口，少吃为妙！另一点是，戒烟的人多培养一些能够使自己独处的爱好，比如看书、做手工、喝茶、书法、写作、收藏等。

戒烟让我学会了换位思考，学会了设身处地地站在他人的角度去看问题。原来我认为别人不喜欢我抽烟，就是不喜欢我这个人，就是看不起我，就是和我作对。现在看来，那时的我真的不让人喜欢！戒烟让我学会了如何与自己相处，我容忍并且欢迎自己有想抽烟的欲望，我故意地拖延时间不行动，不让它得逞，每当这种欲望来袭的时候，我不慌不忙、不紧不慢地做我该做的！因为我知道哪怕只要抽一口，也会前功尽弃！我不傻！我不会让我的那些小聪明得逞的！

戒烟的日子，只是一种坚持，只是一种继续，没有那么难，也没那么简单。别人不管你有什么原因，只看最后的结果。我不希望有一大堆的理由说自己没戒成，我只希望我成功地戒烟了！

用心了吗

用心地生活、做事，用心地工作、干事业，在别人看来就是有责任心，长远看来就是能力和素质。别总是拿能力不行做挡箭牌，其实就是一个是否用心的问题。用心来自哪里？来自喜欢和热爱，只有喜欢、热爱了，才会专注，才会用心！

用心就是将心比心，你喜欢的也是别人喜欢的，你不喜欢的也是别人不喜欢的，用自己喜欢的方式对待别人，与他人交往，我认为就是用心！比如你安排别人做一件事，你希望他会及时地反馈给你相关信息和最后的结果，这是你希望的。当领导安排你做什么事的时候，你也要及时反馈相关信息和结果。这件事对我们来说，就是是否用心，但在他人看来就是能力和素质问题！

做一件事，干一份工作，用心和不用心差别巨大。用心做事，即使效果不佳，也值得肯定；不用心，那就不能迁就和原谅了！既然我们暂时还不想换个工作，为何不用心地做好这份工作呢？请记住，用心干好工作，也是用心地对待我们的人生！用心和不用心的效果不同，收获更不一样！

我今天发火了，学校的网站更新太慢，学校的活动在网站上没有完整的展示。本来嘛，网站就是学校与学生交流的一个平台，但这个平台如果没有新东西，就没人去关注和访问。我问：“你们在干吗？你们每天在做什么？为什么会这样？你们用心了吗？”结果一句话把我惹火了：可能是能力不行！我告诉他们，根本不是能力的问题，说小了是用心的问题，说大了是责任心的问题！

发过火后，我平静了许多，但我没感觉我的要求错了。可仔细一想，其实很多问题的出现是和我有很大的关系的，是我原来的不太用心，对好多事的迁就，使一些人养成了不用心做事的习惯，结果呢，不用心的现象和问题也就越来越多！从现在开始，我也要用心地对人对事，看到的及时沟通，不好的及时纠正，好的及时鼓励引导。用心做人，更用心地做事！

多想有个情人

农历七月初七，是牛郎织女鹊桥相会的日子，也是中国的情人节，明天就到了。每逢七夕便是阴雨绵绵，难见天日，让人心情不爽，顿生惆怅之感。这也不奇怪，因为牛郎织女，一年相见一次，难免喜极而泣、抱头痛哭，人之常情也！

牛郎织女的爱情故事，让多少青年男女心生向往、浮想联翩，不论是在熙熙攘攘、繁华富庶、灯红酒绿的城市，还是在“大漠孤烟直，长河落日圆”的边塞，给多少孤独之人、孤独之心以慰藉，给这些人继续活下来的理由。我想中国的情人节自古就不是那些一生得志、趾高气扬、目中无人、有钱有势之流的节日，因为他们要风得风、要雨得雨，日日寻欢，饱汉子哪知饿汉子饥！

没有经历过痛苦的人，不会有故事，情感没有起伏的爱情不会太浪漫，太容易得到的东西人们往往不珍惜，得不到的又拼命追求。人总是期盼自己得不到的，总是期盼有个情人多好！有的人期望自己的爱情轰轰烈烈，但时间会将一切归于平淡。我经常看一些老照片，我不止一次地想，这个人年轻的时候，一定很漂亮，但现在真的不再年轻！有人说，谈情说爱是年轻人的事，但你不是那些银发飘飘、鹤发童颜、精神矍铄的老人，你怎么知道老人不会想那些浪漫之事？不想才怪呢，因为想那些就证明还活着，还年轻呢！

不管我们年轻还是年老，情感的需求都是一样的，只不过年轻人靠现实的情爱打发时光，老年人呢，靠回忆慢慢地咀嚼过去的情感。年轻的时候经历的情感越丰富纯美，年老的回忆就越甘甜。年轻的时

候是在存储，年老的时候是在播放。珍惜现在的情感，让我们的生活过得丰富多彩，有滋有味！不断地制造浪漫和惊喜，让你的情人，你的那一位，下辈子还想和你在一起，能做到吗？努力吧！

我想有个情人，有没有是一回事，想不想却是另一回事。经常想的男人不是好男人，一点不想的男人，就不是男人啦。想归想，做归做，但每个人都不乏浪漫情怀，人之常情，只要不泛滥，不放纵，就是一个好男人。做自己应该做的，想自己应该想的，呵呵，情人节快乐！

善待老情人

昨天中午一个朋友得了外孙，在饭店庆贺，正好另一个朋友自驾去了阿尔山，只好让他的老婆代劳。我和他老婆坐一桌，他老婆是一副良家妇女的样子，透着质朴、老实与敦厚。因为和她老公很熟，所以第一次见她也不和她见外，随便开了几句玩笑。我问她："你知道小龙（她老公的名字）到哪儿了吗？"她摇头说不知道。我接着问："你知道和谁去的吗？"她说和胡哥去的。我故作惊讶地说："什么胡哥，是和胡哥的老婆一块儿去的！"我观察她的脸色有些变化，心中窃喜，我接着问："你知道明天是什么日子吗？"她说不知道。我说："明天是情人节啊，赶快给你老公打个电话吧，你可不能那么放心啊！"这时，我看她有点坐不住了。呵呵，旁边的人，推了我一下："你怎么不说点好的，老变着法地想拆散人家呢！"大家哈哈一笑，算是过去了。

人没事的时候，也变着法地想整出点事来，这年头谁怕热闹啊，其原因是闲得难受或心无寄托。现代社会，交流的工具、方式、渠道五花八门、多种多样，但有时我们还是感觉很孤独。我有个讲座叫《心谈的艺术》，恐怕很多人很难有讲座中说到的那种感觉，更难有一次记忆深刻、回味永久的心谈经历，究其原因，是我们的心态出了问题。我们太在意自己的感受，太相信自己的判断，我们把所有的心思都用在了自己身上，结果呢，却没有多少人在乎我们，所以也就啥也不在乎了！

自从 5 月戒烟以来，掐指一算两个多月了，每当我和抽烟的朋

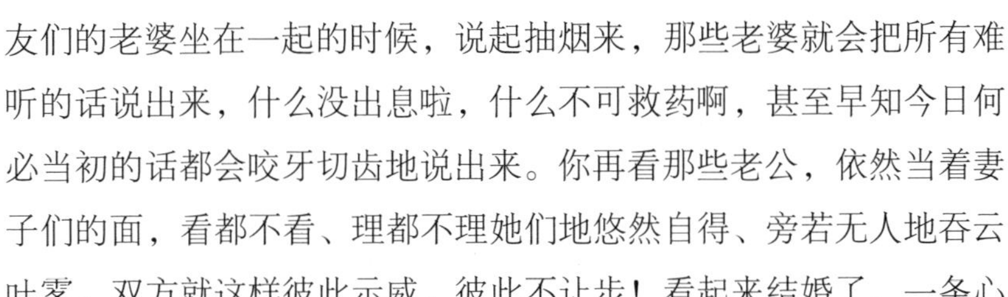

友们的老婆坐在一起的时候，说起抽烟来，那些老婆就会把所有难听的话说出来，什么没出息啦，什么不可救药啊，甚至早知今日何必当初的话都会咬牙切齿地说出来。你再看那些老公，依然当着妻子们的面，看都不看、理都不理她们地悠然自得、旁若无人地吞云吐雾，双方就这样彼此示威，彼此不让步！看起来结婚了，一条心了，实则各顾各的，同床异梦，逃离家庭的人们也就越来越多！

我出门，坐副驾驶位置的人经常是我老婆，朋友说，和谁出去啊，和老婆，这年头谁还和老婆一块儿出去啊，没劲！呵呵，其实和一个人生活久了，亲情会越来越浓，静下来想，一个女人把一辈子都寄托在你的身上，在你苦的时候和你一块儿苦，在你气色不好的时候为你担忧后怕，在你折腾的时候为你摇旗呐喊，在你奋斗的时候为你呐喊助威，你说，还真没理由不带她玩。我们男人经常说自己不容易，其实我们背后的女人更不容易，岁月的侵蚀，家庭的重担，使她们从年轻貌美的新娘子变成了体态臃肿的黄脸婆，男人可以杜康解忧，女人呢，只有不停地叨叨，让一切释放！

今天是中国的情人节，我昨天说了，中国的情人节有太多的遗憾、不如意，从古至今所有的情场失意、生活不得志、志向受挫之人，在这一天都可以给自己一个希望、一个交代，实在不行，明年再来！其实人生就像在单行道行驶的汽车，不能回头。有人说，人生如戏，全靠演技，但我要告诉大家的是，用心去演绎，用情去诠释，生活会更多彩一些、亲切一些、如愿一些！祝所有的有情人，节日快乐！

活力四射的追求

同学们，今天是2014届专科、本科同学的毕业典礼，同学们通过近三年的刻苦学习，顺利完成了学业，迎来了人生的新的起点。在这个值得纪念的美好时刻，请允许我代表学校，向全体毕业生致以最热烈的祝贺！向一直在背后默默支持和关心你们成长的亲人、朋友以及悉心教导你们的老师，表示衷心的感谢和崇高的敬意！

三年前，在座的各位同学，参加成人高考，报考了河北科技大学、燕山大学等高校并被录取，你们怀着喜悦的心情迈进了大学的校门。你们重新走进课堂，开始了近三年的求知学习与孕育梦想的历程。学习期间，很多同学克服了工作和学习、生活和学习的各种矛盾，有的同学早早地坐到课堂里，啃口面包、嚼块方便面，等待着上课的铃声响起。你们求知的渴望常常感动我和老师，我们共同参加学校的各种活动，在讲堂上我们一起把人生探讨。我被你们青春的活力所感染，也被你们奋发向上的追求所感动，更为你们的梦想所自豪。我相信，点点滴滴的美好感受和记忆，一定会永远珍藏在你我的心中。

时间过得真快，入学时还觉得毕业遥遥无期，今天却来到了眼前。大学里的最后一堂课，你来了，你坐在这里。人的一生中，能让人刻骨铭心的事情并不多，大学的毕业典礼就是其中之一！很多人错过了太多人生的精彩之处，但今天你没有错过，在我们人生为数不多的精彩时刻里，请用心去思考、感悟我们与众不同的精彩

人生。

有人说，什么是母校，就是那个你一天骂八遍却不许别人骂的地方。对这种观点我不敢苟同，我觉得我们的人生专注点应该在我们的自身，骂根本解决不了任何问题，骂得多了还会伤及自身。人生最重要的是不要随声附和、跟风随大溜！思路决定出路，感觉决定未来，在充满竞争的当下，培养好奇心，独立思考，集中精力，专注做事才是根本！

因为这样那样的原因，我们有的同学考上普通高校的专科，有的同学却没能迈进大学的校门，导致我们一些人在社会上不自信，底气不足！但今天我要恭喜各位，正是这样的原因，你们的人生才有了更多的选择机会。在很多人把书本扔得没了踪影、混迹社会、怨天尤人之际，你们却在工作之余依然坚持学习、追寻心中的梦，你们才是最棒的！你们是学校的骄傲，更是学校的未来！今天，在这个充满记忆和荣誉的时刻，请让我们为你们三年的青春欢呼，为你们的成长鼓掌！

武汉理工大学的校长张清杰说：文凭如果仅仅是一张印刷精美的纸张，那么顷刻即可毁灭，也可瞬间复制；文凭如果代表一种知识水平，那么科技飞速发展，社会日新月异，总有一天会过时。只有当文凭蕴含了更为重要的价值，才会成为你们内心的骄傲，从而引领你们今后的人生追求！那么什么是文凭与学位应蕴含的价值呢？我认为文凭应该是信念、品质与精神的高度融合，三位一体，缺一不可！

文凭所代表的信念，就是坚信知识可以改变命运，知识可以改变未来，知识可以让我们的人生与众不同，知识可以让我们贡献社会、帮助他人，成为有用的人！

文凭所代表的品质，就是思想和行为紧跟潮流，既会跳《骑马舞》，也会跳《小苹果》，不仅知道鸟叔，也了解筷子兄弟。怀才就像怀孕，时间久了才能让人看出来。要有良好的学习习惯，积极进取，不断创新和超越自己，一直用包容、开放、平和的心态与他人交往，经营事业！

文凭所代表的精神，就是面对生活和事业的考验与挑战，永远斗志昂扬，激情迸发，有希望、有寄托、有梦想，活力四射！

各位同学，你具备了以上三个方面，你才算真正毕业了。我知道按这样的要求，大多数人都还没毕业，其实每个人的一生不管如何选择，都一直走在赶考的路上！

毕业不是学习的结束，而是新的学习的开始。知识改变命运，在我的人生中得到了充分的体现，同时也通过我们成百上千的同学的人生经历与成绩得到了验证。人的一生的成就跟学习成正比，跟读的书成正比，跟我们良好的学习习惯高度正相关，这些不容置疑。我们大多数同学没有背景，也没有很多的钱可以支配，唯一有的是青春的激情、努力学习的劲头和永不服输的昂扬斗志。请相信甚至坚信，我们终将实现自身价值，承担我们的责任，成为社会的中流砥柱！

同学们，因为我们有缘才相识，因为我们心中有梦才相知，希望你们生活过得好一些，工作有成就一些，学习进步一些，这是我和老师们的共同愿望。在今后的人生道路上，你们还会遇到很多良师益友，但你们是我和学校的唯一！2014届的同学们，好好生活，多学习、多思考，敢行动、敢担当，坚信自己与众不同，做自己想做的，做自己应该做的，因为，你是独一无二的！

乡　愁

（一）

对我来说，乡愁是一座残破的老屋，一棵摇曳多姿的老树，一缕袅袅升起的炊烟，一条曾经养过的豺狗，一句终生难忘的话语，一次家人热火朝天的闲聊，一道美食，一盏灯火。总之，儿时见过的风景、尝试的冒险、经历的酸甜苦辣存于脑海，年岁越长，也就越发难以忘记，反而愈加清晰。夜里梦到曾经那么熟悉的场景、生命中最重要的人，但睁开双眼，环顾四周，一切都不是从前。此时，乡愁便如浓雾般袭来，永远也回不到过去，永远也不会再经历那样的场景，永远也不会再有小伙伴的嬉戏玩耍，永远也不会再见那一位位逝去的亲人！

我的故乡，就在离廊坊市区约 30 公里远的老廊涿线旁的一座小村子里，这个村子有个很符合儒家文化的名字——仁和铺，但从我记事起没有出现过什么很有学问的人。呵呵，一座在华北平原很普通很不起眼的小村庄，一百多户人家，一座座红砖房舍，几百口子人过着很相似的生活，却有各种各样的经历和故事。我家的老屋就在村子的西北角，兄弟四人，每人几间，排成两排，屋后便是树木、农田。因为我一直在外，老屋也就明确给了我，写上了我的名字。老屋建于 60 年代，粗制滥造、年久失修，已经不能住人了。自从父亲去世后，老娘也就搬到大哥家。如此，老娘便成了候鸟，冬天住城里，春夏秋住老家。

没人管的老屋，漏雨、坍塌，也就越发不像样子。我嘱咐弟弟找人把房盖掀了，千万别砸着人！从此老屋也就成了一座空壳了。每次回家，免不了多看几眼，因为很多记忆都埋在那里！

重修老屋，逐渐提上日程，几次征求老娘意见，老娘总是那句话："要是为我，就别盖了，我还能活几年啊！"但我还在坚持，在网上不断地搜索新农村的平房、别墅的图片，一次次地幻想将要建成的老屋的样子。和兄弟姐妹商量，大家都不置可否，想想实际情况，家里20多口子人都已在外面安家，农村这几座老屋，经常是铁将军把门，老娘在的时候还略有人气，但老娘百年之后谁来住啊！想到这些，也就有了迟疑，今年的老屋翻建计划看样子又要搁置了。夏日里，老屋斑驳的墙壁依然透着岁月的侵蚀，杂草已爬满房前屋后。

几十年的城市生活，早已熟悉的环境、朋友，真的很难再回到老家去生活了，留下的只是内心深处的记忆，只是曾经的经历，只是忘也忘不掉的乡愁！人生短暂，让记忆永远美好，让乡愁少些忧伤，好好把玩、珍惜当下，一起努力吧！

（二）

如果我是一座城市的主政者，应该如何规划一个城市的未来呢？我有一些想法与大家分享。

中国的很多城市的规划和建设是不成功的，住在城里的人，很多想逃离城市，这不仅是因为日益高涨的房价，更多的是因为不舒服、不自在、不方便。想象一下，你买瓶酱油是不是很不方便？你去吃个早点是不是很不方便？你去上班路上很拥挤，是不是很不方便？去超市找停车位的时间比购物的时间还长，是不是很不方便？政府太在意城市的功能化，人为地设置了商业区、住宅区、学习区、娱乐休闲区等，但没有把快捷放在首位，城市越来越漂亮（所谓的），但也越来越不人性化！

如果我是市长，我会号召所有临街的房屋都开店经营。一扇窗户、一扇小门、一间小店就是一家的希望，就会解决一两个人的就业问题。鼓励创业，鼓励自食其力，为这些人服务，为这些人撑腰，一个城市才会有后劲和希望！美国的微软、谷歌，中国的联想、阿里巴巴，哪一个一开始就那么强大？我们可能不知道，一个伟大的企业家、一家伟大的企业，可能就诞生在一扇小门、一扇小窗的背后，也可能从一个路边的小摊走出来。

很多城市，车越来越多，路越来越窄、越来越堵，其实仔细观察，问题显而易见。城市不管多大，都会有那么几条主干道，但街区观念模糊，小路、岔路太少，或虽有也不太通畅。交通治理更多是解决人流和车流的问题。太在意主干道建设，而忽视了小路、岔路的疏导，只维护主动脉，而真正的问题却可能是我们的毛细血管出了问题，分流导流的功能几乎没有。加上交通、城建、路政往往用堵的方式管理交通，哪儿堵了，就加隔离墩、隔离栏，造成道路上行驶的车绕来绕去走冤枉路。

很多城市，一遇到车祸、天灾，道路就瘫痪，交通的堵塞其实是对我们愚蠢和无知的惩罚。治理交通的最好办法，是疏通小路和岔路，将主干道的隔离栏去掉，让道路四通八达。坚持下来，几年以后我们会发现，车子都会很合理地行驶，而不会趴在路上无奈地等待了！

很多古老的城市都很有特色，那是历史和文化的积淀。对新兴城市来说，我们的一任任市长（市委书记），既是一座城市的建设者，也是一座城市的破坏者。他们可能太在意求新、求变、求异，因而忽略了城市的文化内涵。很多大城市，只有高楼大厦，人流车流，几乎没有什么特色。所以我的几次旅游都是不进大城市，只去中小城市，因为那里有很多特色。在很多城市，你只要问普通市民，他们这里有什么特色，包括小吃、特产、文化，很多人就会告诉你没有！这样的城市不会吸引投资，也不会走得长远，因为培育特色就是培育文化，也就是培育一座城市的核心竞争力。

谈起乡愁，其实我现在特想找到原来经常吃油饼老豆腐的小店，特想去原来熟悉的理发店剪发，特想到原来经常光顾的小公园散步，但现在它们早已无影无踪。我有时非常庆幸赶上了中国工业化的进程，经历了农民进城、农业户口取消的历史时刻，但其实很多事物是可以留下来的，我们可以不必那么急功近利，我们可以让乡愁有所寄托，但现在这一切都淹没在了一片片高楼大厦之间。

（三）

长大了离开家，才知道什么是乡愁，年岁越大，离家越远，乡愁也越浓。有时候，精力不集中，坐卧难宁，寝食不安，往往是乡愁来了。挥之不去的懒散、挥之不去的无奈，回家小坐一会儿，或通个电话聊会儿天，转瞬间乡愁便消失得无影无踪。好似能给人力量和原动力的总是那熟悉的地方、味道、感觉、色彩、声音，以及与乡愁连在一起的所见所闻、所思所感。

我有时责怪妻子不理解我，其实她从来没有离开家、离开父母到外面闯荡过，也就不会有乡愁的感觉。人啊，独自生活在外，不管是否成家立业，总会想到自己出生的地方和童年生活的地方，特别是遇到不顺、挫折、打击的时候，更是思念家乡，更想回到父母身旁。对于城市人来说，乡愁往往是一块窄窄的墓地，因为没有一群一同成长的儿时的小伙伴，乡愁对他们来说，只是模糊的说不上来的感觉。

乡愁往往与遗憾相伴，儿时的小伙伴有的几十年未见，但依然会经常想起。我的一个同学比我年长，他的妹妹和我同岁，我和他妹妹经常一块儿玩耍、割草。他的妹妹的长相早已模糊，但那挂满汗珠的红扑扑的小脸，总会在我眼前晃来晃去的。有时我也间接打听她近况如何，得知她生活得不错，也就按下了去找寻她的冲动，估计这辈子跟他们兄妹，几乎没有再见的可能了。

现在桃子正是售卖的旺季，每当看到推车叫卖桃子的商贩，脑海中总会浮现老家屋后的那片果园，枝杈上挂满红红的桃子，特别是雨后，桃树叶碧绿，桃子清亮通红，煞是好看。当然了，真的馋人，总是免不了想伸手摘几个。我一直想把老家的房前屋后种满果树，不同的品种，每个月都有不同的水果成熟，那多好啊。当然了，只是想想，却一直未能实现，因为我从来没有行动！

小孩没有乡愁，因为他们无忧无虑；年轻人没有乡愁，因为他们一直向前！乡愁越来越浓，说明我们该停下脚步，审视过去，展望未来。该清理的清理，该放下的放下，需要储存的就整理好，别让它杂乱无章，随时干扰我们。其实总是念叨过去，总是被浓浓的乡愁缠绕，说明我们的心态已经老了。总想着明天的人，对过去就会少些依恋，总是将自己的行程排得满满的，也就无暇顾及过去如何。将我们的心放飞，将我们的眼光指向未来，我们的人生就会有滋有味、丰富多彩！

红灯笼

儿时最快乐的事就是带着好奇去探索未知。挑一盏红灯笼，走出家门，灯笼的四周是微弱的红色，地上的光圈随着脚步，不停地移动。虽然我看不清眼前的路是凸是凹，但微弱的灯光却把我的心照亮，深一脚浅一脚地一直向前，不知不觉中已离家很远。

尽管四周漆黑一片，尽管周围的黑暗不断地侵袭，那跳动的光亮还在鼓励我向前。带着好奇，我环顾四周，努力看清周围，但依然模糊，一团团黑影，似乎在向我示威，考验着我的胆量和勇气。因为我有红灯笼，有亮光，不管什么黑东西，我也会用灯光把它照亮。我鼓起勇气，大声地唱歌，想把害怕吓退，但依然是后背发凉。远处一家的门灯突然亮了，有人开门出来，看见模糊的我，嘴里嘀咕着，谁家的孩子不年不节的，打灯笼干什么？谁呀？我大声应答，我呀！

我又恢复了勇气，身体不再僵硬，心里不再害怕，我知道我要回家了。回家的步子很快，红灯笼在手里前后摇摆，不时把微弱的灯光投向我的前方。不一会儿，我看到家里窗户依然泛白，为我回家的灯还在亮着，我知道，妈妈还在等我，等我回家。

昨天晚上，躺在床上，忽然想起儿时打灯笼的记忆，仿佛我回到了童年，但对黑暗的恐惧以及探索未知的好奇，令我沉思。我抓紧把这所思记录下来，以免忙碌起来，再也想不起来了。

拾麦穗

上小学时，不时要参加义务劳动，农村的孩子，劳动不外乎去田地里干活，但因为年岁小，要安排一些大人不愿意干的活。一天下午，全校学生集体去田里捡麦穗，地点在村西的麦地，学生们背着筐排着队，吵吵闹闹地去。路两旁都是收割完的麦地，枯黄的麦茬里间或有一些碧绿的草，风一吹，阵阵浓烈的麦秸的味道钻进鼻孔，这是不是丰收的味道呢？我知道父辈，都会被这味道所陶醉，整个麦秋季节，他们大口地呼吸、品尝这短暂的不久就会逝去的味道，他们谈论的话题，也离不开麦子。

到了我们劳动的麦地，每人几垄，开始从南到北地捡，我们都比较兴奋，都被发现的麦穗鼓舞着。我们大声地喊叫着“这里多”“这还有”…… 兴奋一会儿，便感觉枯燥无味了，没有了大声的喊叫，只有低着头，捡啊捡。抬头看地边，还很远，我加快了速度，一会儿便把同学们甩得老远。

我有点累了，观察四周，这块麦地西边是一趟茂密的假柳行，这些假柳不会分杈，只能长成柳条子，用处是编筐或者是编一些工艺品，现在很多的花篮就是用的这种柳条子。我知道柳行中间会有空隙，我可以钻进去休息一会儿。说做就做，我趁老师转身的间隙，三步并作两步地钻进最茂密的一处。柳行中间被柳条挤得空间很小，我用手拽，用脚踩，很快我就给自己搞出了饭桌大小的一块地。我坐在里面，能听到同学们叽叽喳喳说话的声音，也可以从缝隙中看到同学们。美滋滋地休息，想那些不着边际的事情，我感觉吵闹声离我越来越远，最后四周静静的，没有了一点声音，我睡着了……

不知道过了多久，我突然醒了，四周漆黑一片，只有昆虫发出的叫声，我有点害怕了。俗话说，远怕水，近怕鬼，我清楚地知道，那块地里有谁家的坟地，埋着的是谁的亲人，我好怕啊！我现在也记不清是怎么回的家，只是睁开眼瞬间的那个情景，至今还记得清清楚楚，那种惊恐、无助的神情，一想就会在眼前。

其实，每个人在童年时都会做一些傻事，如果用成人的眼光看待，可能是孩子有问题，但大多数孩子都是出自一些简单的心理，这是每个人成长、成熟都要经历的，谁也绕不过去。

童　年

（一）家庭背景

我家里兄弟姊妹 6 个，我上面有 2 个哥哥、2 个姐姐。家里人口多，吃饱没问题，吃好就谈不上了。我父亲是当地比较有名的老中医，6 岁便离开家去万庄保和堂药铺拉药匣子（做学徒），这些都是父亲去世的时候，因为要念悼词，母亲告诉我的，想起来，父亲的一生也真不容易。

按现在的话，父亲也应该属于富二代，家道虽然已经衰落，但家里条件还说得过去。父亲的姥姥家在良各庄，和京南第一庄南各庄隔一条永定河，规划的首都第二机场就在那里。父亲的姥姥家属于当地有名的大财主，有一百多间房屋，有戏楼、中式四合院，外面还带路顶子（应该是耳房）。我清楚地记得大伯和父亲聊天的时候，经常说起这些。我只记得父亲的两个舅舅，大舅是北京有名的大律师，能双手写毛笔字，后来，被赶回家接受改造，没有吃的，到处要饭，一次我还看见过，个子不高，背着个筐，花白的头发，驼背，母亲赶紧拿出一些饽饽给了他，那情景至今还记得。小舅是姨太太生的，属于吃喝玩乐、不过日子的那种人，喜欢玩鹰打猎等等，虽然被划为地主，但儿女还算孝顺，最后结果还不错，得以善终。

回过头说我爷爷，我爷爷的父亲，肯定是地主，家业不错，因为我爷爷属于折腾家业的主（败家），没有吃的喝的就卖地，我太爷生气但又管不了，据说从此把自己关在家里不出门，直到去世。我现在只能看到太爷的坟头，知道他就躺在里面，他去世早，活着的时候我没见过。对爷爷依稀有些记忆，我 3 岁的时候，爷爷去世。到了我父亲和母亲结婚时，爷爷家里条件已经不行了，分给我们家 25 亩地，划分成分时，我们家被划为中农（差一点到富农），想起这些还真感谢有一个败家的爷爷。

父亲从做学徒到行医，几十年来服务了很多人。父亲有自己的原则，凡事不爱求人。我出生的时候，家里有三间房（原来两间，又接了一间），连院子也没有，房前一棵枣树，屋后便是农田。一家八口挤在三间房屋里，不知是怎么过来的。父亲对物质需求很容易满足，上班时，带一锅棒子面饼子，一个腌萝卜，就能撑一星期。成家立业后，我更能理解父亲当时的艰难。

接着说母亲，母亲的亲生父亲（我姥爷）因为死得早，留下两个舅舅和我母亲，姥姥无法生活，便改嫁到另一个村的一个朱姓人家。两个舅舅一个去天津纺纱厂做学徒，据说后来参加了国民党，但至今杳无音信，是死是活不知道。一个舅舅送给另一家，后来参加了便衣队（革命），中华人民共和国成立后回家了，至今还健在。母亲被送给了母亲的姨妈做女儿，姨父是国民党的一个团长。母亲几岁的时候，姨父去世，姨妈不久也离开人世，母亲又被姨妈的家人收养。母亲出聘的时候姓何，但现在身份证上是姓朱，所以我有时也糊涂，母亲原来姓什么我一直弄不明白。

母亲小我父亲 4 岁，12 岁嫁给我父亲。原来日子难的时候，我母亲经常说她 12 岁嫁到易家门，得到什么好了。现在不说了，但经常说她没想到会过成这样。虽然母亲 82 岁，但身体不错，能自己做饭，有 6 个孙子。看到自己的子女是母亲最快乐的时候。我希望我母亲健康快乐地活着，因为有母亲健在，我会感觉自己永远年轻，有活力、有奔头！

（二）浪子回头

我出生的时候，农村的生活好起来了，起码能吃饱饭了，而我的哥哥姐姐们小时候吃不饱饭是经常的事。母亲说我一生下来就不再挨饿了，所以母亲坚定地认为我长大以后会给她争气。

记忆中小时候的事情是支离破碎的，父母也整日忙于生计。我小的时候什么样子，我自己也不知道，因为没有照片留下，可以找出的照片是高考以后上学的照片。真羡慕很多人，有那么多从小到大的照片。记忆中只有我奶奶（后奶奶）说这小孩将来肯定有出息，奶奶不经意的一句话，对我一生都产生了影响，我在心里告诉自己，将来一定要混出个样来。

我 6 岁上小学，在全校是最小的，六一儿童节时，我经常代表全校学生发言。去小伙伴家，他们的父母经常说，看人家，多好，都上学了，学学人家。小学的 5 年，应该说表现不错，顺利升了初中。初中的几年真的出了问题，学不进去，上课总是困，经常走神。现在想起来，不知道怎么过来的，还经常惹事，被老师批评是经常的事，成了问题少年。清楚地记得，学校代表（贫下中农代表）——我叫他二爷——说我这个小孩没有一点儿出息。可以说，那段时间，是我人生中最灰暗的几年，老师不喜欢，家里不待见，每天回到家我都是灰溜溜的，躲在角落里，不多说一句话。当然我也有我最快乐的事情，就是去偷瓜果梨桃。

我家的屋后就是几百亩果园，我和伙伴们，经常是天还不亮，就听到有尖厉的口哨声，就会从睡梦中爬起来，摸黑穿上衣服。家里人只是说，起那么早啊？我回答，打草去，家里人又睡了。门口早有几个伙伴等着呢，我们开始了每天的果园扫荡。我现在还清楚地记得，上万棵果树哪棵树上的果实好吃。当然其他伙伴都是满载而归，我是不敢把这些带回家的，因为我已经是问题少年了，而且父亲最痛恨这种行为。要想人不知，除非己莫为，这些事慢慢地传到老师和家人的耳里，大家对我的看法越来越糟。转眼到了要上高中的时候，那时上高中是推荐上学，一方面要学习说得过去，另一方面家庭成分要好。别看我平时表现不怎么样，但还是要求上进的，还是盼望着能上高中的。这时家里人也着急了，大哥也给我四处活动，最后还好，勉强上了高中。

上了高中，开始也是找不到方向，这时哥姐已经结婚，我父亲一直坚持不分家，家庭矛盾也多，经常生气吵架，我母亲的日子不好过。一次大概是因为我，家里又吵架了，母亲背个筐离开家，我怕有什么意外，在后面跟着。母亲一直说甭跟着她，但我还是跟着。走了很远，母亲坐到了地上，号啕痛哭，我在旁边跟着哭。母亲边哭边唠叨说："这日子可怎么过啊！你可要给我争口气啊。"我从此坚定地下决心，为了母亲，我要争口气。

我做了很多傻事，被认为没有出息。在家里，父亲说我是害群之马，就是我考不上学，也让我离开这个家，去接他的班。因为我就是这个家矛盾的根源，生气吵架的导火索。我知道要改变了，不管别人怎么看我，其实有一句话我的内心无比坚定地相信：将来我一定有出息，浪子回头金不换！

1977 年恢复高考，我那时上高一，在全校摸底测验中我考了第一名，我的将来开始有了光明。1979 年参加高考，我达到了大专录取分数线，被廊坊工业学校录取。其实如果复读一年，本科没问题，因为那时的专科和本科录取分数线只差几十分！

我成为我们村第一个考学出来的人，后来，第一个大专生、第一个本科生、第一个研究生都是从我们这个家庭走出来的，我们家成了村里教育孩子都要提及的榜样！

兄弟情

最近，二哥头发也不焗油了，一头花白的头发，明显老了许多。兄弟一场，我们都彼此惦记着。兄弟情和儿女情不一样，年岁越大越珍惜，越老越浓。

因为从小在一个家庭环境里长大，我比哥哥的亲生儿子都了解哥哥。我上学时，哥哥姐姐们都成家了，尽管他们自己后来有了孩子，但依然帮衬着我这个弟弟。

记得我要结婚的时候，大哥把一年的种棉花的收入存进了银行，并把写着我名字的存折给了我；二哥呢，用自行车驮两口袋黄豆到集市上卖了，把钱给我送过来，都是皱皱巴巴的零钱。我接过存折和钱的时候，心里不好受。他们也要养家，也有自己的孩子。我恨自己没本事，他们对兄弟的这份情，我做不到。

那时他们拿出的几百块钱，他们想了多久，斗争了多少次，我不得而知。在哥哥们的帮助下，我结婚成家了，但接过存折和钱的那场景，会不时地在我脑海里呈现。

我盘算过多次，等哥哥嫂嫂们过了60岁，我要给他们发养老钱，但一拖再拖。我希望他们张口，说没钱了，我会毫不犹豫地掏出钱来给他们，但他们从没有张口问我要过钱。好在在我帮衬下，两个侄子早就买了房。我借给他们首付，心里总算有了些安慰。

人到了一定年纪愿意念旧，我也是如此。我常记起，我高考被录取后，家里人那高兴的样子，我也常记起，我上学的第一天，全家人送我去学校，那场面像出征，二嫂把娘家陪送的被单送给我，大伯送给我一张小羊羔皮，那情景就像发生在昨天。我忘不掉，我每次回家再返校时，母亲都把我送到村外，等我骑上自行车时，她便站在村外的土路上目送我。我骑车上了公路，母亲的身影依然在那里，很远了，那个身影依然还在。我一路向前，我的视线被另一个村子挡住，但我知道母亲依然还会在那里伫立很久很久。

如今父亲不在了，只有老娘了，我没有很多时间去陪她。她冬天去大嫂那里住的时间多，到了春天就会回到那个农村老家。老娘说在老家好，随便、舒服，我知道一个人在一个地方生活了几十年，所有的辛劳和记忆都在那里，那才是家，我不强求老娘。我坚持经常去看老娘，时间不固定，我什么时候心里烦了，不愿意干事了，都会开车回家。我愿意，也很享受。我坐在父亲经常坐的那把椅子上，听老娘说说家常，回来后心情就好起来，愿意干事了。

我经常问老娘要钱吗，也不间断地给一些。其实老人的需求有限，在农村也花不了很多。老娘病了，我来掏药费。我不依靠任何人，我知道是因为哥哥姐姐们的牺牲和付出，我才会有今天。

老娘的言谈中不时会露出知足的言语，从哥嫂的言谈中，我也能感到他们对我这个弟弟很满意。现在哥嫂也年岁不小了，我也要对他们多关心一些，因为这种情分更应珍惜！

人的命，天注定

我的弟弟小我两岁，由于我考上了学，弟弟便接我父亲的班，成为一名医生。弟弟小的时候得过小儿麻痹症，行动不是很敏捷，思维也有点慢，但人很老实。他接班后，经人介绍和邻村的一个姑娘结婚成家。上班的时候，领导对他不重用，谁当领导都喜欢机灵乖巧、有眼力见的下属，这点无可厚非。弟弟工作了十多年，工资收入时有时没，最后回家和老婆种地、养羊、养猪，日子也算凑合。

一晃十多年过去了，弟弟明显苍老了许多，头发稀疏，头顶明显有了秃顶的先兆，最要命的是弟弟穿戴从不讲究，总是穿最破的衣服，胡子不刮，把自己打扮得像个小老头。有时回家我会不由自主地说他几句，但他嘿嘿一笑，依然故我。尽管能力不强，不擅长为人处世，但弟弟从来没求过我什么。兄弟一场，我也常常挂念他，但挂念之后，一忙也就忘了，还是日复一日地过自己的生活。

后来，弟弟跟着建筑队去北京郊区做小工。父亲去世的时候，他赶回来，我一看到他穿着破棉袄，胡子邋遢的样子，禁不住热泪盈眶哭出声来，我知道我弟弟这么多年受苦了。没办法，他也有自己的儿子，他也得为生活奔波，我替不了。其实我一直鼓励他别把自己的那点医学知识丢了，但十几年的奔波劳顿，那点东西也就逐渐成为过去，只能干点没有任何技术含量的体力活，起早贪黑地劳作不说，还经常被工头吓唬。当然了，也有我弟弟自己的原因。去年的一件事叫人哭笑不得，领班叫弟弟去捡砖头，他却听成了拆墙头，也不核实一下，过去就把墙头拆了一个口子，幸好领班发现得早，但他还挺有理，振振有词地说是领班叫他拆墙头的！宁肯跟明白人打顿架，也不和糊涂人说句话，没办法，这就是我弟弟。

我一直对弟弟心存希望，虽然在外人眼里他不算正常，但我知道他只是思维慢一点，思想天真一点。在我的鼓励下，弟弟经常抱着书看，有时还写起小说来，虽然他写的东西有些不合常理，读起来经常让人捧腹大笑或乐得前仰后合，但只要有鼓励，他就会选择坚持下去。这么多年，我忙于自己的事，对他的关注越来越少，突然有一天我无法改变他了，这是不是人的命，天注定呢？

我发现，我的努力只能改变我的命运，其他人，甚至最亲的人的命运，我也无能为力。对于每一个人我过于乐观，我相信每个人通过自己的努力都会改变自己的人生轨迹。我和弟弟说："如果我没考上学，像你一样接了班，现在最起码是个卫生院的院长。"这不是说我多聪明，而是因为我不管干什么，都会认真钻研，直到超过身边所有的人，所以我敢说如果我接了班，多年后我不是领导核心也会是技术核心。我骨子里是永远不甘落后的，最关键的一点是作为男人，我不想让人看不起。

对弟弟的今后的安排，老娘的意见跟我截然相反。我很惊讶，80 多岁的人竟然思维如此清晰。她一直跟弟弟生活，看着弟弟那个样子，经常说的一句话是"人要是自个不行的话别人管不了"。我知道弟弟这么多年，总是被动接受生活，从来就没主动挑战过生活。如果自己都不相信自己能够改变的话，其他的外力也就不起任何作用了。

人的命，天注定，这个天其实就是自己的内心。内心强大并充满自信的人，不管生活多不幸，命运多坎坷，依然会选择坚持和努力，他们会更多地从自身找遭受打击和失败的原因，主动寻求改变。他们更多的时间是学习、思考和行动。他们没有时间也不会浪费时间去抱怨老天的不公。大家知道吸引力法则，一个人关注什么就会得到什么，你关注不公、不幸、失败、挫折、打击，你就会收

获这些。改变人生关注的东西，吸引更多自己想要的东西，才是我们人生的主旋律，我们的命运才会发生改变。

说到这里，我知道依然有很多人，也包括我弟弟，不相信这些，我没有办法，因为一个人的强大内心的塑造，只有靠自己。这也造就了人生的不同。我们对别人不要总是羡慕甚至嫉妒，我们其实也可以，只要我们相信并坚持，奇迹一定会在我们身上发生。看看世界上那些成功人士，哪一个一开始就被人看好呢？话又说回来，从小被人看好的人，内心脆弱，急功近利，见利忘义，最后不也是结局凄惨吗？

人是有差别的，其实最大的差别是内心修为的不同。多学习，多跟比你优秀的人交往，少说话，多倾听，虚心并诚恳地对待他人，多看优点，少说缺点，平和而不失激情，想得到先付出，对自己充满自信，但不外露。做到这些，你会发现你的朋友越来越多，你的人生逐渐有了变化。继续努力，别停下来，惊喜会不断出现。我相信这些，真的，也请你相信。

我知道我改变不了任何人，只能改变我自己，但我可以影响很多人，这里包括我近千个 QQ 好友和我的众多的学生、朋友。一起努力，让我们自己决定自己的人生方向和命运轨迹，我们还可以影响更多的人。想起来就很美妙和享受的事，干吗不坚持去做呢？

别被假象所蒙蔽

前些天，我感觉有点不正常。我的越野车，让一个人给卖了，但帮我卖车的那小子迟迟不给我钱。拖了我有两个多月了，一会儿说有事，一会儿说办事回来跟我联系，但没有一次主动联系我，从前些日子开始，竟然不接我电话了。

我因为被玉哥忽悠喜欢上了越野，远赴吉林淘回一辆丰田陆地巡洋舰。开始自然是爱不释手，改装啊，翻新啊，整得像回事似的，但基本上没有进行过什么越野，有的时候开出去在路上转一圈，安慰一下那颗浮躁的心。后来又看上一辆廊坊牌子的车，结果钻研起这辆车来，原来那辆车就放在了卖我车不给我钱的那小子修车的地方。车给卖了，钱却一拖再拖，你说我憋气不憋气！

我越想越不对劲，我的那辆有手续的陆地巡洋舰，六七万元能卖吧，这小子告诉我三万五，不是白捡吗？原来还觉得无所谓，看在他面子上，也就答应了。当我问他要钱的时候，他却开始不接我电话了！第二天，我继续打，接了。我说："你怎么不接我电话了？"他说："我手碰了，住院了。"我说："你住院也不能不接我电话呀，车卖两个多月了，钱呢？什么时候给我？"他还在骗我，说："是是是，明天给您！"好，明天我堵你小子去。我也没闲着，下午和晚上，通过认识他的一些人把他的底细基本摸清。真是的，打了几年的交道，还不知道他名字是什么，只是知道姓，也是我的马虎，才造成今日的结果。

第二天下午，我开车直接去了他修车的地方，看见他在，我上

去问，钱呢，他说，他给花了！“你花了，你怎么不告诉我？你怎么这样做人呀（其实对这种人谈道德根本不管用）！你说，什么时间还？”“月底。”“你说的，写欠条！”原车所有的手续都在他那里，他不承认，跟我耍赖，还真麻烦！我拿着他写的欠条告诉他月底找他！

这小子，你刚接触，还真发现不了什么毛病，胖乎乎的，浓眉大眼，办事迅速，随叫随到。后来发现说话有点大，什么都懂的样子，让他做什么都答应，的确有些怀疑，但没有多想。再后来就不像话啦，到处找不见人了。说起修理，这小子技术还行，开始在我朋友的修理厂干，离开后自己开了一个小店，就在此时，我经玉哥介绍认识了他。后来他和别人合作开了一个比较大的修理厂，不久后他便离开，又在他认识的另一个人开的修理厂内借了块地方，有活就干，没活就转，开始打游击了，越混越惨。开始我还一直认为是和他合作的人不行，现在知道是他不行啊！

到了月底，我开始打电话问他要钱，他说，他老婆去保定拿去了，明后两天回来。好的，三天以后找他！三天后我打电话，现在不敢不接电话了，很快电话通了。“我刚从保定回来，马上进入廊坊。”原来他说他老婆去保定了（瞎话）。“钱呢？”“钱没拿回来。”我一听就急了：“我告诉你，你说话还算数吗？有手续的车你也知道能卖多少钱，你说三万五就三万五，你也不能这样玩我呀！多少人听到这件事的时候，都要替我出气，都被我拦下。你想怎么办吧？现在你只有两个选择。第一，你把车要回来，我不卖了。第二，三天以后你不给钱，我就报警告你诈骗，到时有人抓你！”“您给我三天时间！”“好，三天以后你和我联系，你不联系我就报警！”

昨天是给那小子打完电话的第三天，下午，一个认识不久的朋友打来电话，说要感谢我，说那小子跟他借钱呢，要不是听我说，说不定就借了。电话里那小子是这么说的：“好长时间没联系了，要不坐坐？有点小事麻烦您，我需要几万元周转一下，20天还您。”这位朋友因为知道我的情况，也就没答应。晚上，那小子电话打来了，说钱晚上十点到他卡上，问是今晚给我还是明天上午给我。大晚上的给什么，明天上午吧！

这不，我坐在屋子里等这小子呢，10点30分他电话打来了，说在银行，一会儿把钱给我送来，好，我在办公室等他。11点他来了，气喘吁吁的，拿了一袋钱，我叫会计收了。给他倒杯水，拿根烟，禁不住说他几句：“你最近怎么了？有点不正常啊！我知道你遇到坎儿了，但我告诉你，你唯一能挣钱的手艺是修车，跟社会上那些人混，你只会搭钱，不会挣钱！收收心，仔细地想想，今后怎么办？我最生气的是你一次次地骗我，如果一开始说用了，我一两年也不会追你。我知道你现在外面欠了不少，千万别骗人家，别搪塞，实话实说，求得人家原谅！回过头看，你现在遇到的事情真的是小事！”

他不住地点头，“是是”地答应。“你的人生还有希望，说你一年挣个十万八万我信，以后挣个几十万我也信，要说你挣几百万、上千万我就不信了，踏踏实实地盘算一下，重新开始吧！”他喏喏地答应，并说：“你也别生气啦，我知道我错了。”

但我知道一个人想改变是很难的，钱骗来骗去，是很容易的，但靠自己的手艺挣钱是很辛苦的，很多人愿意走捷径，到头来什么也不是，没办法，这都是自己的选择！

我知道他现在没什么钱，就从袋子里抽出一千给他。他告诉我兜里还有两千，还够这几天花！这次可能是实话，就这样吧，以后有什么事再说。我心里想：适可而止吧，以后如何全靠自己了！

长久偷懒

短期内勤奋的人不多，一辈子勤奋的人更少。我评价我自己是短暂勤奋，长久偷懒，不管对任何事情，热情总是一时，不会长久保持。原来我对自己的这个恶习恨之入骨，现在随着年龄的增长，对这种恶习包容了许多，慢慢地开始原谅自己，有时甚至放纵起自己来了，真有点没出息了，呵呵。

但话又说回来，我基本上算是个勤奋的人，不管做什么，结果如何，我一直在坚持。一旦喜欢上什么就没完没了地投入，在很多方面我不是一个天分很高的人，但我一直是一个不服输的人。我一直在证明自己，我并不比任何人差多少，就凭这一点我超越了很多比我聪明、比我条件好的人。其实就是因为我比很多人多付出了一点点，就多收获了许多，我真的心存感恩！

我知道心有多大，格局就有多大，我也知道心有多远，思想就有多远，但不知道为什么，心中那股劲总是差那么一点点。现在我停下了追寻的脚步，好几年原地踏步，不像原来激情满怀，说走就走，说动就动。我喜欢上了打球、摄影、越野，有时我问自己，真的喜欢吗？我也很茫然，我不知道我在掩盖什么，我在逃避什么。

我知道，凭我现在的积累，凭我的学习力，凭我的能力，我还可以走得更远，但我一直找不到一个特别充足的理由去玩了命地追求什么。停下来环顾四周，很多朋友聊吃吃喝喝、玩玩闹闹。主题不变，话题不新，我很难有和他们往下谈的乐趣和兴致。一个朋友给我打电话，干吗哪？看书呢。快点过来，现在谁还看书呢！是我落伍了，还是他们不学无术了？我扔下书，去适应不学无术的氛围和日子。

我这里丝毫没有数落贬低他人之意，各人有各人的活法，谁也别强加给别人什么，只要感觉好怎么都好。但我感觉不好，无所事事的时间长了，内心就觉得空虚，心中没着没落的。没有新东西，没有新感觉，便感觉一切茫然。我想了解发展、感知未来，我想把握当下、追逐梦想，我想充实生活、鲜活人生，总之就是不能知足。说到这里，我发现问题的关键是我觉得知足了，没有了新的定位、新的追求、新的目标、新的梦想！

在混沌中觉醒，在模糊中清晰，在驻足间思考，在没有追求中追求，在没有梦想中孕育梦想。我知道我一直在路上，在攒劲，在加压，在蓄势待发，在求索追逐的路上，我一定会收获更多意外和惊喜。从即刻起豁出去了，开始努力！

祸福转瞬间

不知大家最近有没有听到这样一个消息：上周，在廊坊某高档小区，发生入户抢劫惨案，一家四口被劫匪灭门，目前警方正在全力侦破中。很不幸的消息！

前几天，我家也被盗贼光顾了。其实给我家后面的窗户安装防护栏的事老婆已经叨叨过很多次了，我也想过无数次要安装，但因为样子定不下来，也就一拖再拖，直到心里最不想发生的事情真的发生了。可见，防患于未然，是我们每个人都要做到的。

上周一，老婆出去几天，我一个人在家。因为国庆节沙漠穿越的时候，我的陆地巡洋舰出了问题，被送到北京某汽配城检修。其实车早已修好，我准备有时间就去取车，于是在家里留了一万元现金。钱就放在包里，包被我随便放在衣帽间的椅子上了。周五晚上，我决定去易县云蒙山穿越，因此到包里拿钱，奇怪了，空空的，啥也没有。难道是我记错了，还是老婆或儿子拿了？其实此时，盗窃案已经发生，后面的窗户已经处于半开状态，小偷完全可以往来几次，将我的家扫荡一空。我本该有的警惕根本没有，我只想等到见了老婆和儿子问个明白。

见了儿子，问他拿了没有，没有，也是啊，拿了肯定会跟我说了。老婆回来了，问了老婆，也没有拿，我的心里有点别扭。难道是我放错了？周日我到办公室翻了个遍，没有，在家里也是这儿翻翻那儿看看，关键是我不明白到底是怎么回事。

周一的时候，因为要准备比赛的奖品，老婆去拿钱，结果准备的两万元现金，只剩下一个档案袋子了。老婆一问我，我这才脑袋“轰”的一下，我知道，出事了，肯定是进来人了。我上楼，看北边的房间的窗户，西边第二扇开着，人是从这里进来的，确定无疑了。老婆开始给派出所打电话报警。

新开路派出所来了两位警察，问了些情况，开始打电话向分局移交案子。分局的技术人员一会儿就来了，开始寻找罪犯的蛛丝马迹，甄别脚印，发现一个明显的脚印。因为小偷是戴着手套作案，所以没有采集到指纹。北边所有的窗户都有撬过的痕迹，小偷到了我三楼的书房，书房有个保险柜，因为没有什么值钱的东西，所以很长时间没动过，小偷只在保险柜上留下一处触摸的痕迹，把放在书架上的储钱罐里的一罐子硬币一个没留地顺走了。小偷下一个目标就是一楼的保姆间，其实就是我的衣帽间，平时经常穿的衣服、背的包、用的钱，还有我的两架单反相机、镜头等，都随手放在这里。小偷翻动后又物归原位，丝毫看不出翻动的痕迹。采集犯罪信息的警察也一直叹息，这个小偷真是“神”了，不走冤枉路，他摸清了我们家人放置物品的习惯。

警察告诉你，如果你听见了动静，最好的办法就是装睡，假装没听见。呵呵，多少人在遇到抢劫的时候，能那么淡定呢？其实现在想起来，很多事情的发生都会有些先兆，不知是小偷的福分还是我们的福分。我从来没有往钱包里放过那么多钱。老婆临走之前，我特别叮嘱老婆，家里留点现金，有时急用方便。现在想起来好像都是给小偷准备的。

可话又说回来，俗话说贼不走空，如果没有那三万元现金，估计贼也不会心甘，就会到处乱翻，结果可能我也会被吵醒。至于发生什么，都很难预测，祸福会在转瞬间发生。我两架单反相机、镜头也值个十多万元吧，就放在那里，没动。估计现在的贼，高级的专业贼们，需要销赃的一概不拿，不知我猜想得是否正确。

知道是贼光顾过了，也就不再别扭了，因为我知道，别扭也于

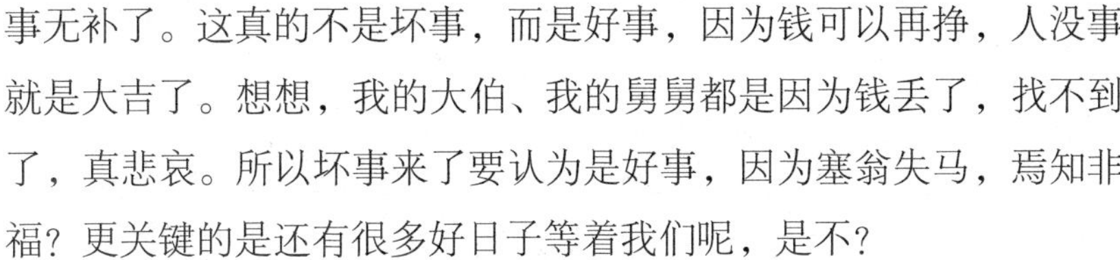

事无补了。这真的不是坏事，而是好事，因为钱可以再挣，人没事就是大吉了。想想，我的大伯、我的舅舅都是因为钱丢了，找不到了，真悲哀。所以坏事来了要认为是好事，因为塞翁失马，焉知非福？更关键的是还有很多好日子等着我们呢，是不？

人还是需要有事业心的

人还是需要有事业，有事业心的。不知为什么，早上起来，脑子里一直萦绕着这句话。静静地坐到电脑前，把思绪整理一下。

我认为，事业心就是一个人追求心中目标的心理状态。事业心往往和人生目标相连，追求人生目标越执着、越坚定，事业心也越强。事业心就是想干事、想成就事的心态和愿望。很多人认为事业心与普通人无缘，其实事业心并非是成功人士的专利，它也深藏在普通人心中，只是很多人不愿意承认而已。

我本普通人，没有什么特别的。飞多高，蹦多远，人和人都差不多。只是因为成功者多了专注和坚持，仅此而已。我们得到的并不都是我们想要的，因为哪怕是有意无意的追求，都会在人生的不经意间开花结果。一件事发生了，想想真的出乎你的意料，真的是你从来没有关注、没有想过吗？其实发生在我们人生中的每一件事都是我们追求的结果，不管你承认也好、不承认也罢，反正已经发生了。承认了，你就去找原因，找到了，问题解决了，万事大吉。不承认，原因自然找不到，那你还是重复原来的生活！

乐和，及时找乐，没错！但要适可而止。乐和，让人简单、单纯，有时也会让人忘乎所以。过分找乐的人，往往是在不断地寻求感官刺激，不断地变换玩法，不断地挑战心理的承受能力的过程中，体验快感和满足的。但繁华不再、浮云散尽，转眼四周，孑然一身，孤独依然挥之不去。此时，就会有所感慨或反思：我追求的是不是我要的？

人就是在这不断的疑问中，不断地成长，不断地成熟。

如果对现在的生活很满意，那就快快乐乐地过好每一天。如果不满意，那就认真思考，寻求改变。改变有很多种，过与原来不一样的生活，做与原来不一样的工作，接触与原来不一样的圈子，追求与原来不一样的目标，总之，就是别过一如既往、按部就班的生活。我认为人还是要有事业支撑，还是要有事业心的。人只有在追求中，在努力中，在战胜自我、重新定位自我、超越自我的过程中，才会有更大的满足和成就感。做一个有事业心的人吧！

老婆，生日快乐

老婆，今天是你的生日，昨天晚上在外面吃饭的时候，我就决定今天不做任何安排，在家里陪你过生日。早上起来的时候，很想去给你买份礼品，但我思来想去，真的想不起来你的最爱是什么，说来真的惭愧。

和你结婚的 20 多年里，我俩一路风雨，一路坎坷，一路奋斗，一路磨合，一路不离不弃，走到今天也算是万幸。虽然在外人眼里，我们还算模范夫妻，但我们曾经也针锋相对、水火不容。其实回过头来看，大都是我的任性和耍浑造成的。最应该检讨的还是我自己。我发现老婆你对我的在意，有时甚至超过对你的父母，我知道，这个世界上，只有我是你最长、最久的亲人。明白这些，一个男人才真正地成熟，才会爱自己一生中最重要的两个女人：老娘和老婆。因为我的希望和未来就是她们所有的希望和未来，我的幸福和快乐就是她们所有的幸福与快乐。

回忆当初我俩牵手的画面，依然像昨天刚刚发生的一样。第一次见到你，眼前就一亮，我就坚定地认为你一定是我的老婆。恋爱的四年里，我俩没有多少地方可去，经常是在月光下，漫步在铁道边的土路上，憧憬着未来。说到忘我兴奋的时候，你便将头靠在我的肩膀上，安静地听，安静地想。

结婚那天，我用自行车将你载到新房，没有喜庆的鞭炮，没有绚丽的礼花，只有房间里的十字拉花和粉色的帷帐，稍稍透出一点点新婚的气息。婚后，你便没有了工作，整日在家里，你用录音机

录下你的歌声，我不知道你是否有些无奈和失望。我发誓，一定要给你搞定工作。几个月以后，你去了万隆珠宝做售货员，那时你已经有孕在身，因为怕失去来之不易的工作，你坚持上班。

每天上班，你在前面骑车，我便在后面跟着。一次，你被人撞了一下，重重地摔在路上，我到你身边的时候，撞你的人早已骑车远去。把你扶起，看看没什么大碍后，我们又继续骑车去上班。但等孩子生下的时候，发现孩子头上有一道疤痕，不知是不是这次撞击所致。

你生产的时候，我在手术室门外，我真的有点手足无措，我怕有啥闪失。你出院的时候，家里那 2 分钟就能走到头的胡同，你走了有 20 多分钟。当时，天气太热，我把家里仅有的 200 多元钱，买了台桃花牌电扇，为你防暑降温。儿子过了满月，15 天以后，你就去上班了，就这样，一晃就到了今天。你经常跟我说："云，跟你这辈子，我知足了，下辈子还找你！"我听了，没有满心的欢喜，只是默默地不回答，因为我觉得自己真的做得很少，甚至还有很多不对、不妥的地方。结婚的 20 多年里，从来没有说过一句"我爱你"，最多的是，还行，凑合吧。就这样，还行，凑合吧，一下子就过了 20 多年。

老婆在家的时候，一切都干干净净，井然有序；老婆外出的时候，一切都显得杂乱无章，我吃啥喝啥都像应付差事。老婆在家的时候，那是过日子；老婆不在家的时候，我张罗请客和被请，反正是不愿太早进家门。原来不太关心老婆外出如何，一旦电话不通，反而会很长时间坐卧不宁、寝食不安。老婆经常为买了一件衣服而检讨：又花钱了。我会说，钱该花就花，别太算计了。

夫妻在一起生活久了，爱情少了，亲情多了；思念少了，挂念多了；要求少了，理解多了；争吵少了，包容多了。夫妻更像一个生命体，谁也离不开谁。到最后，会发现，能依靠的只有彼此，其他的谁也指望不上。所以关心老婆，就是关心自己，爱老婆也是爱自己。好好地、快快乐乐地、有滋有味地活着才是根本。我希望我的生活如此，我也希望我的老婆幸福快乐。当然了，这也是我的追求。老婆，生日快乐！

姹紫嫣红，分外妖娆

昨天还喊着快过年啦，今天就是大年三十了。去年的春节仿佛就在昨天，去年过年时饺子的香味依稀还在嘴边，去年亲友团聚时祝福的话犹在耳边。那些美好，那些回忆，那些许的遗憾，都将随着今年春节的到来，在噼里啪啦的鞭炮声中，在绚丽多彩的礼花里，在拜年的脚步声和祝福声中，渐渐地逝去。一切终将过去，繁华不再，热闹不存，剩下的是酒醉后的酣睡，鞭炮骤停后的宁静，人走后的孤寂和思考。

好过的年，歹过的春。从小就听母亲念叨，但说实话今天也不是多明白。过惯了穷日子的老娘，知道那漫漫的春天是如何的难熬，你我根本体会不到那种心情和感受。但我一直认为，一年的奔波劳顿，一年的奋斗拼搏，一年的忍气吞声，真的想在过年的时候，全部得到寄托和释放，因为所有的努力只为那鞭炮突然地震响，只为那礼花弹在夜空美丽地绽放，只为在过年的钟声敲响之后积聚能量。

在过年的时候，我们开始梳理一年来的所得、所失、所悟。人生就这么几十年，梳理过去是为了来年少走弯路，少浪费时间、金钱，甚至感情。一切都应有的放矢，一切都应是规划所得。从来没有想过的事情根本不会在我们的身上发生，一切都是我们努力追求的结果，好也罢，坏也罢。我昨天还跟人说："记住，一切都是你吸引过来的，包括疾病。"得了病的人，一定是生活或其他方面出了问题，解决了这些问题，病也就好了。

人生需要有目标，生活需要有激情。过年的时候，我们开始展望明天，憧憬未来。不管过去的一年如何，也要给自己置办些新的衣服，今天就把自己装扮一新，新年新气象，一切重新开始。过年过的就是一种心境、一种感觉、一种希望。一年很少见面的家人终于可以安安静静地坐下来聊聊过去，说说明天。不经意间的话语中，疑惑顿消，新目标也豁然清晰，从心底产生跃跃欲试的冲动，有点等不及的感觉。

屋外的鞭炮声时远时近地传来，年味在空气中弥漫开来，让人感觉越来越浓。小孩盼着过年，是因为心存期待，年岁大的不愿意过年，是因为不愿意变老。春节就是春天的节日，过年啦，其实也是告诉自己，一切困难和问题都将成为过去，迎接我们的是一个崭新的生机勃勃的春天。

今年的春节，是比较暖和的一个春节，向阳的地方，小草已经露出嫩芽，春天真的不远了。春天里，百花盛开，姹紫嫣红，分外妖娆。我真诚祝福我的亲人、朋友，人生和事业就似春天的景色，五彩斑斓。感谢你们一路相随和关注，希望 2015 年，我们都惊喜不断、喜事连连、春风得意、笑逐颜开、三阳开泰、诸事顺心、身体康健、魅力四射、光彩照人、永远年轻！

聊聊过去，说说明天

今天是 2015 届春季毕业生毕业的日子，你们圆满完成了学业，取得了专科、本科学历，拿到了大学毕业证书，有的还拿到了学位证书。在这个值得纪念的美好日子里，我代表学校向全体毕业生表示最热烈的祝贺！向关心你们成长的家人、朋友，悉心教导你们的老师，相互帮助共同进步的同学，表示衷心的感谢和崇高的敬意！其实人的一生值得回忆和祝贺的事不少，但能够在今后被经常提起的事情并不多。总结人的一生，学习经历是最值得留恋和回忆的，将伴随我们的终生，在我们的简历中，在我们升职的过程中，在我们奋斗的征程和成长的足迹中，永远有一项——某年某月至某年某月，我参加我校成人高等教育学习，获得专科或本科学历。

过去的三年，应该是同学们人生中最为宝贵和值得回忆的一段时光。你们满怀憧憬地参加成人高考，踏进了大学的校门，与老师、同学从相识到相知。在这里，你们追求知识、增长才干、挥洒汗水、收获友谊，母校一直为你们的进步和成长感到骄傲和自豪！

母校留下了同学们成长的轨迹，同学们也见证了母校日新月异的发展变化。历经 21 年的发展，今天的母校正在努力建设成为学历教育的基地，终身教育的平台。其实，学校每一份成绩的取得都与同学们的参与、支持密不可分。在此，我代表学校向你们表示衷心的感谢！

三年中，我们想尽一切办法加强与老师、与同学的沟通，全方位为老师和同学做好服务。我们不但招生，也牵线搭桥，定期举办单身联谊，解决学生的婚姻大事。虽然线上一对也没成，但线下我知道成了不少，那是因为我们经常会收到喜糖。各位同学，今后不管你们走到哪里，奋斗在何方，一定要经常和学校联系，经常分享你们人生的喜悦与幸福。我们不但会在学校的网站、微站、微信平台、QQ 群发布消息表示祝贺，而且会有礼物相送。

三年来，同学们和学校一同成长。你们学到了知识，也积累了做人的学问；你们增长了才干，也增加了自信；你们收获了友情，有的还收获了爱情；你们不但获得了学历证书，有的还收获了结婚证书。

毕业并不是学习的结束，而是新的学习的开始，要梳理一下三年来的所得、所失、所悟。

同学们，现在又到了千载难逢的机遇期。你们有没有注意到，阿里的马云、腾讯的马化腾、百度的李彦宏、京东的刘强东、360 的周鸿祎，他们的成功虽然给我们带来惊叹和启示，但我们学不来。小米的雷军等移动互联网代表人物的成功又让我们重新燃起希望之火，我们可以用互联网思维，凭借移动互联网的平台去做我们想做的事。可以说，未来，机遇总是垂青有学习力和有准备的人，大家能做的就是学习、关注、行动。希望同学们和学校一同成长，学校将把最新、最实用的知识信息，及时收集整理随时发布，我们期待同学们的参与。

我们今后最重要的一项工作，也是长期的一项工作就是不断地增加我校的黏度，使我校成为终身教育培训的平台。我们在加强学历教育的同时，加大各种专题的培训力度和专业能力的培养，希望同学们经常关注学校的动态和发展，常回来充电。我们的开窍网近期将上线，我们的情商教育网站也正在筹备中。我想，我们不但有三年的师生缘分，也会有一生的交往，我们共同提高，共同成长。

亲爱的同学们，今天，我们共同见证了你们人生中最重要的一次成长。从今天开始，你们将以我校大学毕业生的身份，开启人生

新的航程。请大家记住，母校将永远站在你们身后，犹如父母送别孩子，犹如父母关心孩子，我们将永远无私地支持你们，期待你们的成长、成熟、成功。诚挚地盼望你们从这里出发、从此刻出发，成为社会的中坚、单位的骨干。

同学们，虽然还在正月里，我们已经感受到暖暖的春天了。春天里，百花盛开，姹紫嫣红，分外妖娆。祝福同学们，人生和事业就似春天的景色，五彩斑斓，丰富多彩。祝福同学们，在以后的日子里，惊喜不断、春风得意、事业有成、家庭幸福、诸事顺心、笑逐颜开、身体康健、魅力四射、光彩照人、永远年轻！谢谢大家！

一路征程，一路努力

大家上午（下午）好！今天是新生开学的日子，同学们参加成人高考并被录取，如愿以偿地迈进大学的校门，即将开始近三年的大学专科或本科学习。虽然你们上学的想法不同、目的不一，但归结到一点都是希望自己将来过得好一点，即工作好一点、生活好一点、事业好一点、感情好一点。从这点来说，大家都是有人生目标、有追求并积极向上的人。我们这样的一群人走到一起，必然会演绎很多令人难忘、值得回忆、叫人感动的故事，我们都应该是有故事的人。

今天看到你们，我们也看到了多年前的自己。21 年前，我校举办实施学历教育，一路征程，一路努力，一路艰辛，一路磨难，走到今天。我们身后是 1 万多名在各行各业努力奋斗的毕业生，他们凭借自己的努力和学习，拼出了自己的一番天地。说起这些同学，我们心中荡漾的是成就感、幸福感和自豪感。其实从同学们入学的第一天起，我们就已经牢牢地黏在一起了。你们幸福成功，我们就有满足感和成就感；你们失败不如意，我们就有内疚感和挫折感。你们将来的人生境况如何，不但和自己有关系，而且还和更多关心你们的人有关联，这其中就包括我们人生各个阶段的老师。

人的一生投入最多的是学习，三十而立，说的是我们三十岁之前基本都在学习。30 ~ 50 岁，是人精力最旺盛，也是人最有激情的阶段，可惜只有 20 年。如果你 30 岁之前没有打好基础，30 岁以后又不学习，基本上是一辈子都在走下坡路。因此，学习带来成

长，带来改变，带来幸福快乐，这确定无疑，可以说学习是人的一生最不亏本的投资。

从你们报考的学校和选择的专业来看，大多数同学知道未来几年内自己的发展方向在哪里。我认为人的一生成就大小不但取决于自己学的专业，也和自己的学习力和悟性高低相关。因此爱学习，会学习，学有所用，学有所得才是重要的。能坚持下来，学进去，培养一个好的学习习惯，并以此类推地学习其他我们需要的，这点尤为重要。

从入学到毕业需要近三年的时间，开始的时候都会感觉很难熬、很漫长，但一晃就过去，因为什么也不做，时间也会过去，年龄照样增长，还不如挤时间多学些。人的学习态度也是人生态度，学习上不认真、糊弄凑合的人，工作、事业、生活和感情也是如此。因为不具备学习力，不爱学习的人，缺乏的是上进心和进取心。

学习关系到我们的未来。我们普通人可以靠自己的努力改变命运，光明正大地追求自己想要的。可以说一个开明的、民主的社会，必然是一个学习型和创新型的社会。一个人的命运只有靠学习改变，一个人的成功只有靠勤奋来追求，这是我们盼望的。

同学们，未来社会，大家推崇学习，大家追求学习。你是爱学习、有追求的人，你就会影响你的家人、朋友、同事，甚至这个社会。成功是学习的结果，而失败是因为学习不足。在座的同学们，你们将收获努力学习的硕果，也会品尝学习不足的苦果。我真的希望所有迈进我校校门的同学，从此刻开始改变，在学习中追求、成长、成熟、成功。

同学们，好好度过这近三年的学习时光，好好使用这不到1000天的时间，给自己设立个目标，给自己订个计划，克服一切干扰，到校学习，挤时间自学，及时与任课老师沟通。渐渐地，你会感觉眼前豁然开朗，一扇大门徐徐打开，一个你从未感知的绚丽世界展现在你面前。人在学习中，在沉思中，才会有所感悟，有所发现，才会跃跃欲试。不怕别人比你强，就怕比你强的人比你还努力。告诉大家一个真理，你唯一能超过别人的秘诀就是比那人更努力，更爱学习。

要积极主动地参与学校的活动，要有激情。这样你就会影响别人，很多人就会聚拢到你的身边，你就具备了做领导的潜质。总之，我们喜欢交流，欢迎互动。积极主动地参与学校的一切活动，你不但没有任何损失，还会收获感恩、快乐、满足、成就、自信等。你成了参与者，一切变化都与你有关系，世界因你而精彩。在精彩中实现你的价值，在精彩中收获更多意外的惊喜。机遇总是垂青积极主动的人。

同学们，帮助千万家企业追求卓越、持续成长，帮助千万名学生拥抱财富、享受成功，这是学校的追求，也是学校的未来愿景。学校每个学期除了教授专业课程，还会安排大量的专题讲座和成功讲堂的特训，我们需要的是你们的积极参与与配合。

我真的希望三年以后你们不但取得了学历，也全面提升了自己的综合素质和能力，很多同学的人生就此开始有了可喜的改变，从此更主动，更有激情，也更有意义。改变人生只能靠自己，别人无法代劳！我希望你们快乐幸福，学校期盼你们有所成就，我们共同努力好不好？三年以后，用你们的收获来回答！我相信你们，你们一定能做到！谢谢同学们！

在他人的议论中成长

不参加各种圈子，独自享受不与他人交往的日子，虽然有许多的冷清，但时间久了自己也会享受那份简单和孤独。人一旦走出去，认识了那么多可能原本不可能有任何交集的人，那挑战陌生的兴奋与喜悦会让人短时间上瘾，疯狂地投入。但时间久了，就像和心仪的恋人结婚生活在一起，神秘感和陌生感就会逐渐地淡去，对人的黏度会有些许的降低，甚至感觉到有些倦怠了。因为有许多的事要做，有很多的事要想，那些休闲时光并不是我们生活的全部。有些认识的人可能只是我生命中的过客，我不可能成为所有人的朋友，就是我愿意，人家可能还不愿意呢。我一直秉持不占便宜、不去议论别人的做人原则，参加各种活动，在短时间内认识了很多人，有些人当面对我赞许有加，让我有些得意并有些飘飘然了。

其实我知道，我没那么好，当然也没那么坏。我也知道，别人在恭维我的同时，大都说的不是真心话。我发现请客有时并不能堵住别人的嘴或让人停止议论你，因为你请客的时候，你不是用人格证明自己，而是用钱说话。请客只能让人在吃的时候，看到你想让他看到的，听到你想让他听到的，但饭局一结束，一切别人对你的看法就回到从前。明明知道这些，但饭局的那种气氛和感觉还是让很多人上瘾。

我这个人不安分，对人生期盼过多、眼高手低、色大胆小、见异思迁、耳软心软，诸多的缺点集于一身，但都隐藏得比较好，这不是我多有城府，而是我就是这样的人。你说我好，我也好不到哪儿去，你说我坏，我也坏不到哪儿去，我还是我。我们每个人都一直期盼他人的赞许、认可和好感。不为别人活，不被他人的议论和看法所左右，其实很难。在别扭的同时，我也在反思，我告诉自己，有人议论你，是你还值得议论，人无完人。在失望的同时我也告诫自己，人就是在非议中成长的。但话又说回来，东北之行有许多值得回忆的地方，也有一些遗憾，其中是作为发起者的我应该负的责任：第一，没有坚持将所有的费用归拢到一起，造成最后对大家的收费不统一；第二，黑带从北京过来，但没有让其承担玉哥的拖车费用；第三，虽然李哥为支持我此次出行，承担同车所有费用，也应统一收费。

当时只想到，开车的人付出较多，我不占便宜就好了，现在看来是太天真。因为我的心软和不坚持，让吃亏的人不高兴，让占便宜的不买账，真的对不住各位了，在此道歉！虽然听到别人的议论之时，第一反应是，我不玩了！但仔细想来，大可不必。我们就是在这样的一次次的不甚完美的活动中，得到教训、收获成长的。欢迎议论，欢迎评头论足，因为只有这样我才会与众不同！

我真的不想伤害你

昨天写的《在他人的议论中成长》，很多人认为我受了委屈，有些委屈的确是我写作时的感受。把过程叙述出来，其实也是在自我反思，毕竟刚组织了两次活动，原来都是跟随，从个人角度到组织者真的需要过程和成长。我不责怪任何人，需要的是我自己的改变和成长。如果我写的伤害到你，很抱歉，我真的不想伤害你。

我知道每个人的行为都有充足或者冠冕堂皇的理由，换了我也可能还没有你们做得好。我这个人，愿意和你交往就会从关心你的角度，为你好的角度，及时地提醒和告知你，这点真的管不住自己。但如果感觉与你交往不舒服，就会啥也不说，在心中将你抹去。我这个人很健忘，一旦抹去，我们就再也不会有啥交集，因为世界那么大，我们谁都能离得开谁。

我这个人可能太天真，有时以为我这样对待别人，别人也应该如此这般地对待我，其实是我错了。有可能是我认为的付出和别人感受到的我的付出有差距；也可能别人根本不需要我的付出，是我自作多情；还有可能别人内心就讨厌我，我热脸蛋贴人家冷屁股罢了。不管怎么样，反正我的耕耘和收获永远不会相等，或者相距甚远。知道这些也就坦然了。我多年来坚持并尽量做到的是，不在背后评论任何人，只说好不说坏，只去耕耘不问收获，直到现在我还是觉得我没有错，因为你的错就是你的错，我不能拿你的错来惩罚我自己。

人和人交往，一定会有理由和所图：要不图你漂亮潇洒，赏心悦目；要不图你思想敏锐，眼光独到；要不图你安静祥和，善解人意；要不图你性格阳光，善于助人；要不图你随叫随到，能一起吃喝玩乐；要不图你有权有势，有所仰仗；等等。不管是图金钱财物，还是图内心的愉悦和满足，都是理所应当、情理之中的，其他人没有资格评头论足、指手画脚。从这点来说，我们每个人需要修炼的是能够尽可能多地将对方需要的东西在我们的身上积累，那样我们就是有价值的人。

看一眼就讨厌的人，我们无法说服自己和他们交往，如果不得不打交道，也是应付差事，不会将心托付。但是有些时候，还是需要时间来经营，一些开始我们讨厌甚至觉得恶心的人，可能会成为我们一生最好的朋友。数数我们身边的知心朋友，并没有几个，有的一开始就喜欢吗？不！我们喜欢的，大都不属于我们，就像心仪的姑娘，大都成为别人的新娘，心仪的小伙也成了他人的新郎。人生总是有遗憾，这才会让人反思并改变！

从这点来说，和我们发生过交集的人，不管是一面之交，还是志趣相投、爱好相符，都应珍惜。也许是我们前世的约定和修行，让我们在不经意间有了人生交集。永远看人的长处，永远多付出、多助人，我们收获的会是相处的融洽，心情的愉悦，内心的满足。我就图这些，我不想伤害任何人，当然更不想伤害你！

心愿未了

把家里的老房子翻盖一下，好几年前就开始说了，一说就说了好多年，从老娘70多岁说到了86岁。一晃10多年了，年年提起，年年放弃初衷，雷声大雨点小。每当议论这事，老娘总是说，她还能活几天啊，要是给她盖，就别花那冤枉钱。老娘的背越来越驼，老家的人口越来越少，只剩下老兄弟两口子。盖房子的事一拖再拖，总是下不了决心，但这事存在心头总是挥之不去。

我虽没有在老房子里出生，但我高考之前的那段时光，都是在这所房子里度过的。上大学、工作以后就很少住了，一年也不会有20天。父亲和母亲日复一日地生活在老房子里，一张火炕占了屋子的一半，两把木椅、一个橱柜、一个大柜就是全部家当。东墙橱柜旁的椅子，是我父亲的专属座位，退了休的父亲，因为青光眼没有治好，不久便失明了。我真的从来没有想过，他们每天都在干什么，说什么，如何度过一个个的白天和漫漫长夜。年轻的时候根本不去想这些，但现在我知道，人到了一定年龄，最多的是回忆以往的生活点滴，谈论自己的孩子，翻来覆去念叨，乐此不疲，陶醉其中。

经历了几十年的风雨，当时就凑合盖的老房子已经风烛残年了，屋顶经常是没有任何先兆地突然掉下一大摊泥巴，用蓝砖铺成的地面也被岁月雕刻得坑洼不平。在父亲73岁那年，有一天半夜，他突然感到不适，坐到他的专属座椅上开始抽烟，他说心里憋闷，热得想要把房顶掀开，其实就是呼吸困难。当时，儿女们谁也没在他身边，母亲赶紧起来叫人，时间不长，父亲便走了。我赶到家，父亲已经穿好衣服躺在了炕上，握着父亲那只还有体温的手，我百感交集，无尽地懊悔。从今以后父亲在天上而我却在人间，回家的时候见不到，吃饭的时候见不到，躺在火炕上见不到，也没有了大半夜父亲的说东道西。父爱所带来的无边的陶醉从此离我远去。

父亲走了，老房子也老得不成样子，成了危房，老娘搬到后院大哥家住。不知不觉中，老房子的屋顶便一处处地坍塌，只剩下一圈墙还在那儿顽强地立着。房前屋后荒草萋萋，看着甚是凄凉。每次回家，看到老娘生活上的不便，想翻盖老房的想法又浓起来。开始的时候，老婆不理解也不支持，但我 20 来年的时光和这所老房子连在一起，割舍不断。

看我态度坚决，老婆也转而开始支持，我从西藏回来后总是觉得应该把这事完成。我回家跟老娘提起这事，老娘开始还略有反对，但一会儿也就不再坚持。其实从她话里话外我都知道，老娘从心里愿意翻盖老屋，那里寄托了她太多的东西。为了完成老娘的心愿，我开始操持起来。

我还是希望做些事

17日去北京参加同学聚会，确实有些触动。少言寡语的老胡的公司已经上市；嘻嘻哈哈的任飞的公司正在筹划上市；日渐成熟的少帅汝翠的禹王集团不断推出新品；一脸憨厚的王勇任老总的华夏保险北京分公司今年保费收入超过100亿元；最不会左右逢源的张哲峰已经投资拍摄了6部电影，实现了赢利；不爱张扬的凤鸣的公司和美国好莱坞有了合作。还有好多没来的同学，还有好多我不知道的事情。一年多的时间，没怎么和同学们联系，一个个变化那么大，而我呢，只是晒些爬山、旅游、摄影的照片和文字。大家还都说，他们追求的未来的生活就是我这个样子。说啥呢，真是围城外面的羡慕里面的，里面的羡慕外面的，到底自己想要什么，只有自己知道。

回来后，仔细地想想经常接触的一帮男男女女，除了玩还是玩，想来些深度的交流，没有！一起出去吃饭，开始的时候聊些自己不感兴趣的话题，还能忍受，但时间长了就想逃避。人家也可能会想：你有啥了不起的，我们还不带你玩呢。谢天谢地，正是你不带我玩，才让我有时间静下来想想，这一天到晚忙忙叨叨的，到底干了些啥。有时候，圈内人打电话问我干啥呢，我说看书呢。他们就会说，这年头谁还看书啊，快点出来！真的是这个年头不用看书了吗？

从昨天晚上开始，我就看和删我的聊天群，微信的、QQ的，一个一个地删。每天光是浏览群里这些信息就占去了大部分时间，更别说参与其中了。如果不是那么闲，不是那么没事干，哪有时间整天趴在网上说东道西啊，况且说的那些话，根本不是我需要的。

删掉或退出，反倒觉得没有可惦记的，时间也顿觉宽裕了很多。

人是环境的产物，一点不假，什么样的环境造就什么样的人，这点无可置疑。但每个人的环境都是自己的选择，和谁接近，和谁交往，都是自己决定的。如果和一群没有上进心，用娱乐来填充分分秒秒的人混得太久了，自己便也没了斗志。混在一起时，时常谈论的是自己过去的辉煌和得意，而一个经常谈论过去的人，注定不会有美好的未来。

如果一个人本事不大而又趾高气扬，肯定被你远离；如果一个人没有任何价值，有他不多，没他不少，肯定被你远离；如果一个人你说东他说西，和你根本不在一个频率上，肯定被你远离；如果一个人每天无所事事，而又没有任何改变的想法或行动，肯定被你远离；如果一个人谈论的话题，一直让你无动于衷，兴趣全无，肯定被你远离；如果一个人把自己包裹得很严实，不能和你交心，肯定被你远离；如果一个人长得不漂亮也不潇洒，更不机智、不幽默，肯定被你远离；如果一个人虽然漂亮或潇洒，但自以为是，不在意他人，肯定被你远离；如果一个人胸无大志，每日消沉，负面情绪扩散，肯定被你远离。这样算起来，其实人大多时候是很孤独的，因为符合自身要求的人真的是太少了。知音难寻，早已人人皆知。

其实，别人也在用其中的一些条件来评估和你交往的程度，这就有了亲疏远近、朋友知己。不要太在意别人的感受，只需多问问自己的内心感受如何，想法如何。不伤害他人，舒服就交往，别扭就停止，就转移。千万别装，谁也不傻，装出来的感情谁都能感觉得出来，人生不能面面俱到，有得就会有失。

清理朋友圈是为了少浪费时间，多些时间学习，分析趋势，想想未来。我希望我对别人有些用处，我希望滤掉无用的信息和干扰，我希望专注有用的信息，我希望明晰自己的目标和规划，我希望2016年重新雄起，我还是想做些事，我希望我也有辉煌！2016年努力加油！

我只想活出样子来

我也是一个有梦想的人，尽管智商中等，相貌平平，但一直想出人头地，活出个样子来。我现在唯一感到自豪的就是，我暂时是我那个村里最有成就的人。你说要命不要命，折腾了几十年还没有折腾出这个几百户的小村子，看来想出人头地，还是遥遥无期啊！

18 岁参加高考，20 岁参加工作，24 岁结婚，25 岁当爸爸，当过售货员，做过修理工。稀里糊涂地到了 28 岁，遇到我生命中的第一个贵人，一位特好的老太太（女科长），被选调到工业局，从此有了些想法，努力学习、工作，到后来开始办学。32 岁的时候遇到我生命中的第二个贵人，我的老局长。后来我成为轻工纺织化工系统内最年轻的厂长（经理），被命名为再就业之星，同时作为“十大杰出青年”的候选人，但没有胜出，只获得“十大优秀青年”称号，有证书为证。再后来卸任总经理，离开公司，重回机关，从副科，最后到正科。

回到机关，正当我想安稳地工作，从此按部就班地熬到退休的时候，老局长到市科学技术协会任职，新局长到任。我原来年轻气盛，不知啥时候得罪的一位副局长，开始插手学校的事务，收财务章，收签字权，全面审计学校账目。自此我的第一个想法就是，爷不干了！ 学校发展从此一蹶不振，亏损近 100 万元。后来那个副局长主动退出，残局还要我去收拾，受够了白眼和看不起的眼神，我决定重新创业，万里长征开始第一步。

我边上班，边创业，从负数开始，从地底下爬出来。学校招生每年都在增长，2003 年在校生达到 3000 多人，学校成为省内知名的函授站，从此我的故事也在圈内传说，这么说哥也是一个有故事的人。就这样从 1994 年开始，学校已经走过了 21 年，1 万多名各行各业的毕业生从这里走出来，成家立业，努力改变命运。每当想到这里，我心中充满了满足和自豪。

有一天，我的同学，桔子酒店的副总晓东来找我，问我有啥新举措。我说现在基本上就是玩，我再也玩不出花样的时候，我选择不管就是创新，不挡就是突破。这个年代，我们每天学习还会落伍呢，何况我们不学呢，落伍只是迟早的事。别自以为是，辉煌只是过去，未来在于创新。不否定自己，绝对不会有新的开始。

昨天我参加了哲峰的新媒体电影发布会，没有看完就回来了，到家已经是凌晨了。去的时候还在想，想到什么就行动，风风火火地干，这就是年轻。看微信，哲峰凌晨 2 点多发的微信朋友圈；一天终于吃上一顿饭了。我当时留言：创业就是如此，只看人前显贵哪知背后受罪，努力加油！但别人看的是苦，身处其中的人根本不觉得苦，因为在收获的那一刹那，所有的付出和努力都是值得的！2016 年和各位共勉，好好玩，好好干，享受生命，享受生活，投身事业，收获成功！

活他个不白活一回

朋友说，不是不想说，而是找不到懂你的人去诉说。这种情况，每个人都在经历或将要经历，况且就是找到能懂你的人又如何呢？繁华散尽，便是许久的平常，如干柴烈火般的恋爱过后，便是柴米油盐酱醋茶的平淡。在能爱的时候，你不出现，在不能爱的时候，你却来到了身边。人生有收获，也有遗憾，收获早已分享得尽人皆知，而遗憾却隐藏起来。

风风火火干事的时候，也是想入非非的时候。女人们都说，男人没一个好东西，吃着碗里的看着锅里的。事实上，这是男人的天性而已。但男人的表现不一样，有的表现得温文尔雅，有的表现得低级粗鲁，有的表现得不温不火，有的表现得如疾风暴雨。不管你如何表现，其实还是要以不伤害别人为前提。

每个人都有不能说的秘密，小心地藏在心底的深处，不能分享，不能告诉老婆（老公），只是在只言片语中露出蛛丝马迹，便又赶紧掩盖。事实上，真正能做到敢爱敢恨的人并不是很多，越是有成就越是难以做出选择，因为所有的成就都会成为背负的重担，让人步履缓慢。能清零，重新开始的人是少数。我也曾经想过，哪一天，我背起行囊，去一个陌生的地方，给自己整年轻些，编个更小的岁数，看看能混成啥样。我一直没有行动，因为家的牵挂，因为老婆对我很好，我没有理由这样做。但内心却有些不甘，我不愿意这样没有棱角、没有激情、没有斗志地日渐苍老。

我有两件事说不明白，一是兜里的钱，二是自己的年龄。当我想知道钱有多少的时候，总会掏出钱包，一张张地数一遍；当别人问我年龄的时候，我总是一愣，开始做减法，感觉心理年龄和生理年龄会有20岁的差距。所以我根本没有想我现在应该做什么，我一直想比我小20岁的人在做什么，我就应该做什么。我不知道，等到我80岁的时候，是不是还感觉自己依然年轻，依然小伙般蠢蠢欲动，喜新厌旧、见异思迁，不得而知。

过错是暂时的遗憾，错过了是永久的遗憾。我想起了我曾经和新疆的燕子在乌鲁木齐街头的蒙蒙细雨中散步，她同事那异样但谁都能懂的眼神盯着我看的时候的那种感觉，恍如昨日。今年去西藏，过新疆，本来可以见一面，虽然告知了她，但一想到这么多年过后，见面不知说些啥，也就没了勇气，况且人家已经结婚，便就此撒了个谎，一路向东奔去，留些遗憾在心里，也算是个念想。

其实，一个人不管有啥想法，只要知道自己想要什么，就有了奋斗的理由。不管是为了谁，只要他（她）是你一生或一段时间里最重要的人，都可以让你重新审视自己，重新规划自己。一个五颜六色的未来也会呈现在你眼前，让你奋斗追求。活就活出个味道来，活就活出精彩来，活就活他个不白活一回。2016年一起努力加油！

不努力还真的不行

年轻的时候，没有女孩子向我示好或者表白，看到一个个自己心仪的女孩 ，谈婚论嫁成为别人的新娘，我就暗下决心，将来有一天一定让她们后悔怎么没看上我！呵呵，几十年过去了，嫁出去的女孩变成了女人，各自在自己的小窝里耕耘并乐此不疲，嘿，没有一点后悔的意思！是不是我有问题啊？想想那时的我，眼神躲躲闪闪的，不自信，经常是默默无闻地躲在角落里，能有女孩子看上我才怪呢！我羡慕那些不管哪方面都比我优秀的男孩子，因为他们可以在女孩子面前显摆，收获一大片女孩子的关注，而我只有在犯错误被老师喊到教室前面罚站的时候，才会收获一些女同学像利剑一样在我身上划过的眼神。我不好好学习，没有一个女孩能看上我，甚至连媳妇都有可能找不到，这是我最害怕的。

为了能博得女孩子们的喜欢，为了将来讨个漂亮老婆，我下决心努力学习。有了人生目标，只要去追求，用不了很长时间，就会发现已经把很多人甩到后面了，我成了整个年级、整个学校的前三名。

不是世界不精彩，而是我们的人生太平淡；不是我们天生愚钝，而是我们行动力太差。有个人向一个智者请教长寿的秘诀，智者问他喜欢抽烟吗，他说不喜欢。问他喜欢喝酒吗，他说不喜欢。问他喜欢女人吗，得到的回答依然是不喜欢。智者说，那活着有什么劲啊！是啊，一个男人连女人都不喜欢了，活着也就没多大劲了。

我们经常听到这样的话：真的不理解男人们在想什么，多好的一对啊，为什么没成呢？其实男人们找女人真的不是看女人如何会过日子，如何踏实。恋爱要的就是一种感觉，那种不能用语言来形容的掩饰不住的愉悦和兴奋的感觉，就像得到一件爱不释手的宝物似的，不是为结婚而结婚。如果经济条件许可，如果再接受过一定的教育，如果生活在城市，人们绝对不会和不喜欢的人结婚，这是一种文明和进步。为了自己喜欢的人去做事才有动力，才有激情，才有韧劲，才有奔头。

知道自己想要什么，目标明确，就具备了内在的动力，就有了奋斗的理由。这个世界失败的不如意的穷人越来越多，成功的得意的富人也越来越多。为了自己，为了自己心爱的人，不努力真的不行，2016 年和各位共勉，加油！

活力四射地折腾

2016年对于大多数人来说，是没有到来的未知，因为中国人传统算日子的方法是过了春节，新的一年才真正开始。我也是这样，每年如此，哪怕是春节在2月份，也要等到春节后才开始考虑下一年的目标和规划，一年的12个月无形中就少算了两个来月，这也难怪觉得时间过得飞快。其实真正想事干事的时间也就10个月，再算上节假日、周末，就又少了两个来月。如果效率不高，懒散而不做事的时间过多，可能又少了两个来月。最后算下来也就有半年的时间可用。不干事的时候，感觉有大把的时间，真正要学习、创业时，就会陡然感觉时间太少了。这几天我每天早上不到5点爬起来看书，铅笔在书上刷刷地画着，记录着重点。我时而逐字推敲，时而掩卷沉思，模糊的未来越来越清晰，一股向上的劲头在心中升起，感觉美妙极了。

自杀等于重生，他杀等于灭亡，我觉得有道理。自杀就是否定自己，超越自己。一个人的过去不管如何辉煌，也只能代表过去一段时间的成就，这在历史长河中只是一个时间节点，不值得夸耀。就似一个人的身体，一时的硬朗不是健康，永久的活力充沛才是健康。我宁愿选择活力四射地折腾，也不愿静静地等待死亡的来临。

不看不知道，一看吓一跳，不想不知道，一想真奇妙。就这么几年的时间，世界变得我有些不认识了。因为我每天在考虑如何将心放飞，如何在挑战很多不可能的时候享受越野带来的惊心动魄的感觉。我把自己扔向远方，把心寄托在山山水水之间，却忽视了事业。每天紧紧张张的，没时间静下来学习、思考，自我感觉良好和自满充斥在心头。我以为我可以这样一直玩下去，一直等到退休。但内心深处又隐隐有些不甘，我知道我自己不是那么容易满足的。

有一天我买了本《商界》杂志，开始看不下去，硬着头皮读，不读不知道，一读就感觉自己落伍了。这期的《商界》杂志，满篇谈的都是共享经济、O2O，在我注意力和关注点转移的两年多的时间里，世界正在发生翻天覆地的变化，真的有天上一日，人世一年的感觉。想想两年多前的我，知道马云、马化腾、李彦宏、张瑞敏、柳传志、王石等一大拨企业家在说什么，在干什么，在思考什么，我能感觉到中国经济的每一次小的波动带来的商机和挑战，但现在我的感觉早已失灵。要命的是，一颗已经习惯了按部就班混日子的心再被激荡起来真的有些难度。我一直都说，让自己干事，一定要给自己个理由，给自己个说法，即自己为什么要干事。我真的找不到，所以就这样，1000 多天在眼前一下子消失了。

找不到就不干，就一铲子玩到死，但真的有些不甘。一个人的健康在早晨，一个人的成功在晚上，业余时间干什么、如何度过，决定了人生和命运的不同。学习又重新开始了，读罗宾·蔡斯的《共享经济》，读大前研一的《思考的技术》《专业主义》，不知不觉中，我慢慢有了原来的感觉，干涸的大脑在智者智慧的滋润下，慢慢地有了活力，稀奇古怪的想法不断冒出来。在不断地推翻否定的过程中，未来变得清晰而可把握了。学习改变命运，知识创造未来，真的如此。

就像大前研一说的，在生存的竞争中，仅凭先见、能力出众，并不足以取胜，要想成为竞争领域中的霸主，不仅要能够抓住机会，还要有能力以最快的速度和最佳方法，让机会变成现实，也就是说，在预见蓝图的基础上构筑新事业并付诸行动。我读了之后，感觉就像对我说的，颇有感触。

不感知不知道变化，不学习不知道未来。比如原来一直被奉为

企业经营最高境界的专业化、标准化，现在可能成为阻碍企业发展和提供服务的最大障碍。有一天，我去肯德基吃早餐，我在想，专业化、标准化、可复制，一直是麦当劳和肯德基之类快餐的经营理念和成功秘诀，但现在看来却不行了，因为人的需求多样化了，消费者不但需要产品的功能性，有其他方面的需求。本地化、特殊化、定制化、和消费者互动，成了一些新创企业成功的秘诀。

不是世界变化太快，而是我们从来没有用心地去感知；不是我们没有未来，而是我们从来没有用心去学习、思考。我说的不管你同意不同意，先别急着表达观点，用心去思考一下，我相信聪明的你，会有让自己惊讶的想法。你行，就像我一样，肯定行。猴年马上就要到来，让我们做好准备，活力四射地折腾一年，明年这个时候我们一起盘点一年的收获、所感所悟，我们相约明年。

不是天生愚钝，而是行动力太差

今天是我校 2016 级新生开学的第一天，学校将在今明两天隆重举行新生开学典礼，热烈祝贺同学们顺利通过成人高考，诚挚欢迎你们的到来。

从今天起，同学们将开始人生的新航程，开启人生的新篇章，因为人生的不同就是取舍和选择的不同，大家选择了学习也就选择了主动积极地面对人生的挑战，追寻心中的梦。如果我们想成为有价值的人，成为社会或家庭不可或缺的角色，一生过得舒畅些、如意些，自己能做的便是不断地调整和改变自己，提升自身的学习力，别无他途。人生不能选择的太多，父母、老师、同学、邻居、小伙伴，从我们一生下来，你讨厌也罢，喜欢也好，他们就在你身边，你没有办法让他们消失，而且你谁也改变不了，唯一能做的是做好自己。

我喜欢打乒乓球，球技的提高不是一天两天的结果，而是要靠日积月累。一天不打球自己知道，两天不打球教练知道，三天不打球观众知道，不要自以为是，自欺欺人。人生跟自己行为的努力和坚持、学习的投入和感悟有关，我们今天看的、做的、想的就成就了我们的一生，好也罢，坏也罢，都是自己亲手打造的，与他人无关。如果你把自己的不幸和失败归结为社会、环境、他人，那你就是在编织连自己都不相信的谎言和借口。睁开眼看看世界，我们学习都可能追不上时代的脚步，何况我们不学习呢！

在座的各位同学，我做个统计：4 点起床的请举手，没有；5 点

起床的，有1个；6点起床的，也不多；7点起床的，占多数；8点起床的，也可以。我不知道，一直没举手的你们是怎么回事？从刚才调查的结果来看，大多数人属于正常人，8点之前起床，开始一天的工作、学习。我不是正常人，我每天4点起床开始看书、写作、思考，今天开学典礼的讲稿就是昨天早上4点爬起来构思并写出来的。哈佛大学有一个著名理论：人的差别在于业余时间，而人的命运决定于对晚上8点至10点时段的利用。不是世界不精彩，而是我们人生太平淡；不是我们天生愚钝，而是我们行动力太差。从早上4点到7点，每天3个小时的学习，一年之中我有了1000多个小时提升自己的时间，在这个时间里，我大量地阅读，做笔记，掩卷沉思，耕耘收获，常常有拨云见日、豁然开朗的感觉。我的努力早已超越了我的同龄人，甚至在座的同学们，不服的可以比比。我希望同学们超越老师，超越校长，成为成功者、佼佼者，但这些不努力是得不到的。所以在此我要恭喜大家，你坐在这里参加开学典礼，也就告诉自己，告诉老师，你们要开始新的征程了，是不是同学们？好的，请给自己一个掌声！

同学们，你们现在是不是有些摩拳擦掌、跃跃欲试的感觉了，那就好了，老师和学校真的希望你们带着想法和目标来学习。其实，一个人不管有啥想法，只要知道自己想要的，这就有了奋斗的理由，也就给了自己拼死拼活的说法。不管是为了谁，为了什么，都可以让你重新审视自己，重新规划自己，一个五颜六色的未来也会呈现在你的眼前，让你奋斗，让你追求。活就活出个味道来，活就活出精彩来，活就活出一个样子来，活就活他个不白活一回！同学们，让我们珍惜这两年多的学习机会，珍惜我们的师生缘分，珍惜我们的同学情，携手互助，追寻我们的梦，打造我们人生的传奇，一起努力奋斗好不好？2016年努力加油！！谢谢大家！

祝福我爱的人

夜里，做了个特不好的梦，半夜三点多醒来，心里特别难受，沉浸在梦里，回忆梦里的每个细节。老婆问我，怎么回事，有心事啊？我说没有。心情不好了？没有，就是做了个梦，不好！跟我说说？晚上不说！唉，周日一定回家看看老娘去，有一个多月没见了。老婆问，想老太太了？我嗯了一声，继续眯上眼，但我还是迷迷糊糊的，睡不着。看看表，3 点 50 分，决定起床，看英语，但找了一圈英语书，就是找不到。坐在书桌前，我开始想把那个梦记录下来。

夜里，说不清是人声还是啥响动，总是把我和老婆吵醒。老婆爬起来，打开窗子往外看，外面月光朦胧，又好像很亮。老婆划根火柴，瞬间周围的一切一下子变得清晰许多。身轻如燕的老婆出了屋子，在院内离地三尺地观察着周围，火柴一直就这样亮着，好似又变成了手电筒，一道道的光在空中划过。远处一处院子一盏黄灯闪烁，一个人在灯下打着盹儿，屋内好似有个人已经到了生命的尽头，但没有人知道，这个人已经离去，睡梦中的人们依旧香甜地在梦乡流连。不知是谁发现了屋里的人已经咽气，突然有了一声瘆人的惨叫，随后，撕心裂肺的哭声刺透夜空。瞬间，脚步声、砸门声、说话声划破了夜的寂静，狗叫声此起彼伏。就在这个时候，我醒了！

日有所思，夜有所梦，其实做梦就是潜意识活动的结果。我知道我为啥做这样的梦，自己做得不够好，担心失去什么，就会做这样的梦。我常常庆幸有这样的梦，因为这种梦提醒我如何去调整。人生就是一次没有返程的旅行，跟着自己的心走，别违心去做事，对得起自己就行了。去年我做了件让自己满足和安心的事，就是翻盖了老家的房子，一想起87岁的老娘能搬进宽敞明亮的新房子里，就美得不得了。原来一直怕留遗憾，现在看起来，老娘还是能享受几年这有些迟到的孝敬的。前几天和老娘通了电话，她声音洪亮，一天三顿饭吃得不少，更让我高兴。该回家看看老娘了，真的，有些想家了！

梦里美，生活就快乐幸福，梦里有亲人生死离别，说明自己做得不够好。一个懂得感恩的人，一个知道付出的人才会常常从别人的角度和立场去想事、思考问题，也才会时常觉得对不住周围的人，亏欠别人很多。这样的人，好似生下来就是为了还债的。不知大家有没有这种感觉，但我时常被这种亏欠感搞得寝食不安，坐卧难宁。这样的忧虑会在梦里出现，但大多数梦会很模糊，也可能醒来就会忘掉。我会去调整自己，因为对别人好的时候，也是对自己最好的时候，一个没有爱心的人也不会爱自己。

焦虑也会导致做不好的梦，我的大多数焦虑来自我对自己的不满。其实我是一个爱热闹的人，喜欢和人交往，喜欢聊天，喜欢看别人推杯换盏，但在热闹的环境中待久了就会有深深的失落感，是不是没什么收获啊，是不是又没啥想法了，是不是又混日子了，这样的忧虑就来了。沉浸在自己的世界里，鼓捣点事，跳出热闹的圈子，观察圈子里的人。我不分析人，我也不会把人分成三六九等、好人坏人，我眼里看到和感觉到的只是两种人：积极的和消极的。我本能的反应是远离消极靠拢积极，这是我的坚持和选择。我知道，很多人到了我这个年纪已经不再学习，已经向现实低头，只是随波逐流地日出日落地生活。我喜欢自己依然激情澎湃地追寻，依然满怀憧憬地做事，依然满怀自信地期待。

我珍惜我生命中遇到的男男女女、靓妹帅哥，不管如何遇到就是缘分。有些缘分是修来的，命中该有的，我们一定要让这种美好的感觉在心中发酵，历久弥香。路过的人不能忘记，经过的事不能随风而去。带给别人积极、阳光、快乐的信息，让这样的信息在人们之间传递，我相信这样的信息会让人改变，让人有想法，让人有追求。不忘初衷，爱到永远，祝福我爱的人，每天有个好梦，永远幸福快乐！

人生美好，好好活着

春天，很短，但很艳丽，艳丽得叫人有些不相信自己的眼睛。心中有美才会发现美的东西，你只要把眼睁开，美就会跳到你的眼前，美就会围绕着你，因为美无处不在。大多时候，我们看到更多的是问题、困难，甚至丑恶，因为我们的心被有些不美好，甚至丑恶的东西蒙蔽了，我们看到的都是我们心灵的指引。

我们每年都检查身体，但很少定期检查自己的心灵。静静地坐下来，仔细审视一下自己，最近心情怎么样，阳光还是灰暗，舒畅还是压抑，积极还是消极，主动还是被动，有劲还是没劲，等等。可能很多人并不属于这两个极端，而是属于还不错、还凑合、还能过去的中间状态，没有啥问题，但其实，没有问题就是问题。

没有人能够伤害我们，能伤害我们的只有自己，想想我们是不是因为某个人的错，一直心中憋闷，睡不好，吃不香，甚至想点火，想烧房呢？很多人一直拿别人的错误惩罚自己，折磨自己。这就像一个管理不善的公司，违反制度的没有受到惩罚，而遵守制度的却经常受到责骂，可想而知这样的公司会很快死掉。而人如果这样，身体就会出现各种各样的问题。

一个人得病了，是因为生活状况出了问题，想想是不是这样？所有的问题都是我们自己造成的。我的一位老兄婚姻不幸，其实本来他们两口子可以各自寻找自己的幸福，但嫂子就是不离婚，自己一个人守着那个残破的家，而老兄呢，搬离自己的家，过着自己的生活。这样一赌气就赌了十几年的时间，花开花落十几次，嫂子在那个小家走不出去，每天想的是世界的不公、别人的无情，结果得了癌症，最近几天水米不进，在熬时间。这件事，想起来就难受。我不想评价谁对谁错，一个巴掌拍不响，都有问题。其实生活不是用来较劲的，是用来享受的。

好好活着，一辈子那么短，哪有时间糟蹋自己呢？我跟老婆说，我跟她还没过够呢，我要和她再过 30 年，40 年，50 年，60 年，甚至更长的时间。人生短暂，真的要珍惜。人不得病不知注意身体，清明节我去上坟，在坟地光着膀子添坟，让老祖宗看看，我的身体杠杠的。但被风吹过之后，当天晚上便有了症状，血压 117/57，再量，高压到了 130 多。当时发了微信：曾经以为自己壮得像头牛，可登山可下海，尽情嘚瑟，半夜却恶心难受，天旋地转，原来人有时那么不堪一击，好好珍重，保重自己。很多朋友留言，询问、关心，感觉真的美好，活着，真好！

人的好日子，幸福的时光，就像色彩斑斓的春天，杏花、樱花、桃花、梨花，还有各种叫不上名字的花，一拨拨地竞相绽放，你不留意转眼就会过去。不是我们的生活没有山花烂漫，而是我们根本没有关注身边、眼前的花开花落。生活没有多大差别，有差别的是我们的注意力不同，着眼点各异，因为选择的不同，人生也就天上地下，地狱人间。脱离生活的苦海，首先我们的心要远离苦海，一个每天脸上写满幸福和快乐的人，人生也会如此。

走出家庭，走进春天，走进花海，感受每一朵花的不同和美丽，陶醉在五颜六色、姹紫嫣红之中，享受这短暂的美丽绽放，拥抱自然和阳光，让我们的内心永远保持柔软、快乐、阳光！人生美好，好好活着，好好享受！

自己改变了，世界也会改变

不知为什么，总是有人向我咨询情感方面的问题。我首先声明，我不是啥情感方面的专家，只是有些生活阅历而已，对于我的回答切不可照搬照做，要仔细分析。因为环境不同，人也各异，因此在男女情感处理方面，也千差万别，我们看不懂，甚至不理解，这些都属正常。

有位女士，已经结婚并且有了孩子。在去年的时候，就有了离婚的想法。找我聊过以后，我都淡忘了。前几天又联系我，说原来是她想分开，但这次是丈夫提出来了，她感觉很委屈，话里话外，其实她还是想挽留这段婚姻，内心不想离婚。丈夫属于凡事都爱叨叨，而且把钱看得很紧，很注重细节的人，对于妻子所做的一切，总是挑毛病，说问题。但丈夫没有其他不良嗜好，不抽烟，不喝酒，不搞女人，就是一个本分的过日子的人。

妻子呢，在丈夫看来是一个大手大脚的人。很长时间了，夫妻双方都是各自管着自己的工资，妻子的工资用来过日子、养孩子，丈夫给房子还贷。至于丈夫有多少存款，妻子不知道，丈夫也不说。丈夫不但管自己的钱，妻子的钱如何花也要管，妻子有些受不了。其实这些都是有原因的，因为结婚后不久，妻子在没有征得丈夫同意的情况下，就把钱先后借给了自己的哥哥、爸爸，丈夫从此再也不交工资了。

最近，因为丈夫工作在外，不在家，没有了唠叨和挑毛病，所以日子过得真是轻松、自由、惬意，妻子自己挣的工资也够母子两人生活的，干啥事也不用征得丈夫的同意，自己可以做主。原来孩子有蛀牙，一直想给孩子看，但丈夫一直都不同意，所以一拖再拖。正好丈夫不在家，这些都可以完成了。给孩子花了200多元，但嘱咐孩子千万不要跟他爸爸说。

前几天，丈夫要回来了，妻子突然就有些紧张了。丈夫不管如何，还是念家的，当然了也肯定想老婆。到了家，孩子很快就把修牙的事告诉了爸爸，当时丈夫没有对妻子的做法给予肯定，也没有问修补的效果如何，只是问花了多少钱，妻子回答200多元，丈夫就一句话，那么贵！话里话外是不值啊，又花钱了的感觉，妻子一生气，不理丈夫了。二人冷战了几天，丈夫又走了，到了工作岗位以后，丈夫发来短消息：咱们离婚吧！

无论如何，夫妻双方之所以持这样的态度和做法肯定是有原因的。我认为每个人都是用自己认为的最好的态度和做法来处理夫妻双方的关系和事情的，但如果不知道对方的期待和想法，或者是知道但赌气就不按对方的期待和想法去做的时候，结果就会很糟糕。我一直强调，不管是教育孩子，处理夫妻双方的关系，还是与同事、朋友、上下级相处，最好的方法是，讲自己期待的，而不说自己不愿意看到的，但很多人在这方面出现了问题。

想想我们不愿意看到什么：孩子不爱学习，没礼貌；爱人不关心我们，不做家务，不会做饭，不求上进；同事朋友，没有能力、自私；等等。请仔细想想，如果我们看的、想的、说的都是这些，那么你会受他人欢迎吗？己所不欲，勿施于人，但很多人做反了。

请思考一下，我们愿意看到什么：孩子有爱心，有上进心；夫妻之间沟通顺畅，彼此包容关爱；父母身体健康，幸福快乐；同事相处和谐，互助互帮。那么好吧，我们每天就应该关注这些，脑子里想的、嘴里说的也应该是这些。对丈夫或妻子，总是充满期待，对对方所做的一切，总是能发现闪光和正面积极的地方，及时地给以肯定和鼓励。记住，你每天所说的、所想的，就是你所期望的。

不是别人决定你的未来，而是你自己每时每刻都在创造自己的未来，好也罢，坏也罢，都是自己一手建造的，与他人无关。

我说的这些，很多人都明白，但就是做不来。其实与人相处、经营家庭，是技术也是艺术。技术是可以训练的，我可以帮你训练。艺术是要讲个性的，因此，希望大家平时严格要求自己，让那些好的做法深植于我们的内心深处，成为我们良好的习惯。我们自己改变了，我们的世界也会改变。祝愿每一个人家庭和谐，幸福快乐！

你真正想要的是谁

女孩子，谈恋爱处朋友，到底是选择自己喜欢的，还是选择喜欢自己的人呢？这是一个永久的话题，但总是没有一个完美的答案和解释。俗话说，上赶着不是买卖，热脸蛋贴冷屁股，剃头担子一头热，意思是一厢情愿的结果大都不尽如人意。有的人到最后一直都在感叹“为什么我喜欢的人不喜欢我，我不喜欢的人却喜欢我啊！”“为什么我喜欢的人不出现，而我不喜欢的人一大堆啊！”这种问题，一直困扰着很多女孩子。如果一个女孩子长得有些姿色，很多男孩子抛出爱意，女孩子们更是不知如何选择了，就会被苦恼和无助困扰着。昨天，一个女孩子就遇到了这样的问题，让我给出出主意。因为爬了一天的山，有些困和累，我一直没明确回答。但想到这个问题还是有些共性的，今天在这里说出我自己的想法，仅供参考。

这个女孩子正在上大学，身高、相貌和能力都很出众，引来一些男同学的关注。有两个男孩子经常给她买东西，女孩子对这两个男生没有啥感觉，但由于虚荣心又不愿拒绝他们。女孩子感兴趣的是另一个男生，第一个跟自己吵架的男生，后来男生向她表白过，但女孩子拒绝了。我想女孩子还是虚荣心在作祟，期待着还有一次或多次表白，但没有了。女孩子从心里喜欢这个男生，找个机会也表白了，这次却被男生拒绝了。可是女孩子从男生的朋友圈里发现，这个男生后悔拒绝了她。就这样两个相互喜欢的人，心里都装着彼此，但谁都不肯妥协让步。

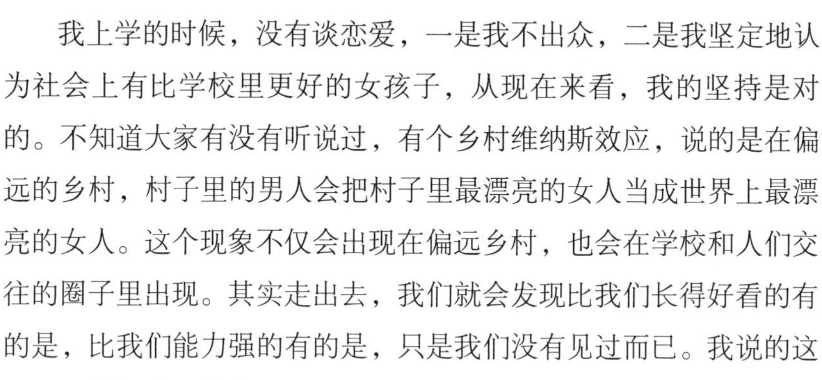

我上学的时候，没有谈恋爱，一是我不出众，二是我坚定地认为社会上有比学校里更好的女孩子，从现在来看，我的坚持是对的。不知道大家有没有听说过，有个乡村维纳斯效应，说的是在偏远的乡村，村子里的男人会把村子里最漂亮的女人当成世界上最漂亮的女人。这个现象不仅会出现在偏远乡村，也会在学校和人们交往的圈子里出现。其实走出去，我们就会发现比我们长得好看的有的是，比我们能力强的有的是，只是我们没有见过而已。我说的这些话，并没有贬低女孩子的意思，只是想说，不管你多优秀，多靓丽，你都一定要清醒，知道自己要什么。

知道自己要什么，其实是件挺不容易的事，有的人就是要证明自己这么优秀，一定会得到对方的认可，永不认输和妥协，但最后往往婚姻并不尽如人意。学会选择，知道放弃的人也是最容易获得快乐和幸福的人。选择爱人是选择自己喜欢的，还是选择喜欢自己的，我的回答是宁肯选择喜欢自己的人，也不要选择不喜欢自己的人，被别人宠着惯着，总比被忽视好。当然了，这是在遇不到双方都对上眼的人的前提下。遇不到自己喜欢的人，往往问题出在自己的身上，一是有可能把自己估得过高，二是有可能总是挑毛病。我认为，大多数的人相处久了，才产生了感情，一见钟情也要接受柴米油盐的考验。学会用欣赏的眼光看待对方，我们就会从心里感觉到幸福。

回到我说的女孩子的身上，我并不看好她和喜欢的那个男生之间的感情，不要相信苦尽甜来、不经历风雨怎么见彩虹，一开始就磕磕碰碰的爱情，一辈子都会坎坷。女人要学会包容，男人要学会大度，不管女人还是男人，斤斤计较、表里不一都不让人喜欢。请记住，世界上比你看到的这个男生更优秀、更适合你的可能还没有出现，有的人只是你生命中的过客，不要做过多停留。做自己喜欢的，让自己一直保持优秀，耐心等待着那个人的出现。祝福你，我的建议只是我的看法，怎么做请三思。祝幸福！

父亲们，节日快乐！

今天突然想起父亲的节日，父亲节。平时忙得连自己都忘记了，很难再想到谁。看到那么多人发朋友圈，祝福天下所有的父亲节日快乐，我知道，那不是提醒别人，而是在告诉自己。人生有太多遗憾，亲人越多遗憾越多。父母健在的时候，我们以忙为借口，推掉了多少问候和相聚。在我们晚上和朋友推杯换盏的时候，父母却在回忆我们的点点滴滴。他们说到半夜，没有一句话在说他们自己，我们的事业好，生活好，身体好，都是他们津津乐道的，让他们感到自豪和满足。所有这些都是父母的希望和期待，也是他们活着的乐趣和意义。

用大把的时间回忆，因为过去的不能再来。我想起父亲时，大多不是欣慰，而是懊悔。树欲静而风不止，子欲养而亲不待，这种不能重来的感受真的折磨人。尽孝是为了让自己过得舒坦、心安，不让自己的良心受煎熬。父亲年轻时候的事，我知道得很少，特别是他的童年，我基本一无所知。直到父亲去世，在准备父亲生平的时候，母亲才跟我讲了一些。父亲几岁的时候，母亲去世，7 岁便去万庄（广阳）保和堂药铺当学徒，后来成为一名医生，直到退休。

50 岁上下，不知为什么，父亲感到很委屈，坐在椅子上大哭起来。我不知道，我也不懂，一个男人独自撑起有 6 个孩子的家，有多少委屈又能对谁说。父亲在卫生院上班，每周回来一次，母亲就给贴一锅饼子，装满一布袋，还有一根腌萝卜，这就是父亲一周的伙食。

我以为，父亲天生不爱吃肉，不爱吃细粮，其实不是的。父亲为养育我们，撑起这个家，这是他自己的选择，这也是天下所有父亲的共同选择。父亲抽烟，但从来不抽卷烟，他说抽不惯，其实是嫌费钱。

年轻的时候，没有啥时间，也很少有机会和父亲沟通，对父亲说的做的好多都看不惯，特别是父亲的固执和消极，让我真的受不了。每次回家，我们都围在母亲的周围，说东道西，而父亲独自一个人坐在屋子的东头抽着闷烟，啥也不说。但我知道他其实也在注意听我们说什么。当我当上了国有公司的总经理，成为全市轻工纺织化工系统最年轻的总经理的时候，父亲没有多少喜悦在眉头，我感觉到的是些许担忧。当我从总经理的位置上下来的时候，我觉察到了父亲的忐忑和不安，我知道那是担心我出事。我告诉父亲，放心吧，我不会把公司的钱往自己兜里装的，父亲才放松了许多。

随着年龄的增长，我也懂得了一些事，常常愿意回到老家，晚上和父亲躺在大炕上，关了灯聊天。聊到很晚的时候，大都是我说，时候不早了，睡吧！我下次回去的时候，母亲就告诉我，父亲高兴了好几天。早上起床后，当母亲问我吃不吃饭的时候，父亲总是说一句，还问什么啊，做吧。早上就给我烙饼，摊鸡蛋，炒几样菜，我真的不习惯。我常常发现，父母的碗柜里无论春夏秋冬，总是有一碗咸菜和炸酱，我知道大多数时候，他们的一日三餐就这样凑合了。

父亲成了遥远的过去，再怎么祝福，其实也不能让自己减少多少想念。在我们不懂事的时候，收获了太多的父爱，但那时我们都不太在意。当我们长大了，懂得父爱了，想回报父爱的时候，父亲大多已经不在。一年一次父亲节，目的是提醒我们不能只记住母亲节，还有父亲呢。我们通常认为，男人天生就是强者，不需要别人照顾，其实父亲也需要孩子的关注、体贴。让自己的父亲过得开心、满足，我们有一半的义务和责任。父亲们，节日快乐！

让我们永远年轻

青春、活力、疯狂、痛快、活泼、勇敢、拼搏，好多好多与年轻有关的词正在离我远去。这是岁月的侵蚀，还是生命活力的消隐？难道真的老了吗？静下来，问问自己，可心里依然有许多想入非非的欲念蠢蠢欲动，依然还有不认输的劲头在心中冲撞，依然觉得潇洒自如，魅力犹存。但这只是自己的一厢情愿，当发觉自己越来越愿意独处，喜欢静静地将自己埋在不被人知的地方，漫无目的地打发时光的时候，猛然觉得自己有些变了。越来越不愿意拍照，不愿意照镜子，看满脸岁月刀耕火种的痕迹，自己都不喜欢，难道还要让他人喜欢？

去年去西塘古镇，一酒吧的玻璃上贴满了很多类似心灵鸡汤的句子。有一句话叫人发笑，但转而觉得是对消逝的岁月的无奈：我一直想和你到白头，没想到你却焗了油。人变老的标志是毛发越来越稀疏，从灰白到全白，如果不捯饬一眼便看出来。这真的不能改变，如果你有钱，你可以花成千上万的钱来护理自己的脸蛋，但岁月的痕迹会从我们的发髻、脖颈、双手或者其他我们不注意的地方显露出来。

外在的渐变并不可怕，因为我们会慢慢地接受认可，内心的衰老其实更让人备受煎熬。为什么动画片不再吸引我们，童话故事也都不再有吸引力？因为我们没有了童心。为什么青春离我们远去？为什么年轻人想的、做的，我们不但不关注，反而有些愤愤地恨他们不思进取？为什么我们拒绝接受年轻人的一切？我们经常说，这

个不想吃，那个不想要，凡事不再追求极致，反而总是为自己找来一大堆的理由开脱。

我觉得让自己年轻起来，有一个很好的办法，就是融进年轻人的圈子。比如年轻人喜欢上哪里去你就去哪里，年轻人喜欢什么你就喜欢什么，但前提是你知道年轻人在关注什么。如果不知道也没有关系，你可以从最近流行的事物上开始，最新的电影看几部，排行榜上的新歌学几首，新开的火爆餐厅吃几次，偶尔夜不归宿和朋友疯狂一把。不管如何就是让自己先动起来。其实慢慢变老，无声无息地逝去，是件很容易的事，但让自己变得年轻不但需要勇气也需要毅力。上周五，老婆跟我说，我们也过个周末，去万达看场电影如何？我的第一反应是不去，没有兴趣。开着车走在回家的路上，我觉得自己是一个特无趣的人。快到家的时候，我掉转了车头，去万达吃饭、看电影。

到万达三楼，找一家餐厅去吃饭，外面没有啥人，但进到里面，几乎都坐满了人，全是二十几岁的年轻人。心里想，现在的年轻人倒是想得开。我们辛苦了大半辈子的人大都在家里凑合凑合算了，想想这辈子亏了不少，难怪有人老了以后感觉自己一辈子太委屈了。两个菜，一个鱼一个素菜，一人一碗米饭，一人一份酸奶，吃得饱饱的，十分满足。去万达影城，不是爱情片，就是功夫片、科幻片，依了老婆，选择了爱情片。

我们这代人的爱情观，还停留在向往梁山伯与祝英台的相知缠绵、七仙女与董永的不离不弃的厮守，不管时代如何变迁，爱情故事改变的是场景和人物，爱情始终令人心驰神往。坐在电影院里，突然有一种天上方一日，地上已十年的感觉，不适应，真的不适应。电影讲的是一群喜欢玩游戏的大学生，从虚幻到现实，追求爱情的故事，没有啥情节，一句话就可以说明白，但电影中的人物场景、语言，都让我有一种落伍、不适应的感觉。

电影开场时间不长，我不时有一种想站起来一走了之的冲动，但没有行动。我耐住性子，仔细看，慢慢地融入其中。不管我愿意不愿意看到这些，电影中描绘和叙述的就是现代年轻人的人生场景。只是我好多年不关注了，才感觉很陌生。电影看完了，没有急着走出去，因为怕碰见熟人，或让年轻人有都这么大岁数了，还凑这个热闹的看法，其实大都是我自己的臆想。

从影院出来，取车的路上，夜晚的华灯下依然有三三两两的人从身边走过，回头看看老婆，老婆也是一脸的幸福。虽然没有十指相扣，但也是向浪漫的人生跨了一步，嘿嘿，自我感觉不错。以后我们每周看一次电影好吧，我和老婆几乎同时说出这句话，看来我们夫妻间还是有很多默契的。好的，一定的，我们相互答应，彼此又多了一份满足。年轻真好！

我的“情人”

今天上午，在大广高速上，北京的小王告诉我，那台丰田卖了，因为已经是黄标车了，不能验车了，所以按没有手续的车卖的。一台一踩油门就轰轰地往前冲的丰田 LC80（陆地巡洋舰），只卖了 3 万多元，说实话，还不够我改装的钱。但卖掉了反而挺高兴，就像心爱的女儿找到一个好主出嫁一样，心里美滋滋的。一台车不管新旧好坏，它是个活物，不像一件工具，一个东西，随便扔到哪里、扔多久都没事。你每周都要发动一下，看看是否有事，反正总是要惦记，扔了舍不得，卖了心不甘，放在那儿又堵心。我开始喜欢上越野时，奔赴千里之外的吉林，把一台 13 年车龄的丰田 LC80 买回家时的那个兴奋劲儿就别提了。当时怎么看这车怎么喜欢，因为我有了一种新的生活方式，即进入了一个我并不熟悉的越野圈子。

车子买回来就开始花钱，一点点地往里填，做隔音，装导航，改音响，修绞盘，配前杠，换方向减震，做升高，升 285 大轮胎，每次都是 1 万多元，花得我像上了贼船。每次外出它就会出点毛病，这话是宽慰自己，出毛病就是大毛病，光变速箱就换了两个，花钱花得我欲罢不能，兜里有点钱就想鼓捣鼓捣。自从有了 LC80 我才知道一句话，哥的车不是开坏的，是修坏的。后来又上手了一辆本地牌照的手动丰田 LC80，将两台并一台，整出一台特规整的 LC80，但毛病还是出，因为换的件大都是拆车件，基本没有啥原厂的新件，效果也就可想而知了。

丰田车给人的感觉，真的不一样，自从有了丰田 LC80，对其他车甭说关注，连看都不看了，算是中毒了。丰田车吃苦耐劳，抗折腾，容易修理……值得拥有。最重要的是，通过性好，越野能力强。开着陆地巡洋舰在路上，没有点坑，太好走了，心里都郁闷，恨不得扎进野地里撒个欢。去年去西藏，路遇修路堵车，我们从路基上下来，越过长长的车龙，收获了一路的惊奇和羡慕，让我们满足了一路。

呵呵，有了这篇自己写的《我的“情人”》，其实已经有了很多记忆可以回味了。没有了丰田 LC80 的日子，其实并不可怕，因为我又悄悄地有了一辆更给力的“情人”。有了新“情人”，老“情人”自然会被冷落，离开只是早晚的事。没想到，分别的日子突然就来到了，我现在特后悔，为什么那天我的车离开我的时候，没有拍几张照片呢？嘿，瞎想啥呢，终于不再惦记了，踏实了，多好！希望有灵性的车子被新主人善待！明天太阳照常升起，乐和吧！

追逐秋的美

秋天的美容易被忽视，因为秋天来得突然，去得迅速。一场春风一场暖，一场秋雨一场寒，春天是风吹来的，而秋天则是被雨浇走的。美不是等来的，只有追逐才能看到，因为越是惊艳的美越是短暂，秋天的姹紫嫣红更是如此。去年因为没有钻进大山，将自己融进浓浓的秋中观美景赏红叶，遗憾了好一阵子，当时也下定决心，来年一定不能错过。

这不，国庆节长假朋友策划去东北赏秋，在犹豫中决定了前往。开始的时候真的没啥感觉，一直到了五大连池，登上是火山遗迹的山顶，看到白桦树的叶子只有稀稀疏疏的黄叶荡在枝头，地上铺满厚厚的有些暗淡的黄色叶子，才突然感觉，秋天已经悄悄地离开了。在瑟瑟的秋风中，在林中寻找尚有红的黄的叶子的树，想把秋天挽留。景区的工作人员告诉我，每年到这个季节，叶子早掉光了，今年算晚的了。早来 10 天左右，是最好看的时候，也就是 9 月 20 日前后。最美的秋又一次错过。

早上从黑河出发，沿着黑龙江去漠河北极村，惊艳绝美的秋色一下子跳到了眼前。边境公路穿行在森林中，红的黄的绿的紫的森林，就像一幅绝美的画卷一下子展开了，我真的没有想到，世间还有这样的风景，我从来没有见过。醉了，真的是醉了！黑龙江弯弯曲曲地流淌，两岸景色互相映衬，又不相同。俄罗斯那边白桦林居多，金黄的叶子与白色的树干，总是让我想哼唱一首不熟悉但似曾听到过的《白桦林》。

越接近漠河，秋天离去的脚步也就越快，到了北极村开始看到飘飘的雪花了。从黑龙江漠河到内蒙古阿尔山，更是寻不到一点秋色。零下 12 摄氏度的气温，感觉有些寒风刺骨，稀里糊涂地在阿尔山景区随便转转，也就失望地离开了。这个季节也不是玩雪的季节。去东北赏秋，一下子从赏秋变成了赏冬。

从东北回来，还是不死心，决定在北京周围寻找秋的美。去喇叭沟门，去金山岭长城，看红叶赏秋，说走就走。到了北京最北的一个乡喇叭沟门满族乡，进景区，没有一点红叶的影子，问陆续下来的游客，啥红叶也没有，顿时失望，放弃上山。去断崖景区，山谷向阳的地方还有几棵橡树红叶绽放，赶紧拍照。唉，又来晚了 10 天。去金山岭长城，红叶也早已落去，秋天走了，真的走了。

写到这里，站在窗前，看屋前的小花园，依然满是绿色，只有很少的黄色点缀在树梢。不走出去不知道季节的变化，生活在城市里，人对四季的变化迟钝了很多，树木花草也是如此。不经历风雨怎么见彩虹，其实美需要追逐，就像人生的目标，只有勇敢地主动地去追逐，才能得到。人生无悔，追逐过才不会后悔，心中有美，才能看到美、感觉美、向往美！美丽人生需要追逐！

叫我如何不想你

一个人的成长是很多人帮助的结果，感恩是必须的，感恩的过程也是一个人非常享受的过程。我常说，对人好不是一种责任而是一种享受，它能使我们健康和快乐，对别人好的时候也是对自己好的时候。一路走来，多少人曾经出现在我生命中，给我鼓励支持，想起来就温暖。刚踏上社会，刚开始干事业，自己就是一张白纸，生命中的贵人一个个地出现，让我在人生的关键时候有了色彩，命运出现转折。如今，很多帮助过我的人都老了，多少次想把他们请过来坐坐，但有的人早已没了音信。

有一天，我开车为了躲避拥堵走永丰道，在永丰道与和平路交叉口的西北角，看见一个拄着拐杖的熟悉的身影，在那个路口徘徊，像过马路又不像。远处看，分明就是个老者，尽管消瘦了很多，但真的老了。多好的一个人，当然老和好人坏人没关系，呵呵。22 年前，我还是个踌躇满志的小伙子，那时的赵老师就名气很大了，是小城画油画最好的老师，也是享受国务院津贴的专家。我冒昧地拜访，没想到他是个很好接近的人，说话的声音很有磁性，笑声爽朗。从此我认识了小城艺术圈子里所有的人，我曾经有一次把所有有些名气的艺术家请到了一块儿，我在一旁听着他们谈笑风生。这些艺术家们撑起了装潢艺术设计专业。

我把车开到马路对面，等赵老师过马路，几分钟过去了，老爷子还在那儿徘徊。我下车过斑马线，走到赵老师身边叫道：“赵老师！”“咦，易校长，你胖了，脸圆了！”“您怎么在这里啊（我心里想不会是迷路了吧）？”原来是老两口想去转儿童乐园，这不刚出来，老伴去对面麦当劳的洗手间了。不一会儿，老伴田老师回来了，也是一阵寒暄，很久未见自然很亲热。“走吧，咱们吃点饭。”“不去了，上岁数了，晚上不吃了，你把我们送回去就行了。”“不是为吃饭，就是想跟您二老多待会儿，聊聊天。”“好吧，就聊天！”

赵老师退休后，就被单田芳艺术公司聘请了，公司租了个 150 平方米的房子给赵老师当画室，让他搞创作。10 来年未见，70 多岁的赵老师已经去鬼门关报过两次到了，但阎王爷没收，按老爷子说的，人得的病基本都得过了，每次都化险为夷，命大啊！说不吃饭的老两口，吃了不少，看得出来很高兴。饭后，老爷子坚持让我去他的画室看看，老爷子把正在创作的一套 56 个民族的油画展示给我看。田老师的国画，也画得别具匠心，他一张张地拿出来给我展示，像小学生汇报似的。

从赵老师画室出来，心中多了许多感慨。人生百年不过是一个短暂的瞬间，好好珍惜吧。谁都年轻过，谁都会走向衰老，像赵老师老两口这样年过七旬但依然有自己的爱好和追求，并有自己的事干的老人不多。老人就应该活出自己，活出色彩，永远带给别人正能量。人生就像一片越飘越远的爽朗的笑声，有的笑声很快消失，而有的笑声久久地萦绕在人们心头。叫我如何不想你，我生命中的一个个贵人？祝福你们，过好每一天，幸福快乐！

（赵幼华，1943 年 7 月出生，陕西西安人，中国美术家协会会员。擅长宣传画、年画。1965 年西安美术学院附属中等美术学校毕业。曾在吉林白城工作，1981 年调任河北省廊坊市三中美术教员，高级教师，享受国务院政府特殊津贴。作品素描《新圈》入选第六届全国美展，年画《暖风》入选第七届全国美展，年画《辉煌》入选第八届全国美展，年画《鹤乡》入选全国第五届年画展。）

关注想要的，做想做的

新年来了，新年有你，新年有我，世界因我们而精彩。为了迎接新年，昨天我一直等到新年的那第一抹阳光，照耀到我的身上。没有听到新年的钟声，没有此起彼伏的鞭炮声，只是静静地不曾感觉到地一闪，2016 年就已经成为过去。将窗帘拉开一条缝，看到地上薄薄的一层灰雪，空中依旧是重重的挥之不去的雾霾。

过去的一年，虽刚刚过去，却已朦胧模糊。新的一年已经来到，但还不明朗。我们改变不了世界，改变不了任何人，我们只能改变自己，世界会因为我们的改变而出现惊喜和变化。不管是工作、事业还是爱情，我们一味地强求，往往事与愿违，很多时候不是我们想要才能得到，而是我们改变自己才能得到。前几天，有个大学生恋爱分手，一直走不出来。我告诉她，放下才能忘记，她说放不下，我让她把网名和个性签名改了。她现在的网名叫“上网是为了等你”，个性签名是“最快乐最幸福的一件事就是和你结婚”，这不一直都在暗示她不会忘记他吗？选一个自己喜欢的，有积极、乐观、快乐意义的网名和个性签名，每天上网时我们都会得到积极的暗示，一切就会出现我们想要的变化。

变化就是这样开始的，我们好多人不知为什么都在和自己较劲，我就不信我的命就这么不好，我的运为啥这样差，我为什么发不了财，我为啥没有男人（女人）喜欢，我为啥高兴不起来，我就不信我改变不了，我就不服了！想象一下，从早晨睁开眼较劲到晚上睡觉闭上眼，一天都肌肉紧张，睡觉都会做噩梦，多么可悲。我们关注什么就会得到什么，关注失败，关注不如意，关注失去，这些每天就会缠绕着我们。我跟很多人说，关注自己想要的，不管是想还是做。但我们很多人努力的方向反了，没钱天天喊穷，不幸福天天说自己不快乐，我们得到的一切都是我们吸引来的，人生也是如此。

说起来容易，做起来难，因为我们的文化总会牵着我们往相反的方向走。“锄禾日当午，汗滴禾下土。谁知盘中餐，粒粒皆辛苦。”想象看这首诗给你我的感觉是美好呢还是不美好呢？读完了，我们的心情会变得沉重，在这种心情的引导下，看到孩子不珍惜粮食，我们教育孩子的方式只能是呵斥。我们没有把快乐和我们想要的融进我们的文化、生活，甚至人生中。小时候在家里，我们听到的是父母的训斥，这孩子没点出息，你怎么这么不懂事呢，你怎么这么调皮捣蛋呢，等等；到了学校，我们听到的是，你的学习习惯怎么培养不起来呢，你的作业怎么总是完不成呢，你的学习成绩为啥总是这样差呢，等等。长大后，到了单位，领导总会说，你怎么总是成长不起来呢，你怎么总是把事情搞砸啊，等等；回到家，媳妇唠叨，你还像个男人吗，你除了喝酒还会别的吗，丈夫咆哮，你怎么这么笨啊！还好，孩子不随你。老天啊，生活一团糟，人生太不如意啦。

2017 年你的目标是什么，很多人听到后都会愣一下，说不出来，即使说出来，大都很模糊，不清晰。我们天天喊吃这个喝那个，忙着把自己灌醉，在稀里糊涂的忙中打发稀里糊涂。所以大多数人只是随波逐流，不知自己想要什么。如果你心态平和，每天乐乐呵呵的，也行。但一些稀里糊涂的人呢，却想法颇多，要求不少，这就麻烦了，苦逼的人生就此开始了。其实，改变这样的人生不是很难，首先要从改变自身开始。不管是在纸上，还是在手机的备忘录里，还是在电脑的云文档里，制定一下今年的目标，工作、生活、感情，哪方面都行。如果全都制定，当然好了，但实践证

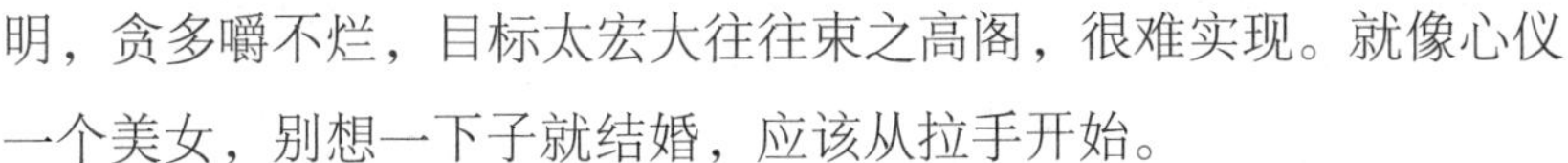

明，贪多嚼不烂，目标太宏大往往束之高阁，很难实现。就像心仪一个美女，别想一下子就结婚，应该从拉手开始。

什么目标才是我们的目标呢？必须是一想就激动、就兴奋、就来劲、就跃跃欲试，而且你会迫不及待地找人分享，这样的目标就可以作为我们的目标。当然了，个人目标要因人而异，知己知彼，这些不在我们的讨论之列。目标一旦确定，我们的所思所想、所作所为，都要围绕目标展开，而且要改变我们平时的思维方式、行为习惯，即说话办事、待人接物的一些不好的固有习惯要改掉。我们想要什么就要关注什么。比如我们想要财富，就要天天注意和收集与财富有关的信息，想要钱就关注钱的感觉很美好。看变化、懂需求、找商机，学习、思考、行动。这里面有努力和执着，当然也有成就和满足。如果我们想要孩子快乐成长、学习进步，我们的关注点也要在孩子的成长和学习上。此处注意我们给孩子的都应是积极正面的暗示，比如：你没问题，你有这个能力！你有爱心，你是个好孩子！你只要努力，就会超越很多同学！管住自己的嘴最难，很多人只顾一吐为快，但结果并不如意。

想要什么就关注什么。我们的一切都是我们吸引来的。福无双至，祸不单行，其实福可以双至，祸可以单行，这些都是我们内心的引导和呼唤。把快乐和幸福写在脸上，不管面对什么，我们只看积极阳光正面的东西。做一个充满正能量的人，我们一定是一个幸福的人。2017 年，我们都会有惊喜，让我们期待并追逐吧，快乐在路上！

浮躁之后依然是空虚

昨天是情人节，从几天前就开始在QQ、微信中，看到关于情人节的视频、句子，大多是插科打诨、搞笑娱乐，很少有让人感动的东西。但大家乐此不疲，当然这也包括我。今天白天这种氛围越发浓烈，晚上发展到了顶峰，不管有没有情人，反正都要让自己忙起来，不能闲着。去年的情人节在平淡中度过，今年万万不能。

不管男人还是女人，大都向往心弦拨动的交往，只不过男人表现得更强烈一些。女人有了男人就有了世界，男人征服了女人就征服了世界。女人有一个爱自己的男人几乎就别无他求，而男人大多是吃着碗里的想着锅里的。有欲望证明自己还年轻，有想法人生才有意思。这些话跟女人怎么讲也说不明白，因为她不是男人，俺也不是女人。所以谁也别想说服谁，做真正的自己，嘚瑟去吧。

已婚的男男女女们，其实大可不必太在意情人节怎么过。对方不想在家待着，想参加活动，只要是集体活动，不大可能整出啥事来，就放他（她）出去，条件是到点就回来。大多数人是吃了喝了，甚至唱了，心中那股劲折腾没了，就会乖乖地回家，因为别人也要回家。情人节最高兴的是商家，晚上我和老婆在亦庄，准备去一个意大利餐厅，结果位子几天前就都预订出去了，无奈放弃。给消费找个理由，这就是时尚。

聚会，报名的人数一直在增加，说实话自己心中也有些骚动，但已经决定陪老婆，就不能参加啦。忙里偷闲，没事就在群里聊几句，跟着大家兴奋。陪着老婆逛街、吃饭，拿着大碗的冰激凌边走边吃，感觉真好。回家的路上，老婆一脸的满足，说今年的情人节过得不错，我也这么感觉。今天走了近一万步，老婆到家就累了，早早地就休息，我呢，依然和户外群里的人不时聊几句，发个红包。一直兴奋到半夜，关掉手机，躺在床上看书，慢慢地将心情平复下来。

早晨起来，还没有睁眼，心中便有一种莫名的惆怅袭来，我忽然想起一句话来：浮华之后依然是空虚。情人节忙活了一天，就是想把空虚赶走，但静下来空虚依然围绕在身边。看来，人生的充实，不能靠过眼烟云的浮华和没有心动的交往来填充，更多的要靠自己付出之后的满足，奋争过后的回报，沉静下来的所思。我想如果我没有参加啥群活动，也没有参与其中嘚瑟，就这么安静地陪老婆一天，没有杂念，是不是很好呢？我认为一定很好，因为付出的是真情，得到的是真爱。

无论如何，做啥事都要有个度，参与社会是为了不让自己封闭，能立于社会靠的还是我们的修为和努力。如果离开这些，都是跑龙套，瞎热闹。做自己，其实要了解自己，知道自己要什么。一个连自己人生目标都不清晰的人，永远都不会收获真正的认可和尊重。眼前的浮华都是烟云，烟云散尽，看到的才是真正的自己。

年也过了，节也过了，醒醒啦，安静下来，想想新的一年如何度过，有想法有目标吗？去想想吧，我也去想想，这一年如何过得有意义，过得充实，收获满足、快乐、幸福。我们一起努力好不好？喜欢你们，爱你们!

早春二月

早春二月，北京的周边，也就是华北平原一带，依然寒风料峭。屋后，山坡的背阴处冬雪并没有消融，村庄、田野、树木、大山被枯黄笼罩。但不知为什么，当在树叶下偶见几片碧绿的草，看小溪欢快地冲破残冰汩汩地在峡谷中流淌，望树梢隐约有绿意闪现，紧走几步，春的气息便充盈了整个身体，让你一件件地褪去冬日的衣装，在大口地吮吸略带甜味的空气，凝望远山的时候，会霍然有一种感觉，山花烂漫、姹紫嫣红的春天真的不远啦。

这种感觉，只有在走进自然，走进大山，在山中穿行的时候，偶尔驻足才会有。这就是户外带来的除去健身强体之外的心灵的慰藉、享受和满足。凡事都是相通的，大道至简，简单得我们有可能忽视了简单的存在。人生简单而不复杂，在平淡中感受快乐，却也是一种修为和境界。说好说，做到却不易。

最近几天不知为啥，总是想自己十几岁在家里时，最不喜欢的春天和夏天。春天里白菜、土豆发芽，大蒜、大葱都空啦，几乎找不到可以吃的蔬菜和水果，暖融融的春风让裹着厚厚棉衣的我心生多少烦躁。天亮得越来越早，白天也越来越长，在阳光下晒得慌，在阴影中又冷飕飕的，什么鬼春天。那时候，春天的浪漫和生机好像丝毫感觉不到，因为还没经历更多的诱惑，只是心中不断地念叨，无聊的干燥的春天快点结束吧。春困秋乏夏打盹儿，春天里最无奈的一件事，总是昏昏沉沉的，没有精神。找个地方睡一觉，才是最向往的。

到了夏天，更难熬，一个字，热，两个字，真热，三个字，不说了，反正是躲也没地方躲，藏也没地方藏。最不愿意看的是一家子人东倒西歪地躺在炕上睡午觉，全家都睡，只有我一个人独醒，东瞅瞅，西看看。没人搭理我，那个感觉特没劲。其实，我觉得浪漫不是与生俱来的，而是见多识广后的一种含蓄和脉脉含情。设想一下，我如果没有走出那个村子，就像儿时的伙伴一样，每天奔波操劳，挣钱养家，我也不会有那么多的感慨和浪漫情怀。这是我的想法，不知对不对。应该说浪漫情怀谁都有，就看你是否能浪漫得起来。

有一天发现连自怜的资格都已没有，只剩下不知疲倦的肩膀担负着简单的快乐。有一天开始从平淡的日子感到快乐，看到了明明白白的远方，我想要的幸福！其实不管是生活在城市，还是生活在乡村，不管你是富足，还是贫穷，如果能明明白白地看到自己想要的幸福，就是一件很幸福的事。幸福的人都是相似的，不幸福的人各有各的不幸。追求自己能追求到的，就是幸福的人。一生都追求不到自己追求的，就是不幸的人。

做幸福的人，最重要的一点，就是知道自己要什么样的幸福。一个人的能量加上毅力可以征服一切。但人的能量是有差别的，能量来自一个人的综合素质和潜能，能量高低更多的是由智商和天赋决定的。承认人是有差别的，我们会减少很多烦恼。勤能补拙是说通过勤奋和努力会超越很多比你聪明的人，但前提是那些聪明人不够勤奋。最可怕的一件事是，有些人聪明而勤奋。遇到这样的人，我们只有避免和这些人短兵相接，直接竞争。不要白白地浪费我们的弹药，因为我们一生的弹药就那么多！

人和人的毅力也是有差别的，很多人认为毅力是自律和强制地约束自己，我想告诉大家，真的错了。毅力更多地来自自己和自己的交流，来自自己对自己的接受和宽容，理解自己，接纳自己。虽然我们知道我们要做一个高尚的人，一个有价值的人，但有时内

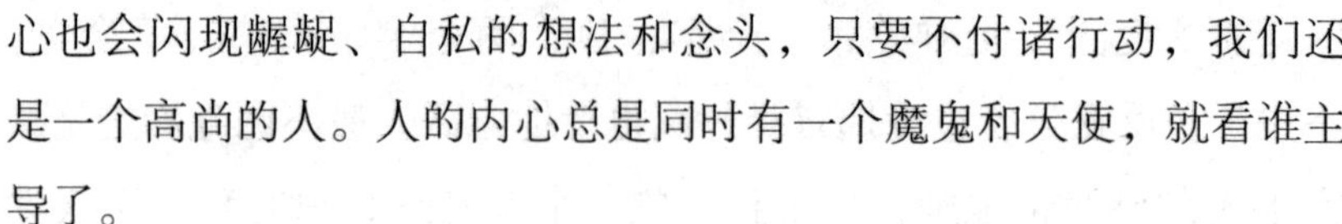

心也会闪现龌龊、自私的想法和念头，只要不付诸行动，我们还是一个高尚的人。人的内心总是同时有一个魔鬼和天使，就看谁主导了。

刚毅、果断、有行动力，是很多有成就的人的特质，而懦弱、迟疑、观望且不行动，则是大多数人的共性。不去思考，不去做事，凡事被动，在等待中重复简单的生活，是件很容易的事。人生苦短，好日子就在这蹉跎中转眼逝去。

朋友们，在早春二月，去感悟春的气息吧。在孕育万物的春日里，感受大自然的生生不息吧，我们一起努力啦！

希望与忠告

新学期开学在即，想给新同学提一些希望，给几点忠告。这里总结了几点，给大家分享一下，在此与同学们互勉。

1. 见优思齐，见贤思进。多和有知识的人、有才能的人、有智慧的人去交往。看见了这些人，你就要把握机会，你就要去接近，去交往。认识这样的人，你的人生轨迹就会转变。

2. 学习是你幸福快乐的源泉。不快乐的人总是和自己较劲，快乐 的人却在学习中，找到了学习的乐趣。通过学习让自己成为优秀的人，我们的生活也会少很多坎坷。所以学习是你幸福快乐的源泉。

3. 爱学习，会学习。你的学习力决定了你到底会成为什么样的人。对什么感兴趣，就学什么，是最有效率的学习，但兴趣也要和自己的人生目标结合起来。发挥自己的特长，避免短板是聪明的学习。只要你有学习力，你就会超越你身边的很多人，成为优秀的人。

4. 现阶段要打好基础，把握方向，研究趋势。这就是学习要有主线，要有基本功，而且方向要正确，这是基础。等到你有了基本功，你就有了方向，你也就对未来和趋势有了敏锐的感知。

5. 心存感恩，心存敬畏。一个人一时的所得和才能相关，能够持续地有所得一定和品德相关。自助者天助之，助人者人助之。你有想法，你去追求，老天都会帮你，你的潜能也会被激发出来。

我不悲痛，我只是想哭一场

30 多年前，我们是同学，而且被分到了一个宿舍。全班只有我们四个同学和高年级的师兄们住在一起，一个宿舍住了我们四个和三个师兄。他们不是应届毕业生，比我们年长几岁，真的像大哥哥那样，对我们照顾得非常好。我们四个人各有特点，但都属于不张扬的人。段同学发展不错，仕途也算平稳，在市委组织部当了几年的副部长，现在某个部门任一把手。杨同学在建设局，也发展不错。我呢，也还凑合。我们三个都是公务员系列。只有来同学，被分配到了县里，县法院，县纪委，县司法局，后来因为好学，又考了律师资格证，也就脱离政府部门当了律师。

来同学，个子不高，眼睛很大，胖乎乎的，一笑两个酒窝，而且有一副好嗓子，说话特别幽默。四个同学中，我和来同学亲近一些。上学期间，来同学家里出现了变故，他没有说啥事就回家了，好像回去了好长时间，回来后一下子像长了好几岁，脸色铁青，打不起精神来。我就用我的饭卡给他打饭，他啥也不说，默默地接受。过了好长时间，他慢慢地有些改变，也就告诉我他家里出现的变故。他的弟弟在街上玩耍的时候，被车撞了，结果没抢救过来。弟弟的离去对他的打击很大，后来他的很多行为，我当时不理解，现在明白了。那时的他，经常装作很高兴的样子，说几句玩笑话，逗大家一笑，他却没有一点笑意。唉，人生的苦只有自己慢慢地消化。

总是感觉毕业遥遥无期，转眼就各奔东西。参加工作以后，各自忙自己的事，联系就很少了，其实几乎没啥联系。但老婆知道我有一个特好的同学，我们经常说，哪天去看看他。一直到我儿子都蹦蹦跳跳地到处跑了，我们三口才第一次去他们家看他。那时他两个女儿已经很大了，大女儿拄着拐不爱说话，小女儿特别开朗活泼。记得那时他还住平房，烧着土暖气，看见我去了，自然很是高兴，我也是了却了多年的思念。但很不幸的是，他大女儿出了车祸，从此落下残疾，后来安了假肢好了很多。

再后来，联系得多了些，在我的建议下他在市里买了房，他也是县里市里地来回跑，接官司做辩护。我呢，爱好比较多，自然感觉时间比较紧一些。只是有事的时候打个电话，或者是同学家里有事的时候见一次面。去年协会换届，我说他是理事得参加，他说最近有些不舒服，我说不行就别参加，他说，可以，能参加。见面的时候，感觉他状态不是那么好，酒也不喝了，当时因为忙，也就没多问。春节以后，有些朋友想咨询法律的事，我便把他的电话告诉朋友，但反馈的信息是一直打不通。我也没有多想，只是以为他有些不舒服，不想叫别人打搅。

一个月前，我接到了杨同学的电话，说来同学病得很重，正在做化疗，我脑子里轰的一下，感觉天旋地转，出乎意料得不知所措。当时正在去北京的路上，只好决定第二天去看他了。第二天，正好北京一个女同学过来，一同去看他。很不错，又买了新房啦，小区很好。到了他 17 楼的家门口敲门，家里没人，打电话才知道去医院打针了。半个小时以后，老伴、闺女和来同学上楼了，看到他第一眼就吓得我目瞪口呆。怎么会是这个样子，虽然还能看出是他，但总觉得站在我面前的是一个七八十岁的老人，而且是病入膏肓，没有一点斗志和精气神的老人。

进屋以后，他上气不接下气地和我们聊天，我们只是劝他想开些，保持心情愉快，他也是露出了像哭一样难看的配合的笑，同时也不无后悔地说，唉，现在都想开了，年轻的时候，因为一个问题

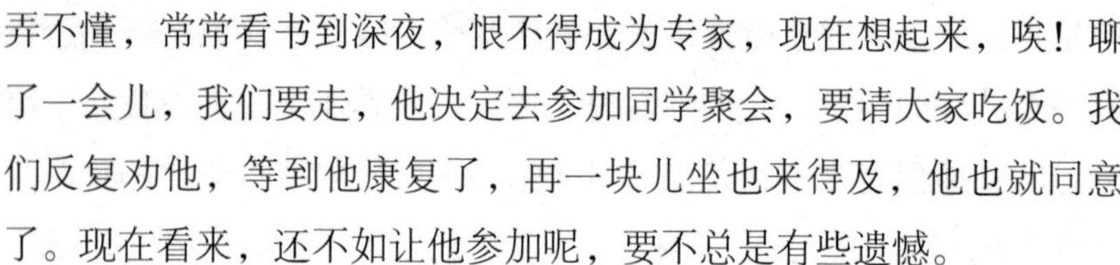

弄不懂，常常看书到深夜，恨不得成为专家，现在想起来，唉！聊了一会儿，我们要走，他决定去参加同学聚会，要请大家吃饭。我们反复劝他，等到他康复了，再一块儿坐也来得及，他也就同意了。现在看来，还不如让他参加呢，要不总是有些遗憾。

看望来同学回来，跟老婆说这事，我们都惋惜不已，同时也给自己打气，一定要好好地生活。但不知为啥，我突然感觉不舒服起来，浑身没劲，打不起精神来，而且气短，胸闷。勉强去打球吧，一下子还把腰给扭啦，在家一歇就是两周。其间也想给来同学打个电话，但不知为何就错过了。其实这一个来月，来同学一直躺在管道医院的ICU，一直昏迷着。来同学得的病，是一种恶性间皮瘤，这个病的病因是接触过玻璃纤维，而且这种病潜藏期可以达到40年。40年前，来同学家里条件不好，他的母亲便在家里搞点副业补贴家用，就为人家纺玻璃纤维的绳子，没想到40年后会是这个结果。

我们看望来同学后，老母亲也来看望儿子，见到儿子这样，止不住失声痛哭。儿子见状也是动了真情，号啕大哭，结果一下子昏死过去，送到管道医院ICU，昏迷了一个月。最后两天突然醒啦，认识人啦，好多同学去看望，而我这最好的同学却不在家，没能见他最后一面。因为在外地信号不好，看到有一个杨同学的电话，以为是我误拨出去的呢，没在意。第二天突然感觉不对劲，赶紧回拨过去，不祥的预感成真，来同学昨天晚上已经离世。人的一生就这么结束了，唉！

从外地往回赶，想再看一眼老同学，再送一程，遗体告别的时候见到他媳妇憔悴的样子，眼泪一下子涌出来，唉！好好的一个人就这么走了，从此天各一方，再也不能相见。我知道，来同学如果在县法院、县纪委、县司法局，哪怕任何一个单位工作，不去做什么律师，也不会有今天。上学时，弟弟走了，有了孩子，老大又成了残疾。自己拼死拼活地挣钱，靠一张嘴，养活了全家，肯定有很

多说不出的苦，没有人能诉说，也可能不愿意说。别人看到的都是你风风光光的一面，谁看到你背后的无助和挣扎。

我的好同学，你走了，从此再也不敢拨打你的电话，再也听不到你熟悉的声音，再也看不到你爽朗的笑容，再也不会说，你在哪里，最近挺好的吧。我不悲痛，我只是想哭一场，不管你是不是能听到我的哭声。我只是后悔，同学一场，哪怕多在一起啥也不说地坐坐，现在也是美好的回忆啊。我知道你故作文艺范的背后，其实有着浪漫和天真的情怀，原来没有时间去追求这些，你现在可以放松地去过你不被打扰，你一直想过的天堂般的日子了。在天之灵安息！

一路风景

赞美特训精品班，昨天落下帷幕，圆满结束。每周半天，五次课，中间还有端午节，持续了一个多月，不但对学生是一种考验，对我也是。其间，经历了忍着腰伤坚持上课的痛苦，同学突然去世的打击，但我还是坚持下来了。我知道坚持一次课都不落下的同学，也都是放下工作，坚持把训练课上完。你们一直在感动我，激励我前行，谢谢你们!

我看到了坚持参加训练的同学，身上已经有了让我欣喜的变化。赞美是一种能力，更是一种人生态度，消极负面的人是不可能发出真诚的、让人欣喜感动的赞美的。所以赞美能力提升的过程，也是人生观和世界观的一次重塑。我想这里会有人逐渐感觉到，世界是如此美好，人生是如此让人憧憬，感觉自己从内到外开始有一股向上的劲儿在涌动，这就是改变。

我们改变不了任何人，能改变的只有自己！我们不能改变世界，但我们可以改变对世界的态度，不管是对人还是对事，怀着爱人、助人，既能锦上添花又能雪中送炭的心态，去发现美，追逐美，赞美美，我们的人生也一定会非常美好。突然想起一句话来，也可能不太恰当，但能表达此时的意思：追逐臭味只能找到腐朽、死亡，但追寻香味却能发现鲜花、美食。

能力的提升需要大量的持续的训练，赞美能力的提升也不例外，记住我们的四点“做到”，做到有心（用心）地积累和挖掘赞美的对象的赞美点，我们的领导、同事、朋友、亲人、重要的客户

的兴趣爱好、长处优点等，主动地发出我们的赞美，而且要做到真诚和持续。能力的提升不是一蹴而就的事情，而是一个缓慢的过程，当然也会出现量变到质变的飞跃，这是我们期盼的。一个人的一切成就跟他的赞美能力是成正比的。赞美可以化解一些矛盾，解决一些问题，避免一些挫折打击，这是不争的事实。

发出我们的最好的赞美的时候，也一定是我们感觉最好、状态最棒的时候。赞美出自真心，发自真诚。从内心讨厌一个人，不可能发出美好恰当的赞美。讨厌情绪是一种负面情绪，有的时候，讨厌情绪产生的真正原因是对自己的讨厌、无奈、无助情绪的寄托。满是讨厌情绪的时候，最好不要发出赞美，沉默可能比赞美更好。记住，赞美不但是在欣赏他人，更是在欣赏自己，也是一种自信的表现。

请应用我们的赞美十大秘籍、八大技巧，从我们身边接触最多的人开始发出我们的赞美。记住赞美点的寻找，记住一次只赞美一个点，因为具体的赞美最能打动人。你们参加了赞美特训就跟好多人不一样了，因为你们有了方法。不同的人会用不同的赞美方法，总结出适合自己的赞美技巧，对不同性格的人发出不同的赞美，赞美要做到恰到好处，不但需要真诚，还要用心思考、揣摩、应用。

赞美态度真诚化，发自内心；赞美语言真情化，情真意切；赞美内容真实化，言之有物；赞美程度夸张化，恰如其分；赞美技巧高超化，画龙点睛。赞美的最高境界是不露痕迹，但让人惬意、满足、快乐、舒服。赞美不但是一种能力，也是一门艺术，艺术要求独特，有创新和美！

各位同学，你们是接受过老师真传的人，你们会不一样。记住我这句话，你们从此将踏上一条充满希望，一路风景、一路欢歌的人生之路，请享受并前行！你们是一群幸福快乐的人！期待下学期精品班和公开课，还能见到你们啊！

青春不毕业

亲爱的各位同学，今天是你们离开母校的日子，在这个一生都难忘的日子里，我们将共同见证2017届同学顺利完成学业，穿上学士服，戴上学士帽，享受收获的喜悦和幸福。我恭喜每一位毕业生，祝贺你们！

我们也要把掌声和谢意送给各位老师，感谢你们的爱和付出。正是由于你们的辛勤耕耘，学校才桃李满天下。我们倡导老师与学生之间建立关爱、和睦、感恩的师生关系。帮助企业持续成长，帮助同学们追求幸福、享受成功，是我们一直以来的努力和追求！

每年的7月，我们没有喜悦，也没有激动，只有不舍与惆怅。看着走廊上从1994级开始历年的毕业合影，就这样，日子一天一天地过去了。23年来，多少回忆，多少牵挂，多少期待，多少感动，多少骄傲和自豪！感谢同学们当初选择了我们，你们是学校的希望和未来！我们永远珍惜这师生的缘分，不管你们是否毕业，我们都会努力为你们服务好。

23年来，我们的近2万名毕业生，大都生活得比较稳定，自食其力，养家糊口，过着平常的日子。其中一部分人成了各行各业的骨干、精英和社会的佼佼者，我们常常拿这些人给我们的脸上贴金。但在生活和工作中遭受磕磕绊绊、挫折打击的那些普普通通的同学才是我们一直的牵挂。也有很少的一些同学，过得并不好，事业不顺利，感情不如意，甚至生活都成了问题。我们一直在反思，到底应该教给学生什么知识和技能，到底如何才能让学生快乐幸

福？多年来，我们一直在探索，除专业课程之外，我们还开设了成功讲堂，帮助同学们追求人生和事业的成功，但影响的只是一部分人，而大部分人对自己的职业规划、沟通交往、情商提升、个人成长等方面并没有迫切改变的想法和愿望。我觉得不想改变才是很多人面临的问题。

人没有学历万万不行，因为现实中需要学历证书的地方太多了，但有了学历还要有能力。事实上，人的一生的状态和状况，跟学历关系并不大，跟能力或学习力倒是高度相关。有学习力，能力提升得就快，能力就强。这里所说的能力既包括解决工作生活中的技术层面问题的能力，也包括自我管理、自我沟通、负面情绪释放、自我激励、与人交往、待人接物的能力，是一个人综合能力的体现。这些能力的提升，大部分靠自己失败的教训、挫折的经验来获得。但是如果你走进了成功讲堂，你真的可以在某些方面迅速得到改变和提升，感知幸福和快乐。希望同学们关注学校的各种讲座，经常回来充电，好不好？

你们年轻，可以在一次次的选择中追求梦想，毕业不是终点，而是新的开始。离别之际，作为你们的校长，还想再叮嘱几句。第一要抓紧学习，因为一晃就不年轻啦。第二要保持清醒，不忘初衷，心中有目标，心中有梦。第三要爱自己，做好与自己的心灵沟通，集聚正能量。第四要保持好心态，学会看优点，欣赏美。持续地做好这四点，我想你即使不是很成功，你也会很快乐、很幸福。

青春不毕业，梦想不会老，今后学校的发展仍需要大家的关怀，需要你们的宣传，需要你们的推崇。在此我要特别感谢你们，感谢你们对母校的这份情意。学校永远是你们知识和人生动力的补给站！一定要常回家看看！祝你们今后工作顺利！事业有成！家庭幸福！谢谢大家！

大千世界

大千世界，芸芸众生，彼此那么熟悉，却又时常感到陌生。人生孤寂，欢乐时快乐无比，迷茫时又难寻方向。人就是这么矛盾，矛盾得自己都看不清自己，矛盾得不知道想要什么。人生简单，简单得只剩吃喝睡觉，简单得驻足在潺潺的溪水前只想喝一口享受甘甜，简单得在浩瀚星空下只是想寻找识别方向的北斗星。啥也不去深究，啥也不多想，不管是粗茶淡饭还是美味佳肴都是一样的醇香味美，呷一口酒，品一杯茶都感觉幸福无比，如果再有三两知己，在皎洁的月色下畅谈通宵，那种感觉，那种场景，那种生活，那种光阴，我不知道你怎么样，反正我是特别向往。

沉寂得久了就想热闹，不管适合不适合自己，反正一有机会我就会扎进一个圈子里，开始时感觉一扇幸福快乐的大门正徐徐地打开，新世界的曙光正慢慢地呈现。但热闹久了，交往多了，依然会发现孤寂并没有远去。男男女女，老老少少，能谈得来的，能走心的又有几个呢？况且你想走心，人家不想，人家想你又不想，碰到都想的概率太低啦。珍惜拥有，拥抱未来，说得好，但能做到的又有多少人呢？维护一个圈子，需要花钱，需要投入时间，需要投入感情，需要付出，更需要好心肠、好性格。一些人很久都不能融进圈子里去，有些人却在圈子里如鱼得水、春风得意。不管啥圈子，核心就那么几个人，经常嘚瑟的也是这几个人。

人生如戏，全靠演技，一句玩笑话，也有几分道理。有些时候我们的表现和行为，可能事先设想过、排练过。演得好的心里美，

满足得不得了。演不好的情绪低沉，特别失落。大多数人是在别人的期望中，在别人的评价中活着。什么时候做我们自己，不打听，不关注，不在意这些评价，我们就真的成熟了。道理如此，做到很难。被别人一顿批评和指责后，仍保持平和心态的人极少，但细想起来，我们为啥让他人左右我们的情绪，傻不傻啊？还别说，真是傻！人不管有多少圈子，交往多少人，还是应有自己三两知己，男人也好，女人也好，都渴望被理解，被照顾，被关注，更渴望能在一个频率上彼此和谐。

自古知音难寻，现在也是如此。尽管交往更频繁，沟通更快捷，但大多数人依然会觉得孤独，没有朋友。想象一下，夫妻多年，到了晚上各执一手机，看烦了，聊困了，各自发个微信：睡吧。嗯，我也睡。然后彼此转身，各自进入梦乡。你说这能做出啥好梦呢？夫妻之间，需要爱抚，需要彼此的照顾，需要心灵的慰藉。不走近彼此的生活，不在现实中磕磕碰碰，光是一个聊天，能聊出啥东西呢？

今天是中国传统的情人节，所谓情我认为就是要有一颗年轻的心，做情人也就是承诺了要永远年轻。和我们最亲爱的人，一起拥有一颗年轻的心吧！积极乐观、勇敢热情地珍惜现在，期待未来，情人节快乐！

一起优秀

优秀，就是优先生锈，一点不假。太多优秀的人越来越不思进取，越来越满足现状，越来越看不清这个世界，越来越茫然，越来越感到不适应，也越来越悲观。这也不奇怪，因为世界变化太快，优秀的人经历得太多，对很多事情不再好奇，不再兴奋，开始封闭自己。太多的原因和理由让他们不再优秀。

看看我们每天的时间分配，大概就知道了我们到底是个啥样子。早上起来一睁眼就打开手机，看朋友圈点赞，其实好多内容连看都不看，点赞只是因人家给你点过，回报一下而已。朋友圈的东西不看也罢，内容大同小异，不是微商就是心灵感悟，不是健康秘诀就是歌曲分享，真正值得我们停下来看的东西并不多。太多的东西，让我们见好就收，满足现状，不思进取，甚至消磨了斗志和进取心。特别是有些群，一群无所事事的人在里面，插科打诨，互相挑逗，争风吃醋，互相诋毁，时间久了就感觉没啥意思，但还是不愿舍弃，可能我们已经适应了这种无所事事的生活啦。

看看现在的我们每天关注的：晒吃晒穿的多了，晒工作晒事业的少了；晒幸福晒美满的多了，晒艰辛晒不易的少了；晒美女晒艳遇的多了，晒读书晒进取的少了；晒当下晒往昔的多了，晒明天晒将来的少了。我们在玩命地消费我们的人生，明天是个啥样子，懒得去想，管他呢，活一天就乐和一天。正因为看不到未来，我们才会是这个样子。

将来是个啥样子，大多数人看不懂，也不想懂，因为只要跟着感觉，跟着大部分人走就行啦，何必去问能走向哪里，能行多久。如果你是个没有目标或目标不清晰地过生活的人，你可以这样，因为一是你可能没什么能力，二是你也不想弄明白人生的意义是什么、我们怎么来的、去向哪里这类简单得不值得思考的问题。我在对外经贸大学读 EMBA(高级管理人员工商管理硕士)的时候，人大（中国人民大学的简称）的许玉林教授讲课的时候说他考虑了很久，人生的意义是什么，最后弄明白啦，两个字：折腾。没有什么高深的理论，也没有啥宏伟的规划，就是折腾。

许教授是我喜欢的几个老师之一，上课时就像总经理在开会，容不得学生们迟到走神，发现有窃窃私语的，马上停下来，严厉地呵斥，管你是啥老总、高管、官员呢，我上课的时候就是老大，确有几分江湖老大的范儿，但私下里，他其实是一个挺随和的人。越是性格反差大的人越是让人搞不懂，看不明白，角色为啥转换得那么快，肯定有人家的道理和想法，人家也在思考人生，折腾呗。

优秀并不难，只要一段时间专注、投入地做一件事，我们就会超越很多人。优秀只是一段时间的状况，并不能说明我们总是出类拔萃。保持优秀最好要不断地清零，保持空杯状态。我们越来越优秀是件可怕的事情，优秀的人自我感觉良好，接收到的赞美多忠告少，恭维多批评少，时间久了越来越自我，离生锈也就不远了。

优秀的人肯定有学习力，有行动力，一旦学习放松，行动迟缓，就开始生锈，变得平庸啦。所以说追求优秀并不难，但一直优秀，甚至卓越就很难了。卓越之人少之又少，因为需要持久地学习、思考、行动，最后成为习惯。我特别佩服那些在各行各业成绩卓越的人，因为他们代表未来，代表趋势。跟着卓越者的脚步，我们肯定是一个优秀的人。一大早把心里的一些想法跟大家分享，期望对您有所启发和帮助。感谢关注，一起努力保持优秀。

一生很短

不知为啥，昨天晚上吃完晚饭，有些胸闷气短，不舒服，莫名其妙的，不知道是怎么引起的，忙得累得，闲得烦得？找不到答案。开始翻箱倒柜地找复方丹参滴丸，吃上 10 粒，而后把好久不用的制氧机插上，靠在沙发上闭目吸氧。心里莫名地烦，有很多火在往外撞，老婆心疼地说要不去医院看看，我摆摆手，安静待会儿就好了。

制氧机咕嘟咕嘟地响着，氧气呲呲地传进鼻孔，心中的烦躁稍稍有些缓解，但还是总想深深地吸气呼气，总有些在高原的感觉。胸闷缺氧的感觉其实很久以前就有，严重的时候，晚上睡觉的时候仿佛有一块钢板压在胸上，难受的时候，甚至想拿起刀子把胸豁开一道口子。后来去了天津市胸科医院，做了心脏造影检查，没有发现啥问题，但小小的管子插到心脏附近，加上吃了医院给配的药，一下子感觉春天来了。

回到家，开始学打乒乓球，一下子 10 年过去了，我还在这个世界上活蹦乱跳的，而且感觉越来越好。开始的时候，胸闷还时常发生，连续喝酒不行，自己生闷气不行，思虑过多不行，一句话，只要有好的生活习惯，别生气，有好心情，一切就好啦。

躺在床上，告诉老婆，复方丹参滴丸就在床头柜上，意思是我有啥问题赶快往我嘴里塞。怎么会这样呢？迷迷糊糊地合眼睡觉，一夜睡得不踏实，有些想法在心中翻腾，假如生命随时都可能戛然而止，此时此刻最想做的事是什么？那时的感觉真的就像临死的时候，过去的人和事，我在意的人和失去的一位位亲人，一个个在眼前晃动，心一抽一抽地疼。

不知为啥，突然有一种想法，特别想自己一个人没有目的地出去走走，一头扎进一个未知的地方。陌生的环境，是不是能让我有兴奋的冲动？我知道这一步真的很难迈出去，一是总想陪着老婆转世界，二是会有太多的反对声。其实最大的原因和阻力是我自己的内心，有想法和冲动，但我没有理由和勇气去迈出这一步。太多的时候，我在想，人的这一辈子太短了，短得我们拥有的还没有好好珍惜就失去了。

人最好的朋友是自己，生气的时候，是生自己的气，对自己不满意。但你对自己不满意还是因为他人不尊重你，不重视你，低估了你，诋毁你，小看了你，一句话就是自己的不如意、缺点被别人拿出来示人，让你难堪了，所以你才生气。如果我们足够努力，足够优秀，足够自信，足够有免疫力和抵抗力，那就没人能让我们生气，能够生气说明我们还没有成熟，不会善待自己。

学会与自己相处才是人生的最高境界，也算是活明白了。和自己相处并不是不讲原则，事事忍让，而是对他人不挑剔，对自己不苛求。承认差别，承认不足，知道自己的缺点，坦诚地示弱而不逞强，才能做最好的自己。别人的缺点跟我们没有任何关系，他人不是东西，咱生啥气啊？要不反击，要不不搭理，反击就把对方打倒，不搭理就把对方视同空气，其他的办法没有了，我是这么认为的。

但话又说回来，把对方打倒又能如何呢？记住一点，打出的拳头一定要能收回来，否则我们的一生都在收拾残局和烂摊子。很多人的不幸就在这里，跟别人较劲就是跟自己较劲，人生是用来拼搏的不是用来消耗的，人生是用来享受的不是用来较劲的。人的一生很短，善待自己才能珍惜他人，美丽人生从此刻开始！

你拿什么来吸引我

经历得多不等于有魅力、有内涵，热闹不一定有内容。所有表面的光鲜亮丽和浮华散去，能够吸引人的是人的品德，即你包容、随和，你眼里有别人，你不装不做作，你有事业心、有追求，你能够给人带来新鲜感。你跟我谈什么，谈你的过去？看看你现在的样子，你一事无成，你还在奔波忙碌。就是你经历得比人家早，你可以旁若无人，你可以阴阳怪气，但你有啥资格这样呢？反正我这个人很势利，势利到一次交往我就要评估你。因为你的时间宝贵，我的时间也不是白送的。值得不值得交往，既要看交往过程中是否和谐，也要在结束以后问问自己内心的感受。如果对方忸怩作态、装聋作哑、故作深沉，而且没有让你感到眼前一亮、心中一震，你只要傻笑就可以应付一切，这种交往，答案是不要也罢。如果交往过程中对方没有什么不当的表现但又不让你感到太舒服，那就在结束以后，静静地思考一下，此次交往到底收获了什么。

几种人可以不交：不懂得尊重他人的人，心高气傲的人，自以为是的人，以自我为中心的人，整天谈论自己的人，不读书、不学习的人，整天无所事事的人，没有爱心的人，不孝敬父母的人，不讲真心话的人，敷衍奉承的人，心里不阳光的人，让自己感觉不舒服的人，莫名其妙猜不透的人。远离这些人，人生很短，不要过多地纠缠这些人，因为对我们没有任何帮助。

一路人找一路人，有想法的找有想法的，有追求的找有追求的，有知识的找有知识的，什么都没有的就找什么都没有的。你有

故事我没有酒，你的故事跟我有啥关系？况且你的故事对我也没有啥吸引力，因为你关注的，你在意的，根本不是我关注、在意的。你沾沾自喜、引以为傲的东西，对我来说没有啥价值。我今天所有的努力，根本不是要得到你的认可，而是那样做的时候我的状态和感觉最好，你认可有啥用呢？我这个人不害人，尽己所能地帮助别人，但我是我，我不会浪费那么多的时间在我不感兴趣的地方。

坐下来，问问自己要什么。茫茫人海中，能够跟你交心的有几个，能够和你深谈的有几个，能够在意你的有几个，估计屈指可数。其实每个人内心都是孤独的，孤独到我们一直想通过推杯换盏、插科打诨、互相取笑、互道丑闻来寻求内心的抚慰。回到家躺在床上，我们内心的孤独感大都并没有消除，有时反而更加强烈，热热闹闹的交往并不能赶走孤独，热闹繁华散尽孤独感反而更强烈。

孤独是我们人生的伴侣，学会与孤独相处，学会享受孤独，我觉得是人生一种很高的境界。很多有成就的人，很多名垂千古的大师，并不是智商有多高，而是他们能够在孤独中前行。让自己内心平静最好的办法是阅读，当然书的选择也非常重要。我喜欢那些能让我掩卷沉思、如梦方醒、跃跃欲试、内心澎湃的书籍。

关注我们自己期待的，做我们自己希望的，追求我们梦想的，这是我们应该有的人生。远离那些让你消沉、让你不思进取、让你没有想法没有追求的人，远离那些把大把时间挥霍的人。你拿什么吸引我？你没有什么能吸引我是因为你已经落伍了，我会毫不犹豫地让你在我眼前消失。我去寻找能够吸引我、让我佩服的人，让我感觉自己落后的人，让我想奋起直追的人，让我不断进步的人，所有的这一切都从今天开始！